戲非戲152

步步生蓮

卷二十三

鏡花搖芝日

月關作品

高寶書版集團

戲非戲 DN152

步步生蓮

卷二十三：鏡花搖芰日

作　　者：月　關
責任編輯：李國祥
出 版 者：英屬維京群島商高寶國際有限公司臺灣分公司
Global Group Holdings, Ltd.
地　　址：臺北市內湖區洲子街88號3樓
網　　址：gobooks.com.tw
電　　話：（02）27992788
E-mail：readers@gobooks.com.tw（讀者服務部）
pr@gobooks.com.tw（公關諮詢部）
電　　傳：出版部（02）27990909　行銷部（02）27993088
郵政劃撥：19394552
戶　　名：英屬維京群島商高寶國際有限公司臺灣分公司
發　　行：希代多媒體書版股份有限公司發行/Printed in Taiwan
初版日期：2011 年 5 月

國家圖書館出版品預行編目資料

步步生蓮. 卷二十三, 鏡花搖芰日 / 月關著. --
初版 . -- 臺北市 : 高寶國際出版 : 希代多媒體
發行, 2011.05
面 ;　公分. -- (戲非戲 ; DN152)

ISBN 978-986-185-591-2(平裝)

857.7　　　　　　100007634

目次

五百三一　脣槍舌劍

楊浩自返回夏州以前，一直在考慮未來的立場和出路。這一點不僅涉及他未來的發展方向，對他當下正在進行的這場戰爭也有著莫大的指導意義，所以他留下自己權力班子的核心成員之後，便立即提出了這個問題，不想他剛開了個頭，子渝竟然到了。

楊浩怔了一怔才反應過來，連忙道：「快，快快有請。」

种放咳嗽一聲，提醒道：「太尉，該當親自出迎才是。」

「啊？哦！」楊浩恍然大悟，連忙站起身來。

种放說的不錯，現在折子渝可不是盟兄小妹的身分，而是折家勢力的代表，對她的一舉一動，代表著夏州對折家軍的態度，豈可不慎。

楊浩連忙離開帥案，帶領文武親自迎出節堂，折子渝正站在階下，穿著一身戎裝，她雖玉顏清減，有些消瘦，但是這一身武裝，俏麗中倒也透出幾分勃勃的英氣。

楊浩看著她，一時百感交集，當日她一怒而去，楊浩真以為這一生都無緣再見了，想不到……做了他那大媒的居然是趙光義，若不是趙光義襲取府州，子渝今日又怎會乖乖出現在他們面前？四目相對，心中有千言萬語卻難以傾吐。

思來想去，啼笑皆非，楊浩神情複雜地看著子渝道：「子渝，未曾遠迎，尚請海涵。」

折子渝手中捧著一只錦匣，上前一步，躬身道：「保德軍折子渝，見過楊大元帥。」

「子渝……快快請起。」楊浩急忙上前攙扶，手指一碰她手臂，折子渝的嬌軀不由一顫，飛快地瞟了他一眼，卻又馬上垂下眼簾。走得近了，才能看出子渝臉上那掩飾不住的憔悴和疲憊，楊浩眼中流露出一抹心疼的意味，卻只輕輕說了句：「子渝，快請進來，咱們堂上說話。」

一行人重新返回白虎節堂，楊浩叫人在上首為折子渝置了張座椅，又送上一杯香茗，折子渝卻不就坐，只把那錦匣往椅上一放，立在楊浩帥案前，說道：「楊太尉，子渝此來，有三件事要稟予太尉。」

楊浩剛剛落座，一見她未就坐，便又站了起來，說道：「子渝坐下說話就是。」

折子渝不為所動，肅然說道：「府州折家與太尉一向榮辱與共，同進共退。今宋廷使計，誘我岢嵐防禦使赤忠背叛我家兄長，擒我全家，占我州府，折家軍驟失根本，茫然不知所向。子渝與我折家眾將計議，徵得諸將同意，願將折家軍從此歸附太尉，聽憑太尉調遣，還請太尉恩准。」

楊浩沒想到她單刀直入，馬上就提到了這個問題，有些遲疑地道：「時局變化，難以預料，或許……我們有機會重新奪回府州，到那時……」

折子渝黯然一笑，輕輕說道：「折家老少盡在宋廷掌握之中。縱然奪回府州，折家軍又如何存續？折子渝又如何與宋廷為敵？不瞞太尉，如今橫山戰事吃緊，折子渝偏於此時率折家軍來到夏州，就是因為我折家軍如今身分不明、立場難定，宋廷打起受我兄長所請援師平叛的旗號，又裹挾我姪兒為傀儡，以致三軍束手縛腳，戰也不是，和也不成，士氣低迷，人心渙散，結果不但不能成為楊將軍的臂助，反而做了他的累贅，馬湖峪一戰，就是我折家軍遲疑出戰，貽誤戰機，丟了那處險隘，逼得楊將軍兵行險著，方才扭轉敗局。」

折子渝澀然道：「折家軍若不能抹去折家的印記，便不能有所施展。太尉請勿推辭，子渝此舉，只是不想府州數萬好男兒糊里糊塗地葬送在戰場上，太尉是我長兄義弟，如今……把折家軍託付給太尉，子渝才能放心，他們……也算有了一條出路。」

楊浩深有同感地苦笑道：「妳的難題，也正是我的難題……唉，妳先坐下吧，這件事容後……」

折子渝不搭他的話，自顧說道：「太尉，子渝還有一言，如今橫山戰事吃緊，折家軍又已撤下了戰場，還請太尉早發援兵，以免……」

楊浩忙道：「這個毋須擔心，本帥已發兵四萬奔赴橫山，由楊繼業轄制，統一部署，以應強敵。不日，本帥還要親赴橫山。」

折子渝道：「如此甚好，子渝要面稟太尉的第二件事，是我率軍自橫山撤下來時，恰逢一路亂軍往橫山而去，觀其旗號甲冑，不似太尉的兵馬，子渝率軍阻攔，欲問明那路人馬身分，他們卻立即與我軍動起手來。雙方惡戰一場，那路人馬抵敵不過，向東南逃去了。

「隨即張崇巍、李繼談兩位將軍率兵追來，子渝才知方才那一路敗兵竟是綏州李丕壽和甘州夜落紇的聯軍，子渝當即就派程世雄率軍與張、李兩位將軍一起追下去了。張李兩位將軍知我欲歸夏州，故而託我將此軍情稟予太尉和种大人知道。」

楊浩一聽，喜形於色，种放、丁承宗等人聽了更是鬆了口氣，儘管他們已做了最好的安排，但是他們還是擔心夜落紇和李繼談萬一甩脫追兵，搶先殺上橫山，會給橫山戰局造成什麼不必要的損失。幸好，人走霉運的時候真是喝涼水都塞牙，那對難兄難弟怎麼也沒想到竟然會有一路人馬自戰事吃緊的橫山迎面而來，如今有程世雄和張崇巍、李繼談三路大軍追去，這對末路梟雄就玩不出什麼花樣了。

眾人正在歡喜議論之中，折子渝已捧起那錦匣，一雙妙目中微微露出關切之意，輕聲問道：「太尉，不知飛羽所屬，有一位賈大庸賈公子，他……可已安然返回太尉身邊了？」

楊浩自知她說的是誰，想不到以她的精明，迄今也未看出竹韻是個女孩子家，心中不覺有些好笑，但是一見她手捧的盒子，神色卻也凝重起來，忙道：「賈大庸……他已安然返回。當日，他引了吐蕃人一路西去，直到青海湖附近才擺脫了敵軍，翻越大雪山到了河西，當時本帥正引兵西征瓜州，得以遇見了他。」

折子渝喜道：「賈公子安然無恙就好。那麼此事的前因後果，想必太尉業已知曉了，此物是賈公子託我保管的，不料府州驚變，羈絆了身子，直到今日……子渝才能完璧歸趙。」

折子渝說完，將錦匣輕輕送到楊浩面前，楊浩連忙雙手接過，將那錦匣輕輕放在案上，看著那錦匣，目中閃過一絲異色。和氏璧、傳國玉璽，不管是哪一個名號，都是一個傳奇，這裡面的那件東西從春秋戰國直至如今，多少王朝興替、多少帝王將相，不管是賢是昏，不管是千古一帝還是亡國之君，圍繞著這匣中小小一方玉璽，發生過多少故事……

可是很奇怪，當它擺到了面前的時候，楊浩對這寶物卻只剩下一種好奇感，卻並沒有那種國之寶器操之我手的惶恐與狂喜。

丁承宗見楊浩悠然出神，忍不住輕聲提醒道：「太尉……」

「喔……」

楊浩瞿然驚醒，忙放下錦匣，肅手道：「本帥正與諸將討論一樁大事，五公子來得正好，妳請坐，咱們一同參詳。」

「屬下遵命！」楊浩說得客氣，折子渝卻固執地執以下屬之禮，楊浩只能無奈地望她一眼，眼中滿是幽怨，折子渝卻不領情，目不斜視地在椅上坐了。

楊浩吁了口氣，緩緩坐回帥椅，目光在眾文武臉上一掃，朗聲道：「方才所議，事關重大，還請諸位各抒己見，本帥現在……洗耳恭聽。」

* * *

林朋羽老臉漲紅，慷慨陳詞：「老朽以為，太尉就應該反了宋朝，如今太尉名義上是宋臣，然而太尉早已不是朝廷頒賜的那個蘆嶺州知府了。這民，是太尉一手帶出來的，這兵，是承自李繼岑大人的，太尉頭上雖無那頂皇冠，實則卻是無冕之王。既如此，何不求個名正言順？」

老林是漢國宿儒，自從隨了楊浩，這才壯志得伸，老來反而官越做越大，如今見有機會保楊浩稱帝立國，那可是從龍之功啊，有生之年，他也能輔佐一位皇帝，建一世功業！一時間，林朋羽就像喝了一壺烈酒，神為之醺醺，血為之沸騰，當下鼓動如簧之舌，頭一個跳出來表態支持。

「以太尉如今身分，那是以臣抗君，是逆臣，名不正言不順，處處束手縛腳，西域諸部觀望者眾，欲求外援的話，以宋國臣子的身分又能結盟何人呢？不如自成一格，稱帝建制，到那時，聯遼抗宋，自可傲立於西域矣。更何況，如今宋人的刀已經架在了咱們的脖子上，這君臣的情義早就斷了，此時不反更待何時？」

范思棋反駁道：「林老，愚以為，當前夏州之危，未必非得稱帝才能解決。朝廷給太尉編派的罪名是勾結叛將赤忠，圖謀府州之地，這才興兵討伐，如果咱們現在反了，不正中宋廷之計？太尉先牧蘆嶺州，再得先帝遺詔而成元帥，在天下人眼中，這可都是朝廷的扶持，如今咱們羽翼豐滿就反了？就算朝廷有對不住咱們的地方又如何？正所謂雷霆雨露俱是君恩，朝廷這麼大的恩典，咱們若沒有更充足的理由，如何反得理直氣壯？

「再者，趙光義雖不及其兄多矣，但是秉政治國方面也不是個昏庸無道的君王，宋國目前算得上是國泰民安，如今棄宋稱帝，不合民心，定然是千夫所指啊。你所說的聯遼抗宋，未免也有些一廂情願，現在尚未明瞭遼國態度便倉促稱帝，萬一遼國那孤兒寡母自顧不暇，到時誰來助你？」

丁承宗一聽，有些沉不住氣了，便道：「范大人所言，不過是擔心稱帝立國，不得宋人民心罷了。呵呵，就算我們現在一味地向宋廷忍讓、效忠，就能得到宋人民心嗎？

不會，永遠不會，有時候，這民心是爭過來的，有時候，這民心卻是打過來的。

「我們現在稱臣俯首，就能避免宋人的刀兵嗎？我們現在做的，與自據一地、自立一國有什麼區別？如今，河西諸州已經到手，地域遼闊，子民百萬，已經具有立國之根本，不立國稱帝，對我們現在的處境來說毫無助益，可要是稱了帝，那就不然了，軍隊會明白他們是為誰而戰、為何而戰，而百姓心有所屬，也會不遺餘力，此時稱帝，正當其時。」

盧雨軒和林朋羽本是知交好友，此時卻站到了范思棋這一邊，其實他早已看出以楊浩這樣的發展，早晚要向著自立稱帝的道路去，可他反覆思慮，卻不認為現在建國稱帝正是良機，於是斟酌著說道：「留後大人，太尉如今就是河西之主，有無帝號，都改變不了這個事實。這種情況下，我們不立國稱帝，與宋國未必沒有迴旋罷戰的餘地，可是為了一個虛名，卻會使得宋國不遺餘力，大軍壓境，何苦來哉？」

「虛名？呵呵，這只是一個虛名嗎？」折子渝淺淺一笑，緩緩站了起來。

她沒想到，剛剛趕到夏州，竟然參與了這麼重要的一個會議，方才她以折家掌門人的身分向楊浩獻兵歸附時，心中正不無怨尤。儘管她歸附獻兵所託的名義是為了給折家軍找一條出路，不過既然將折家兵將一股腦兒地送給了他，自然便有相託之意，希望他能替自己出頭，報折家一箭之仇，這不只是做為折家軍掌舵人的正當請求，也是她一個女孩子家受人欺負時，下意識地希望自己的男人為她出頭。

可是楊浩這個一錐子扎不出血的臭男人卻在那裡推推托托，折子渝多麼希望他能拍著胸脯，豪氣干雲地答應為她一力擔當啊。儘管她心中一向以來最討厭的就是這種胡亂承諾、魯莽好鬥的匹夫，一向最欣賞的就是那種謀而後動，泰山崩於前而不變色的男子，可是如今她一肩重任身心俱疲，倒寧願她的心上人只是個徒具一腔熱血的楚霸王，至少能從他的豪言壯語中讓自己得到稍許慰藉。

然而，楊浩什麼都沒有說，以折家軍目前的處境，身在人家的地盤，吃著人家的米糧，哪有本錢要求楊浩必須為他們做到什麼這才歸附？折子渝正在心灰意冷，卻沒想到楊浩嘴裡沒有半句豪邁之言，卻已不聲不響地與麾下文武計議起了立國稱帝的事來，當真是不鳴則已，一鳴驚人，子渝的心也熱了。

折子渝舉步走到節堂正中，面對盧雨軒，沉聲問道：「這位大人，你說的不錯，太尉繼李光岑大人衣缽，如今執掌河西，自徵部曲、自納稅賦，、任官吏，儼然一國，形如一帝，縱然此時立國稱帝，除了建個年號，把節府改稱皇宮，扒了這斗牛官袍，換一身五爪金龍，餘者全無變化，疆域不會因而擴大，子民不會因而增加。但……稱帝真的只是一個虛名嗎？」

盧雨軒知道她的身分，倒不敢因為她是一個少女便露出輕視姿態，忙道：「一無所助，難道還不是虛名嗎？」

折子渝哂然道：「它是個名不假，卻不虛。如果它只是個虛名，那宋國管你稱不稱帝呢，你又何必會擔心因此招致宋軍無窮無盡的攻擊？」

「這個……」

「沒有這個名，太尉面對宋國的步步緊逼，便沒有一個明確的立場和身分，沒有明確的身分立場，如何制定對敵的大略方針？沒有這個名，太尉征河西，駐兵玉門關，援師于闐國，建衙制署，統治百萬之眾，一合西域各族，就得始終打著宋國的旗號才能出師有名，而今宋國直斥太尉為叛逆之臣，太尉如何自處？今後以何名義發號施令？」

「這個……」

折子渝咄咄逼人地道：「這一切，就是因為沒有這個名，哪怕你有足夠的實力。名不正則言不順，要是這個名不重要，韓趙魏三侯分晉，其權柄地位已與君王無異，何必還得煞費苦心非要從周天子那裡討得一個正式的諸侯稱號？如果這名不重要，武曌以大唐天后之尊，早已形同帝王，又何必非得自立為帝？」

折子渝掃了眾人一眼，毫不客氣地對盧雨軒道：「稱帝，絕對不僅僅只是一個名號的問題。老大人，這帝王之名背後的東西，你一點也沒有看到。」

「好！」

丁承宗忘形之下，也顧不得盧老頭面紅耳赤，竟為之擊掌叫好：「折姑娘所言甚是有理，定難五州是大唐賜予拓跋家的，是從拓跋光岑大人手中傳給他的義子、我家太尉的，和他趙家有什麼關係？唐立時，河西臣於唐；梁立時，河西臣於梁；晉立時，河西臣於晉；漢立時，河西臣於漢；周立時，河西臣於周……一概自據其地，自徵部曲、自納稅賦、自委官吏，唯只稱臣納貢，以中原為尊。

「今之宋國，趙大以殿前司而黃袍加身，當真是柴氏禪讓嗎？嘿，他欺柴氏孤兒寡母，武力篡謀其國，據河北之地，得時運之濟，滅荊南、滅武平、滅蜀、滅南漢、滅唐、滅北漢、吞吳越，始以正統自居，虎視眈眈北望契丹，侵略之心始終不止。而今，趙炅自毀其兄當日對折姑娘令尊所做的承諾，詭謀興兵，謀取府州，又栽贓予我夏州，欲謀河西之地，這就是自認正統的天朝天子！哼！」

丁承宗奮力推動車輪，大聲疾呼道：「而今，太尉執掌定難，較之以往尊奉前朝何止恭敬百倍？河西走廊一統，得其利益的難道只是我河西百姓嗎？宋伐北漢時，我太尉不曾聽調相助嗎？恭順換來的就是這個結局，忍讓就是換來他們更大的野心，我們還要退讓到什麼時候？退讓到什麼地方去！」

鏗鏘有力的聲音在大堂上迴盪著，楊浩卻輕輕蹙起了眉頭。他想聽取眾文武的意見，主要有兩個原因，一個是他已經考慮到了要解決自己尷尬的處境，最好的辦法就是自立建國，但是要自立，宋國絕不會容忍，勢必下定決心與河西一戰，其中各有利弊，實在委決不下；二來，如果要做這件大事，他必須知道手下擁不擁戴。

他麾下的武將如今大多都駐紮於外，不過對他們楊浩並不太擔心，武將們對擴張作戰大都有一種狂熱的態度，也不會考慮那麼多的利害，麾下重要武將之中，張浦素有雄心，巴不得他立國稱帝，而楊繼業是屬駱駝的，是個任勞任怨的好勞工，再加上他的舊主死於宋軍手中，所以他的態度也不必擔心。

楊浩擔心的主要就是他的文官體系是個什麼態度，他們倒未必是畏懼宋國，而是他們考慮問題更細緻全面，會更從政治利益、外事關係、民政、經濟等方面著手考慮，所以也更有參考價值，如果他們顧慮重重，對立國稱帝信心不足，那麼很明顯，現在的時機還不成熟。

如今看來，文臣們的意見相左的厲害呀，想到這裡，楊浩的目光不禁向种放看去，他可還一言未發呢。

种放見他向自己望來，便踏出一步，欠身道：「下官以為，如今不宜稱帝。」

「哦？」楊浩動了動眉毛，不動聲色地道：「願聞其詳。」

种放道：「自古以來，能除民害為百姓所歸者，即民主也。太尉獨領河西，功德著於黎庶，為諸族所依歸，應天順民，儼然河西之主，如要稱帝，下官以為，在河西內部，不會遭遇什麼阻力的。所以，下官不是反對稱帝，而是說，眼下不宜稱帝。

「原因是何？一：是為身後名，此時稱帝，便坐實了朝廷所潑的汙水，再也辯白不得，徒留千古罵名；其二：時運尚不得濟，河西諸州剛剛平定，諸族雜居水火未容，又有許多強宗大姓盤踞其間，太尉根基還不穩定，如宋國自隴右與之聯繫，恫之以威，誘之以利，而太尉大軍又被牢牢牽制在東線，則河西失而復得，也未嘗不可能。

「其三，西北地雖廣大而膏腴多產之地狹小，又因戰事糜爛多年，府庫空虛，太尉執掌定難以來，僅兩年生聚，稍有積蓄，此番西征已耗去大半，如若稱帝，宋必不遺餘力來戰，到那時恃何以持久？

「其四，太尉如今兵馬雖眾，但大多剛剛歸附，兵未歸心，將未效忠，只在太尉威權之下臣服從命罷了。若與宋國戰，勝則罷了，一旦失敗，這些兵馬必率先離散逃奔，那時如何是好？」

种放說到這裡，堂上已一切肅靜，种放看了看丁承宗和折子渝，語重心長地道：「逐鹿天下，實力為本，何謂實力？一者，人口眾多，民生富庶，田業畜牧興旺；二者，五穀豐登，府庫充盈，財貨糧食經得起天災戰禍之消耗；三者，萬眾同心，上下一志；四者，吏治清明，綱紀森嚴；五者，兵強馬壯，謀臣濟濟，良將如雲。我們現在具體哪些條件？諸位，欲速……則不達呀。」

丁承宗雖然滿心熱忱，卻只是希望自己的兄弟成就大業，如今种放一瓢冷水潑來，他的頭腦慢慢冷靜下來，旁邊那些武將們一個個大眼瞪小眼，只在旁邊看著，根本插不上嘴，什麼一二三四的，他們連個一也說不上來，他們只想等個結果而已。

折子渝頷首道：「大人，您說的，子渝明白，然則，若不稱帝正名，如何應對我們眼下的難題呢？」

种放的雙眉緊緊鎖了起來，輕輕嘆了口氣道：「太尉令卑職等議論立國與否的利弊，下官便陳述己見。若說眼下難題……唉！若不稱帝，下官也想不出……該如何解決。」

折子渝精神一振，接口道：「既如此，就當迎難而上，稱帝，誠然要面對很多困難，可若是不稱帝，宋國還是要打的，難道我們就能避免這些困難嗎？這世上有哪一個開國皇帝，不是經歷了多少次的艱難困厄方成大器？又想馬兒跑，又想馬兒不吃草，這世上哪有那麼好的事情？有計算而無擔當，這九五至尊就算本該是你的，也會跑掉，所以，在下以為，眼前這團亂麻，就該用柄快刀，這快刀，就是立國稱帝！」

折子渝說完，下意識地便看向楊浩。种放、丁承宗以及堂上所有文武都不約而同向他望去，不管大家各抒己見，說出多少道理來，最終一錘定音的，還是坐在白虎圖下的那位楊太尉。

楊太尉輕拍著錦匣，一臉深沉，一雙眼睛盯著他面前擦著光潔閃亮的帥案，眼神閃爍不已，好像完全沒有注意到眾人的爭論已接近尾聲。

「這個死人，還是這副死樣子！」

折子渝一見就氣不打一處來，她銀牙一咬，杏眼微嗔，就要出聲喚醒他。卻見楊浩的手掌在錦匣上忽地疾拍了三下，然後攸然一頓，蹭地一下便站了起來，開口道：「諸位……」

五百三二 指點江山

楊浩一起身，所有人都馬上向他望來，呼吸頓時粗重起來，帝王一言，可定天下興亡，可決萬民生死。如今河西的未來、眼前這些人的未來，何嘗不是決定於此刻傲立在「猛虎下山圖」下的這個人？就連折子渝也是目不轉睛，心頭小鹿亂撞。

「他……會如何選擇呢？」

楊浩肅然起身，沉聲道：「諸位方才所議，其中利弊得失，本帥已經明白了，本帥心中已有計較，唯因此事太過重大，其中諸多細節，還需逐一敲定，節度留後丁大人、節度副使种大人、子渝姑娘，你們留下，本帥心中還有些許疑問，要與你們參詳。其餘人等各歸本司料理軍政，三日之後，本帥會把我的最終決定告訴大家。」

「還要等三天？」眾人聽了面有苦色，然而楊浩已經下令，眾人焉能不遵？若他真稱帝了，這可就是金口玉言，忤逆君言，豈不是先給皇帝留下一個壞印象？眾人只好一一告退，等到節堂上只剩下种放、丁承宗和折子渝的時候，丁承宗按捺不住問道：「不知太尉到底如何決定，現在可以說了嗎？」

楊浩端著的肩膀忽然放下了，微笑道：「我今日方歸，府中必已備了酒宴。娃兒和妙妙俱有一手佳藝，我正覺腹中飢餓，咱們不如一同飲宴，品嘗佳肴，席上咱們再詳談不遲。」

看到楊浩天官賜福似的笑容，聽著他不鹹不淡的回答，折子渝的十根腳趾頓時蠢蠢欲動起來，突然間很想和楊浩的臀部做一個親密接觸：「這可真是皇帝不急太監急，大家群策群力，所思所想，莫不因他而動，他可倒好，居然這麼沉得住氣！」

可是如今楊浩是什麼身分？老虎屁股摸不得，楊太尉的屁股又如何摸得？就算這隻楊老虎不介意她折大小姐飛靴吻臀的無禮，可他的兩個重要僚屬都在旁邊呢！這兩個人都是極重視上下尊卑、秩序井然的人物，他們也是絕對看不下去的。

折子渝只得強抑怒氣，質問道：「太尉，今日所議，何等重大，成與不成，都該早做決斷，太尉怎麼還能如此泰然？」

丁承宗畢竟與楊浩兄弟多年，對他的性情脾氣更加了解，一看楊浩那種氣定神閒的模樣，便意識到在楊浩心中，恐怕想的不僅僅是稱帝與不稱帝的問題，眾人的議論，必然觸動了他的靈機，使他有了別的想法，看到楊浩泰然中微帶點壞的笑容，他就不由想到了當初楊浩用墨魚汁算計當鋪大掌櫃徐慕塵的事來，這一回……他又想出什麼損主意來了？

丁承宗也恨不得馬上知道楊浩心中所思，不過楊浩如果真的於稱帝之外另有打算，三言兩語恐怕是說不清的，反正他留下自己三人，那麼他們三個就是有資格參與最終決策的人，也不急於這一時半刻，便道：「好，那麼……我與种大人先去換了袍服，再去節府見過太尉。」

他二人還穿著一身官袍，戴著尺半長翅的官帽呢，這副樣子自然不能赴宴。二人雙雙告退，楊浩眼見二人走出節堂，這才緩步走到子渝身邊，輕聲責備道：「妳原不是這樣的性子，怎就受人一激，便離家遠走了？害得大家驚慌，讓我擔了許多……」

折子渝輕輕垂下眼簾，鯁著嗓子道：「太尉，這些個人私事，我不想再提了。」

楊浩嘆了口氣，無奈地道：「算了，妳若當初不走，現在恐怕也被朝廷擄去了，這也算是因禍得福吧，若妳真的被擒，我真要方寸大亂，不反也得反了。」

折子渝雙目微抬，澄澈如水的一雙眸子凝視著他，反問道：「現在的你，已不是當初一身之外別無所有的欽差副使、西翔都監了，而我現在只是一個脾氣很壞、不識好歹、也不討人喜歡的小女子，你會嗎？」

楊浩道：「海誓山盟，我張口便來，妳信嗎？」

折子渝微怒道：「我只問你河西形勢，如何決斷，折盟危機，如何處置，個人私事，我不想再談。」

「哦？」楊浩摸摸鼻子，一臉無辜地道：「原來楊浩會不會為了一個脾氣很壞、不識好歹、也不討人喜歡的小女子反了大宋，居然關係到河西形勢與我盟兄的安危，這麼玄妙，我竟未看出來，還請姑娘指點一二。」

折子渝氣極，頓足便走，楊浩一把拉住，說道：「妳本來越遇大事越是冷靜聰慧，如今怎麼這般沉不住氣？今日所議，一個不慎，就是萬劫不復的結局，我豈能不三思而行？子渝，妳先隨我回府吧，總不能穿著一身甲胄赴宴吧，我知道妳喜歡素雅，冬兒正有幾套素色的衣裳，也合妳的身材……」

折子渝焦躁起來，頓足道：「出家的是壁宿，又不是你，怎麼你現在比他還能念經，嘮嘮叨叨，聒譟得人頭昏腦脹。喝酒喝酒！我哪裡還有心思喝酒！我現在只想知道，這個皇帝，你到底稱不稱？這場濫仗，你到底要怎麼打？」

楊浩苦笑道：「就算我現在告訴了妳，難道就能馬上有所行動嗎？仗要打，飯要吃，日子總還要過吧？」

折子渝心中一陣氣苦：「你倒是有你的好日子過，我還有什麼可過的？府州沒了，折家沒了，一門老少全做了囚徒，我……我……」

折子渝本來意志堅強，又極好顏面，在別人面前不肯露出半分軟弱的，可是不知怎麼，一到了楊浩身邊，就變成了一個渴望保護和希望依賴的普通女孩子，一涉及楊浩的事情，那分雲淡風輕和雍容大度也都拋到了爪哇國去，說到悲苦處，她的雙眼中已是淚光盈然。

楊浩見她軟弱的模樣，心中不由一痛，脫口道：「怎麼就沒有日子過了？天還沒塌下來呢，就算天塌下來，也有我替妳頂著。妳要真的沒有什麼日子好過，那我把我的日子給妳，咱們一起過。」

折子渝氣極，轉身想走，奈何楊浩手如虎鉗，牢牢抓住了她的手臂，如何走得脫。

「走，先跟我回內宅。」

楊浩一手提著錦匣，一手拉著折子渝，邁開大步就走，折子渝被他拖得一溜小跑，氣極敗壞地道：「我不走！走就走！我自己走！你放開我，孟子曰：男女授受不親，禮也。你堂堂河隴元帥、定難節度，拉拉扯扯的幹什麼！你……」

「太尉！」

一出節堂，守在外面的侍衛們立即向楊浩躬身施禮，態度自然並無半點不敬，可是一雙雙眼睛卻都瞄著兩人互攀的手臂，露出幾分古怪的顏色。

折子渝嬌軀一僵，連忙換上一副笑容，乾笑道：「啊……太尉請，請請請……」

節堂就在帥府西院，不必再出大門，兩個人好似把臂而行各自禮讓，待一拐進了帥府，折子渝再度抗議：「放開我，我現在任你擺布了，是不是？」

楊浩大言不慚道：「妳已率軍投我，便是我的部下，任我擺布，豈非尋常？」

折子渝火冒三丈：「我把折家軍投了你，可我折子渝卻沒投效你，我在軍中一日，如何抹去折家印記？我本待此間事了，便……便……」

「便事了拂衣去，深藏身與名？」

「不要你管，總之，我不是你的屬下！」

「那妳還要不要聽我的打算呢？」

「我……我……我有權知道。」

楊浩輕笑起來：「子渝，妳知道嗎？現在的妳才像個女人，雖說胡攪蠻纏了些……」

「你才胡攪蠻纏！」

「不過卻比以前不食人間煙火的模樣多了幾分女人味。」

「我像不像女人關你啥事，現在可以放開我了？」

「令尊早逝，折家是令兄作主？」

「當然。」

「長兄如父？」

「不錯！」

「令兄現在不得自由，我是令兄義弟，論齒排序，現在就是妳的長兄，長兄如父啊，管不管得妳？」

「你？你長兄如父！」折子渝的肺都快氣炸了：「我告訴你，姓楊的，我爹活著的時候還真沒管過我，我大哥也不敢管我……」

楊浩睨她一眼道：「所以現在我來管了，妳再吵吵嚷嚷的，我就替令尊管教管教妳，在妳的尊臀上摑上十七、八個大巴掌，看妳還有無顏面見人。」

「你……你敢！」

二人這一路走，楊府盡有許多僕人下人、丫鬟侍婢，老遠地看見楊浩就避讓一旁，躬身施禮，口中喚著老爺，子渝看見他們的模樣，好像每個人都在笑她，一時也真怕楊浩惱將起來，將她摁在膝上打一頓屁股，那她折二小姐可真的要鑽進地洞再見不得人了，是以語氣雖還強硬，手上卻不敢用力了。

被他拉著走了一段，眼看將至後宅庭院，想想光是這一路行來拌嘴爭吵，傳揚開來也夠丟人了，折子渝不禁泫然欲泣：「你……竟如此欺負我！」

「那妳不會欺負回來？」

折子渝嘿了一聲道：「你楊大太尉如今是什麼身分，我欺負得了你？」

楊浩忽然停住腳步，在她耳邊低聲道：「妳要欺負我，卻也不必比我身分貴重的。我聽說過一句真言，大有道理，妳可想知道？」

楊浩一湊近過去，鼻息都拂到了她的耳朵，子渝只覺暗處好像有無數雙眼睛正在偷窺著自己，弄得十分不自在，可是聽了這句話好奇心起，便沒躲開，而是脫口問道：「什麼真言？」

「男人統治世界，女人統治男人，其中道理，大是玄奧，以妳的冰雪聰明，一定可以參悟的。」

「參悟個屁！」折二小姐忍無可忍，終於說起了粗話：「你放開我，我……我跟你走就是了，放手，放……」

二人一路吵著，便邁進了後院，一進院門，就見冬兒、娃娃、妙妙，和已換回家居仕女裝的唐焰焰並肩站在軒廊下面，左右侍立著小源、杏兒等幾個俏婢，八、九雙眼睛齊刷刷地投在他們身上。

折子渝身子一僵，只覺渾身燥熱，被楊浩攥住的手臂好似被烙鐵燙了一般，下意識地便往後一縮，但是緊跟著，略一猶豫之後，她卻巧妙地墊了一步，與楊浩靠近了一些，這樣一來，不像楊浩拖著她走，倒是兩人親親熱熱把臂而行了。她臉上恚怨的神情也頃刻間變成了溫馴、嬌怯，唔……還有那麼一點點羞澀……

楊浩心中不由喟嘆一聲：「女人啊……女人……」

＊　＊　＊

三房嬌妻確實置了豐盛的酒宴，因為這是家宴，不需要講究花色排場，所以置辦的都是楊浩喜歡吃的口味，並不講究菜色體系，「山煮羊」是取小羊羔肉置砂鍋內，除蔥、椒、鹽等各色佐味材料外，又放杏仁數枚，活水、文火細細煮來，至骨糜爛，香嫩可口。又有豉汁雞、蒸豬肉、八糟鵝鴨、炙麒肉、黃河鯉魚、撥霞供、田雞蛇羹等，經娃娃等人妙手烹來，風味絕佳。

宴席設在一間寬敞的房中，又有八扇屏與外間隔開，但是侍婢們只立在門外，不得傳喚並不許入。

种放和丁承宗都是直掇方巾，一身文士打扮。折子渝卻換穿了冬兒的一領月白色衣裳，窄袖短衣，下曳長裙，外邊再配一件對襟的長袖小褙子，褙子的領口和前襟都繡著朵朵梅花，完全是一副家居小婦人的打扮。雖然還是未嫁少女，可她畢竟已雙十年華，所以沒有再梳那種雙丫髻，而是把光可鑑人的青絲綰了一個簡單的髮髻，簪了一枝碧玉簪子，清麗絕俗，光豔清華。

在种放和丁承宗面前，計議的又是對他們目下來說至關重要的大事，楊浩和折子渝都沒有了私下鬥氣時的姿態，四人端坐於席上，酒過三巡，動箸布菜之後，楊浩便開門見山，說起了眾人都最關心的頭椿大事。

「今日在節堂上，眾人爭執辯論，其中利害，一目瞭然。簡單地說，就是以我現在的身分，無法整合內部，以堂堂正正之師面對節節進逼的宋軍，身分不定，就難以轄其中，據其民，統其軍，制定方略，所以……據地自治，脫離朝廷控制，已是勢在必然。」

楊浩這定錘之音說罷，丁承宗和折子渝都是精神一振，折子渝本來還有些氣鼓鼓的，這時也都把怒氣拋到了九霄雲外，瞬也不瞬地盯著楊浩，种放欲言又止，也放下筷子，靜靜聆聽他的下文。

楊浩的臉色嚴肅起來，沉聲道：「然而據地自治，脫離朝廷控制，雖能正我身分，整合內部，使得我軍不再受制於名義，做到出師有名，無所束縛地應對宋軍，但這只是站穩了立場，卻並不能改變宋國大軍壓境的事實，相反地，我一旦稱帝，宋軍必不遺餘力，全力攻伐。

「其結局就只有兩個，一個是戰事不利，實力不濟，難以持久，終被宋所滅。一個是利用自己的力量正面禦敵，同時聯合其他國家牽制宋國對我用兵，最後得以在河西立足，不過可以預料的是，我們將從此困囿於河西，戰事連綿，再無寧日。」

楊浩所言非虛，畢竟對宋而言，遼國比它立國還早五十多年，宋是南朝，遼是北朝，同為天下大國，打得下來固然好，打不下來對統治階級也沒有什麼壓力，可自己的地盤上跳出個小弟來據地稱帝，這卻是不可容忍的事情，是對朝廷權威最大的打擊，宋國今後的軍事戰略必然以西北為重，歷史上李元昊稱帝後，宋國也確實是這麼做的。

「我知道，既想稱帝，總要有所擔當，不能指望宋國主動放棄，對我不興兵戈，可是戰禍連綿，終非國之幸事、民之幸事，所以我們現在就得早做準備。所思所慮，共分兩步：第一步，如何確保稱帝後，我們的實力能抵禦得住宋國的雷霆之怒，使我們在河西站穩腳跟。

「第二步，站穩腳跟之後，如何盡量避免宋國必欲重新征服河西而發動的連綿不斷的戰爭？這是涉及興亡的根本，總不能急來抱佛腳，走一步是一步。必須得未雨綢繆，早做打算，所以在聽及眾人論及其中利弊時，我一直在考慮解決內部、外部、當前、今後這幾方面的問題，想出了一個辦法，與你們研究一下。」

楊浩所說，的確不止考慮了眼下內外各方的困難，連即便應付了眼下危局之後的長遠問題都想到了，而且自稱想到了解決的辦法，种放三人不禁聳然動容，齊聲道：「願聞其詳。」

「爹爹，爹爹，妹妹搶我的猴子……」

楊浩剛說到這兒，門外脆生生的叫聲傳來，就見雪兒跑了進來，紅通通的小臉蛋，後邊一隻高大雄偉的白狼蹭地一下緊跟著躍入，牠倒還認得主人，一見楊浩，那條直挺挺的大尾巴使勁地學著狗搖了幾下，可惜尾巴太硬，好似掃地一般。

在這雄駿高大的白狼背上，蹲著一隻猴子，左顧右盼，搔首弄姿。緊接著，一個小娃兒跌跌撞撞地追了進來，卻是楊浩的二女兒楊姍，一眼瞧見折子渝背影，還以為是娘親羅冬兒，立即奶聲奶氣地告狀：「娘親，娘親，姐姐不許我和大狗玩，也不許我和小猴玩。」

楊雪理直氣壯地道：「大狗是我的，小猴也是我的。」

楊姍跑過去一拖折子渝的衣袖，見她回頭這才認得不是羅冬兒，便有些怕生地往後靠了靠，怯怯地道：「咦，不是娘親……」

楊浩見了哭笑不得，忙起身道：「雪兒，當姐姐的，得照顧好弟弟妹妹呀，怎麼就不……妳什麼時候又養了隻猴子？還有這大狗……咳，這是狼，不是狗，唉，好好一隻嘯傲草原的狼王……」

他走過去一手一個，把兩個孩子抱了起來，方才一家人已經見過了，但是姍兒和楊浩聚少離多，不似雪兒那麼熟悉，一到了父親懷裡，就老實了許多。雪兒卻告狀道：「是娘親不許妹妹碰牠們的，怕牠們傷了妹妹……」

姍兒聽了馬上嘟起小嘴，一副要哭出來的樣子。門口站著幾個看護兩個小丫頭的丫鬟，探頭探腦的卻不敢進來，楊浩自然明白小孩子還是盡量不要接觸寵物的好，何況這兩個小娃娃養的寵物實在是太大了些，他便說道：「好啦好啦，不要爭啦，妳不帶著大狗……狼和猴子在妹妹眼前晃，她怎麼會想逗弄牠們呀。快帶妹妹去找娘親，等爹爹得了空，給妳們做些小孩子喜歡的玩具。」

楊雪聞言大喜：「爹爹說話算數。」

楊浩笑道：「自然算數，不過妳得聽話才行。去吧，爹爹有事要忙，先帶妹妹去娘親那兒。」

楊浩在兩個女兒臉上各親了一下，然後把她們交到丫鬟手中，兩個小丫頭得了父親的許諾，興高采烈地出去了，楊浩這才回到席上。

丁承宗笑道：「這兩個小傢伙一向淘氣，雪兒又愛養些貓貓狗狗的，常常鬧得後宅雞飛狗跳。不過……也虧了這兩個小丫頭，呵呵，家裡邊還是熱鬧些好。」

折子渝看著這副父女天倫的景象，心中忽然有些惆悵。折家子孫興旺，也有許多小孩子，可是以前她對小孩子並沒有特別的感覺，折家的小孩子都像她幾個姪兒一樣，有些怕這個小姑姑、小姑奶奶，可是這一兩年來，對那些粉妝玉琢、淘氣可愛的小孩子，折子渝的免疫力卻直線下降，剛才楊姍認錯了人，喚她一聲：「娘親」，竟然叫得她心弦一顫，嗅著姍兒身上的奶香味，她好想把那可愛的小丫頭抱進懷裡親親。等她怯怯退開，子渝心中竟然有種莫名的失落。

只是她這微妙的心理並不為人所察，种放和丁承宗更是一門心思放在了楊浩所說的事情上，房門一關，种放便開口問道：「不知太尉方才所言，要一舉解決內、外、今、後的法子，到底詳情如何？」

當斷不斷，反受其亂，楊浩如今已把對宋廷和趙匡胤的崇敬之情封閉了起來，全心全意地站在自己的立場思考問題了，他知道這時再搖擺不定，必釀大禍。楊浩坐回上首，一正容顏，沉聲道：「我這打算，分三步，每一步均以陰陽輔之。」

种放、丁承宗、折子渝不由自主微微傾身，豎起了耳朵，楊浩道：「這些年來，我在明中暗裡布下了許多棋子，原想著總有用上的一天，今日，也要向你們和盤托出了。我這三步，就是先稱帝，打一打；再稱王，降一格；蓄力擴土，最終稱帝！」

在座三人，皆是心思縝密，機警聰慧之人，卻是折子渝最先領悟過來，她頰上騰起兩朵興奮的桃花，呼吸急促地道：「此法雖妙，難在如何施行，怎樣達成所願？其中奧妙……莫非就是你所說的陰陽相輔？」

五百三三　華容道義釋兩阿瞞

楊浩道：「是，第一階段：稱帝。其結果可以預料，我們必將迎來宋廷更猛烈的打擊，在這一階段，我們必須也要集中全部武力與之一決，這一仗雖未必大獲全勝，卻一定打得夠猛、打得夠兇，打得它越疼，宋國上下越會明白，它想吃掉我，它就得付出天大的代價。這就為我們第二步的計畫打下了基礎。

「當然，這只是從明面上來說的，暗的一面，我們要南縱蜀地之亂，北聯遼國契丹，並對宋廷內部進行種種干擾，讓它有心無力，直到疲戰、厭戰，這時我們再主動請降，棄帝號，就王位，也就給了他們一個緩和事態的臺階。所謂漫天要價，就地還錢嘛，有利讓三分，這樣咱們看著是輸了，其實卻是贏了……」

定難軍節度使本來就有一個西平王爵位的，自從朱溫滅唐建立大梁以後，梁、唐、晉、漢、周等中原政權，每一朝為了籠絡西北，對河西拓跋氏都要用懷柔政策，恩賞有加，於是就在唐朝所封的定難軍節度使名號上又為拓跋氏進爵為西平王。

宋朝代周自立後，又馬上加封定難軍節度使李彝興為太尉，以此為恩攏的手段，但是歷朝所封的西平王爵並沒有取消，只不過隨著宋朝先後消滅中原諸國，一統天下，宋國的力量越來越強大，夏州李氏見機知趣，對這個無甚用處的王爵便再不提起了，宋國也只當從來沒有過這回事，雙方很默契地達成了一致。

既然梁、唐、晉、漢、周各朝都承認過定難節度使的王爵身分，那麼宋國再追封確認一下，其實也不是很難下臺的事情。

丁承宗見他把自己教給他的「生意九字訣」居然活用到了爭霸天下上面，不由會心地一笑，當即點頭讚許道：「太尉所言有理，如果太尉稱帝後咱們能夠頂住宋廷的強大攻勢，那麼給他個臺階下，據地稱王還是能做到的。」

楊浩當然知道能夠做到這一點，事實上這一套路子本就是李元昊昔年稱帝的路子，直到目前為止，他借用的就是李元昊的辦法，自然對宋廷可能做出的反應有一個比較準確的判斷。

楊浩又道：「據地稱王後，我們就融合各部，內修甲兵、振興經濟，使得民生富庶，畜牧興旺，五穀豐登，府庫充盈。對外則同時結交遼宋，兩邊借力，引以自重，同時開闢疆土直至隴右。隴右嘛，如今大半都在吐蕃、回紇人手中，還有一小部分是党項羌人的地盤，隴右回紇人是一盤散沙，党項羌人的部眾更少，都不足一提，實際上就是掌握在吐蕃人手中，宋廷如今還沒有盡占隴右，對其宣示主權，這就是我們難得的機會，隴右，務必要打下來，這是我們最終立國後，避免與宋打一場百年之戰的必要條件！」

歷史上，西夏國疆域最盛時，「東盡黃河，西界玉門，南接蕭關，北控大漠。」憑此疆域與遼宋三國鼎立，但它卻是三國之中最弱的一方，究其原因，就是先天不足。

西夏國中興是據定難五州而起的，當時西夏的李德明同時向遼宋稱臣，遼宋為了拉攏這個最強大的第三方勢力，使它盡量保持中立，於是都接納了它。遼帝封李德明為西平王，宋國亦授李德明為定難軍節度使、西平王。西夏與遼宋兩國開榷場，通貿易。穩定了東方和北方兩大強國後，才開始大舉西征，攻打涼甘肅瓜沙諸州，最後勢力直抵玉門。

等到他的勢力到達玉門關時，再想向南擴充已經不可能了，那時候隴右之地業已盡數落於宋國之手，所以西夏疆域自始至終就只能局限於河西一地，西夏國就憑河西這一隅之地統治那裡三百多年，稱帝建國近兩百年。

如今楊浩既然已走上了這條不歸路，就得全心全意為自己的生存空間進行考慮，他比李元昊稱帝時早了五十多年一統河西，勢力直抵玉門關外，再想擴張國土，最好的地方就是如今還是群雄逐鹿不得其主的隴右。一旦隴右到手，他的疆域將比歷史上的西夏國擴大一倍，人口自然也倍增，其國力當然也就不可同日而語。一個比西夏國強大一倍的新帝國，宋國發動戰爭時勢必要多了一分忌憚。

聽到這裡時，种放和折子渝心中都想到了一些具體的問題，不過楊浩還沒有說到第三點，而這個人常常後發制人，前邊許多看以莽撞的舉動、大有破綻的動作，他在後面都有極穩妥巧妙的手段來畫龍點睛，誰也不知他後面是否還有妙筆，所以二人也不忙著插口，只聽楊浩繼續說下去。

楊浩道：「第三步，再擇機稱帝。我若現在就據河西之地稱帝到底，宋國大可從隴右出蕭關、自河東伐橫山，對我大舉用兵，迫我兩面受敵，而隴右到手，我們據河西隴右之沃土，無論是糧米供給、兵員供給方面都可綽綽有餘，從地理上來說，我們不管是出兵還是防禦也能做到進退有據，這樣的話，宋國就不敢對我輕易發動攻勢。」

楊浩說到這裡聲音一頓，對三個聽得入神的人問道：「諸位對此還有何意見？」

丁承宗想了想道：「太尉方才在節堂曾說，其中還有許多細節需要推敲，不知是哪幾點？」

楊浩微微一笑：「以三位之見，我這計畫之中還有什麼破綻呢？你們不妨說出來，與我心中所思印證一下。」

「我以為……」

种放和折子渝異口同聲，不約而同地說出這三個字後，相視一笑，又互相做了個請的手勢，楊浩不禁笑了，點將道：「种兄，你說。」

种放放下酒杯，捋鬚說道：「太尉，我有幾個疑慮，還請太尉釋疑。第一：降格稱王後擴土隴右，如何保證宋廷不會出兵干預？就像遼國不會坐視河西之地落入宋廷之手一樣，宋廷又豈會袖手觀我奪取隴右之地？一旦宋國插手，不管從雙方實力上來權衡，還是出兵隴右的便捷上，宋廷都占據著絕對優勢，我們的打算，十成有九是要落空的。

「第二，隴右吐蕃人自從得到宋國暗中扶持之後，不管是兵甲還是糧米都充足無比，各部落合併締結的速度前所未有，雖說目前有羅丹族長牽制著他，可是我們一旦降帝號稱王爵，在休養生息期間，是不能再主動對外用兵的。

「以宋國的雄厚實力，卻可以在這段時間裡繼續給予尚波千強大的支持，照這勢頭下去，在很短的時間裡，尚波千就能一統河西，甚至把河西星羅棋布的回紇部落、党項部落也全部納入麾下，到那時，就算沒有宋國相助，他的勢力也將不遜於我們多少，我們一旦圖謀隴右，不過是個兩敗俱傷的結局，說不定反被宋國或遼國撿了便宜，又談何壯大呢？」

楊浩又轉向折子渝，問道：「還有嗎？」

折子渝到底是女人，心細如髮，想的也多，除了這兩點，她還想到其他一些瑣碎的事情，比如即便實現了第一步計畫，在雙方僵持階段提出議和稱臣，如果宋國依然態度強硬，拒不接受楊浩的要求又該如何。不過轉念一想，再縝密的事情，如果反覆去想，都難免要有這樣那樣的問題，如果非得做到十全把握才去做，那乾脆什麼都不要做好了，這些擔心實無提出的必要，便搖頭道：「沒有了，只有這兩點，不知太尉可有解決的辦法？」

楊浩道：「第一個問題不必擔心，我很了解趙光義這個人，也很了解宋國。他們大致會做出怎樣的反應，我還是揣度得出的，如何讓宋國袖手旁觀，我心中已有定計，只不過現在還不是公諸於眾的時候。倒是如何阻止尚波千繼續這樣瘋狂擴張下去，直至一統隴右，成為我們的心腹大患，我思量許久，也沒想出個妥當的辦法來。」

种放和折子渝、丁承宗聽了心中都暗暗稱奇，在他們看來，如何讓宋國在楊浩吞併隴右時袖手旁觀才是難如登天的大事，畢竟站在宋國的角度，它是無論如何不會坐視楊浩這個桀驁不馴的藩王繼續擴張的，同時宋國又有那個實力予以阻止，所以不管用什麼辦法，不管是什麼人，都不可能改變趙光義的心意。

而阻止尚波千的勢力繼續擴張，一家坐大，獨霸隴右，反倒要容易一些，雖說六谷藩部的羅丹族長只能在短時間內牽制尚波千，不足以阻止在宋國鼎力相助下大肆擴張的尚波千，但是遲滯他勢力擴張的速度還是有希望的，此外還可以採用其他一些手段，可是在楊浩心中，反而是最難的問題他先想出了辦法？

三人見楊浩語氣篤定，卻不肯透露詳情，只得捺下好奇心，開始思索第二個問題。

楊浩如今手中還有兩件時機得宜時拿出來將有極大作用的寶物，一件是傳國玉璽，一件是宋皇后的血詔。

血詔對竭力宣揚自己正統繼承人身分的趙光義來說，具有極大的殺傷力，玉璽的作用則更大，然而這兩件東西和楊浩手中的重甲騎兵差不多，合適的時候用上它，將無往而不利。不合適的時候拿出來，那就只有起反作用。

大漢車騎將軍董承得到了皇帝誅曹操的衣帶詔，結果卻是為自己惹來了殺身之禍。而那玉璽，劉邦、曹丕、石勒……但凡得到了它的人，都大肆利用傳國玉璽在國人心目中的重要地位服務於自己的合法統治權，但是每一朝崛起，都同樣有一個持有著它，卻亡國喪命的前朝君王，此物要時機得宜、實力相稱時方有大用，此時是只能祕而不宣的。

因此楊浩思索了片刻，便打消了把這兩件東西現在就展示給他們看的打算。四人各自想著心事，房間裡一時靜了下來，幾個人默默地思索著，時而挾一口菜，品一口酒，就這樣沉默了一炷香的時間，丁承宗慢慢抬起頭來，略一遲疑，方道：「太尉欲謀隴右，而尚波千在宋廷扶持下的崛起速度不遜於太尉初到蘆嶺州之時。六谷藩部的羅丹族長雖是受太尉暗中扶持的，但是現在的尚波千就如同已得了銀州的太尉，而羅丹族長卻遠不及當時的李光睿，此消彼長之下，僅憑一個羅丹，是絕對阻止不了尚波千的崛起的。」

眾人都專注地盯著丁承宗，丁承宗道：「這樣的場面，與行市商賈之競爭不無相仿，如果是在商場上，對這樣的局面，若想扼制打壓其一方，倒是有一個辦法。」

楊浩迫不及待地道：「你說。」

丁承宗道：「引進一股新的勢力，把水攪渾，地盤一共只有這麼大，若再引進一個勢均力敵的商家進來，讓他們你爭我搶，大家瓜分一番，結果是誰也別想坐大，等我們騰出手來，就可以憑著遠較他們雄厚的實力，對他們或收買、或打壓、或分化，最終把他們一一吃掉，這樣還省了我們在當地打響名號、建設店鋪的前期一應事務了。」

楊浩三人的眼睛一齊亮了起來，丁承宗本是試探著說出自己的見解，一見三人神色，不禁大受鼓舞，繼續道：「如果此法同樣可以用於謀國，那麼……在完成第一步計畫之後，把蜀地義軍就近調往隴右如何？如此，既可避免他們在宋廷的圍剿之中損失殆盡，又能發揮制衡尚波千的目的。」

說到這兒，丁承宗詭祕地笑了笑，道：「宋廷是不會想到我們『被迫』去帝號，安分守己地待在河西的時候，還會打著隴右的主意。蜀地義軍一走，宋廷不但鬆了口氣，對隴右的平衡局面也會樂見其成的，畢竟……宋廷是不希望在隴右再出一個楊太尉的，可尚波千是他們一手扶植起來的，那時要利用他們牽制我們，又無法自己出面來削弱尚波千的勢力，這借刀殺人的手段，就算趙光義想不到，他手下的文臣武將們又豈會沒人進諫呢。」

楊浩腦中急轉，仔細想了想，卻否定了這個計畫：「計是好計，只是所用不當。」

「哦？如何不當？」

「蜀中義軍，雖號稱有十萬之眾，但是其中卻有許多婦孺老幼，故土難離啊，就算咱們已經控制了他們的領導權，也很難要他們背井離鄉，此其一。蜀中多山地，那些義軍士卒攀山越嶺如履平地，可是卻大多不懂騎馬，他們不擅馬戰、騎射，也弄不到戰馬、養不起戰馬，一旦到了隴右，本來擅長山地作戰的優勢將不復存在，在尚波千的鐵騎面前，不過是一群待宰的羔羊罷了，不堪一用。」

楊浩所說，正是蜀中義軍的弱點所在，丁承宗聽了，不禁大失所望，种放卻脫口道：「蜀中義軍不可用，那甘州的阿古麗如何？」

楊浩一呆：「阿古麗？」

种放興奮地道：「不錯，阿古麗！如果令阿古麗假意反了太尉，率部眾逃往隴右，不就能發揮分尚波千之勢的效果了？」

楊浩怔怔地道：「這個……回紇部落雖也是逐水草而居的游牧部落，但甘州回紇多少已有了些農耕的習慣，讓他們舉族遷徙至隴右，要說服他們的頭人恐怕很難。再說，阿古麗王妃目前對我到底有多少忠誠還不確定，如果縱之遠去，能否還對她加以控制實難預料。」

丁承宗道：「那就先牢牢地控制了阿古麗不就成了？」

楊浩反問道：「人心隔肚皮，如何確定她的忠心？」

丁承宗身為飛羽在夏州的負責人，對甘州那邊的情形瞭如指掌，脫口便道：「恩威並施足矣。阿古麗王妃與太尉一戰時，以女兒之身，數度衝鋒在前，不畏生死，可見其勇，可謂其忠。而夜落紇卻拿她做了棄卒，阿古麗王妃對此一直耿耿於懷。草原上的女兒家，愛恨分明，性情爽快。阿古麗王妃年輕貌美，又是回紇九姓中的王姓部落後人，身分尊貴得很。如果太尉納她為妾，許之以情。留其親眷，以之為質。還怕……」

和親結勢，在那時代實屬尋常，女子再嫁，漫說在西北，就是在中原也是尋常事，所以就連种放這儒家大賢聽了也不以為忤，而楊浩若真稱帝，那阿古麗王妃也就不是妾了，而是尊貴的皇妃，相信以楊太尉的人品才貌和尊崇的身分，阿古麗王妃也不免意動，陷其情網，此計實是大為可行。

种放雙眼一亮，剛要開口讚許，敦促楊浩為霸業宏圖，與阿古麗王妃成就一段姻緣，折子渝已氣沖斗牛，脫口便道：「不行！」

种放和丁承宗現在滿腦子都是站在從龍之臣的位置上為楊浩的宏圖霸業想問題，全然忘記了旁邊還有一個快被楊浩折磨成閨中怨婦的女諸葛，這時她一開口反對，二人才省覺過來。

丁承宗心道：「折姑娘啊，我兄弟若做了皇帝，後宮還少得了妳的位置嗎？帝王后妃，豈是相夫教子那麼簡單？光是身具大智慧，那是沒用的，要做一個賢妃，妳還少了幾分胸襟啊。」不過丁承宗是知道折子渝在楊浩心中的分量的，雖然暗自腹誹，卻不便直接說些什麼。

而种放卻沒有這些顧忌，在他看來，縱論天下大事，讓一個女人參與謀略，已是太尉格外看重了，牽涉江山社稷根本之大事，一切衡量標準只有「利益」兩字，正所謂將者無情，謀者無心，什麼兒女之情，都得靠邊站。諫臣的脾氣一上來，莫說現在折子渝和楊浩還沒有什麼關係，就算她是統帥六宮，母儀天下的皇后，他也敢犯顏直諫的，立即把臉一沉，反駁道：「如何使不得？」

「我……」折子渝一陣語塞，楊浩看著她，眼中卻漸漸露出有趣的意味：這才對，一個不知道吃醋、不會使小性子發脾氣的木美人，又哪來的活色生香？這才像個活生生的女孩子，咳咳……她……應該是為我吃醋了吧？

楊浩暗喜在心，巴不得她失口說出什麼話來，也不忙著為她解圍，折子渝看他一副看笑話的模樣，氣就不打一處來，情急智生，她腦筋一轉，忽地計上心來，從容開口道：「我是個女兒家，自然懂得女兒家的心思，夜落紇和阿古麗王妃本是夫妻，大難臨頭卻把她做了替死之鬼。如今太尉先祕密納她為妾，再驅使她為自己所用，那麼和夜落紇又有什麼區別？阿古麗王妃已經被夜落紇傷透了心，還會相信太尉的誠意嗎？甘州回紇與隴右吐蕃人本有交情，一旦等她到了隴右，焉知他們不會勾結起來？」

种放道：「那麼……折姑娘還有更好的辦法嗎？」

折子渝淺淺一笑，斜睇睨了楊浩一眼，挑釁地道：「小女子受兩位大人啟發，倒是想出了一個法子，只是不知……太尉敢不敢用呢……」

＊　＊　＊

夜落紇和李繼筠，與程世雄、李繼談、張崇巍的三路追兵像捉迷藏一般，一會兒跑到橫山腳下，一會兒渡過無定河水，東躲西藏，你追我逃，好不容易甩開了一段距離，快馬加鞭逃奔銀州，到了米脂河邊，看看兩人幾乎又折損過半的兵馬，想起不久之前自己還是坐擁雄城甘州，手握六萬大軍，麾下三十萬子民的西域霸主，而今根基已失，兵不過萬，就連王妃阿古麗和次子曲離都先後拿去做了棄子，不由得悲從中來，放聲大哭。

李繼筠倒是淡定，大概他已經窩囊兩年多了，昔日的傲氣傲骨早就被打磨得差不多了，居然還挺沉得住氣，一見夜落紇站在米脂河邊回望河西放聲大哭，便勸道：「可汗不要傷心啦，勝敗乃兵家常事，可汗頃刻間敗落如此，其速之快，勢如山崩，安知來日楊浩不會比咱們敗得更快、敗得更慘？宋國可不是那麼容易對付的，咱們雖然敗了，可宋國還沒有敗，潘美乃大宋名將，靠山比你我強硬百倍，楊浩得意一時，未必就能討得了好去。」

夜落紇痛心疾首地道：「宋國縱然大敗楊浩，把他挫骨揚灰，也不過替我出一口心頭惡氣罷了，想當初你李家坐擁定難五州，我夜落紇據甘州而望南北，俱是一面之雄，今日敗落如此，再無出頭之日，豈不傷心？」

李繼筠目中閃過一絲狠厲之色，咬牙道：「我們敗是敗了，若說再無出頭之日，那也未必，哪怕只剩下一兵一卒，只要找到機會，我們一樣能東山再起！」

夜落紇只是搖頭：「難，難如登天啊，沒有地盤、沒有子民、沒有兵馬，我們唯一的出路就只有投靠宋廷，受人所制，做一個馬前卒，要說東山再起，豈非痴人說夢話？」

李繼筠獰聲一笑道：「未慮勝，先慮敗，自從我李家痛失夏州，落得這個下場以後，我就明白這個道理了。退路，我早已想好。」

夜落紇兩眼一亮，急忙問道：「還有退路？往哪裡退？」

李繼筠向前一指，說道：「出銀州，地綏州，入隴右。隴右無主之地，四方豪雄爭霸，如今尚波千和羅丹打得不可開交，你我前去相助，尚波千豈有不倒履相迎的道理。到那時候，大汗可以王者之尊，於河西重招舊部，聚隴右回紇為己所用，而我也可以招納隴右羌人，咱們重整旗鼓，未必沒了機會！」

夜落紇精神一振，脫口道：「不錯！不錯！我們還未到山窮水盡之地，還有隴右可去，不過……」

這一有了出路，夜落紇又患得患失起來：「如今你我兵馬有限，又俱是傷卒敗將，士氣低迷，還能闖過銀州嗎？若是銀州出兵阻攔……」

李繼筠心中暗罵：「這老貨，虧他當初還是西域一霸，連番戰敗，已是膽氣盡喪了。」

罵歸罵，現在兩人合兵一處還有一線生機，若各自為戰，那真的是自蹈死路了，他還得耐著性子予以寬慰：「可汗放心，繼遷奇襲夏州之前，對一路所經都做過縝密的調查。銀州扼延綏，連榆林、南通川陝，本是兵家必爭之地，所以早被楊浩打造成一座牢不可破的堅城，可楊浩兵寡將微，如今手下屈指可數的幾員良將，或在横山，或在沙瓜甘涼，或鎮於夏州，故而銀州已無良將了。

「如今銀州守將是柯鎮惡和李一德，這柯鎮惡守成有餘，進取不足，不是善戰之將。而那李一德原是銀州李氏大族之長，為楊浩所用，現任銀州知府，此人更不知兵。

銀州之重要，楊浩早已對他們耳提面命，他們豈會不知，又豈敢冒險離城禦敵？我來的時候，銀州就四門緊閉，如臨大敵，只怕我去打它，嘿嘿，就憑那兩個夯貨，我們就是大搖大擺地從銀州城下走過，他們也不敢向我們邀戰的。」

夜落紇聽了這才放下心來，說道：「如此甚好，你我駐軍於此，暫歇一時，然後馬上啟程吧，若讓追兵趕來，那便想走也走不脫了。」

* * *

銀州城頭，柯鎮惡一身甲胄，巡視四城，無一絲懈怠。雖然現在沒有戰事，城池防禦方面又是風雨不透，但是他仍一絲不苟，一日一夜四次巡城，風雨不誤。而派駐城外的斥候探馬更是遠出百里，時刻掌握著銀州左近的一切動靜。

自從銀州自他手中丟失過一次，雖然楊浩未對他重責，但是這分恥辱他始終牢記心頭，再也不敢有一絲大意。他本是追隨楊浩最早的將領之一，論資歷沒幾個人超得過他，可是如今他不過是銀州一城之守，後來的戰事，楊浩很少要他出頭，楊浩的權勢越來越大，而他在楊浩武將班子裡的地位卻是每況愈下，柯鎮惡心中有數，也自覺羞慚。

但他對楊浩並無一絲怨尤，他知道自己雖是大唐武將之後，但是行軍作戰的本領並未繼承幾分，論衝鋒陷陣，他不及木恩、木魁、艾義海等人驍勇，論調兵遣將，他又遠不及种放、張浦、楊繼業，就算張崇巍、李華庭這些降將，本領也要強他許多。

所以柯鎮惡一面做好分內之事，一面翻出祖上傳下的兵書，身上揣著一本，有空就翻出來看看，一面苦讀兵書，將書中所學與實戰經歷印證揣摩，一面時常與其他將領探討求教，哪怕對方官階地位低於他也不恥下問。如此勞心勞力，哪怕他的身子強壯如牛，一日下來也是疲憊不堪了。

卸下重甲，柯鎮惡疲憊地坐回椅上，穆夫人聞聽丈夫回來，已自內宅走出，一見丈夫模樣，頗覺心疼，她雖性情刁蠻，柯鎮惡又有些懼內，可兩人情感卻是非常深厚。穆夫人連忙上前，輕輕為丈夫揉按著肩膀，柔聲道：「累了吧，我給你用枸杞燉了隻老母雞，先吃點東西，然後去睡一下吧，夜裡還要巡城，可別太勞累了。」

「娘子不必掛懷，我這身子骨，不礙事的。」柯鎮惡拍拍妻子的手背笑道，他習慣性地從懷裡掏出看了大半卷的兵書，一面享受著妻子的溫存，一面打開來，想抽空再看上一篇，就在這時，一名背插紅旗的小校飛奔而入，抱拳稟道：「報！柯將軍，甘州夜落紇與綏州李丕壽的敗兵已向我銀州而來，現在距城七十里。」

柯鎮惡吃了一驚，攸地站起，沉聲問道：「敵軍數量多少，軍陣形色如何？可曾攜帶攻城器械？」

那小校稟道：「敵軍數量，約莫在一萬二、三千上下，雖是敗軍，行色倒還從容，並未攜帶甲仗戰車，看模樣，是要自我銀州逃往綏州方向。」

「再探！」

「是！」那小校飛奔而去，柯鎮惡匆匆抓起盔甲，一邊急急披掛。

穆青漩道：「夫君要登城守備嗎？」

柯鎮惡道：「不錯。雖然看他們模樣，不像是要攻我銀州，不過小心駛得萬年船，不能大意，我馬上登城守備。」

穆青漩略一思索，忽道：「夫君何不主動出城，搶占要害，阻其退路？」

「嗯？」柯鎮惡手上一停，訝然看向愛妻，遲疑道：「主動陳兵城外阻其退路？」

穆青漩走近了，柔聲道：「夫君，綏州兵來時，兵馬近四萬人，且將綏州付之一炬，以背水一戰的姿態，夫君以一萬五千守卒的兵力，不予出戰，一面馳報夏州，一面堅守城池，這是穩妥的做法。而今，敵軍大敗而歸，軍情傳報上又說現在李繼談、張崇巍、程世雄三位大將自後追趕，敵軍膽喪，不堪一戰，如果我們仍然堅守城池，坐視其逃走，豈不坐失戰機？」

「唔……」柯鎮惡將刀掛在腰帶上，雙眉擰起，深深思索起來：「太尉令我堅守銀州，而今……萬一有什麼好歹，柯鎮惡那便百死莫贖了。」

穆青漩柔聲道：「夫君還在為上一次銀州失陷而自責嗎？夫君，勝敗乃兵家常事，就算是軍神兵聖，也沒有不打敗仗、不失戰機的時候，如果因為一次失敗就變得謹小慎微，再不敢主動掌握戰機，那麼這個人就不是敗了一次，而是因為一次失敗，做了一輩子的失敗者。

「如今敵軍總兵力一共才一萬出頭，而且都是殘兵敗將，其戰力可想而知。他們既然來了，李、張、程三位將軍頂多遲延半日，也必將趕到。此時主動禦敵於外，風險極小，而如果能把這兩個人統統拿下，對太尉來說，卻是軍心大振的事情，夫君亦可藉此揚眉吐氣，挽回容顏。如果夫君心存怯意，眼睜睜看他們從咱們眼皮底下逃走，以後在同僚們面前還有什麼臉面，在部下們面前還能抬得起頭嗎？」

柯鎮惡聽得大為意動，可是上一回失敗，險些把太尉的家眷都葬送了，那一次的事件，在他心中實是烙下了不可磨滅的陰影，所以他仍猶豫道：「可……可銀州是太尉的一個重要門戶啊，此處若有失，柯鎮惡以死謝罪，也難贖萬一。真要有點事情，只怕……」

穆青漩有些生氣了，沉聲道：「夫君，計利以聽，乃為之勢，以佐其外。勢者，因利而制權也。丸地之法，不可拘泥，須識變通，可屈可伸。如今情形，敵軍縱是全盛之時，也不是輕易可取我銀州的，更何況援軍迅即便至，而敵軍意圖逃走。為將者，智、信、仁、勇、嚴缺一不可。如果你連這也做不到，咱們還是不要做這個官了，妾身收拾行囊，請夫君向太尉請辭，你我回轉穆柯寨，繼續做一個山中獵戶便是了。」

柯鎮惡被妻子一激，不禁漲紅了臉龐，把牙一咬道：「好！我率五千兵，出城占據要地，阻敵退路，這銀州城……」

穆青漩道：「妾身馬上披掛起來，代夫君上城禦敵。李大人那裡，我也會代夫君知會一聲，兵貴神速，遲延不得，夫君，既已決斷，就不可再有絲毫猶豫！」

「我省得，這便去了！」

柯鎮惡一拍刀鞘，久失的豪氣自眉宇間重新湧起出來，他轉身便走，行至廳門處忽又駐足轉身，喚道：「娘子！」

穆青漩正欲回轉後宅披掛盔甲，聞聲回身，怒道：「怎樣？」

柯鎮惡一揖到地，說道：「柯鎮惡得賢妻如此，今生無憾了。」說罷一轉身便快步如飛地去了。

穆青漩呆了呆，看著他的背影，忽然拭了拭眼角，輕聲罵道：「這個呆子……」可她嘴角，卻分明噙起了一絲甜蜜的笑意。

＊　＊　＊

穆青漩這廂一面急稟李一德，一面親自披掛登上城頭，代替守禦銀州不提。柯鎮惡點齊五千兵，俱乘快馬，出了城門便疾馳銀州城西的檀合焉山，此處是夜落紇和綏州兵逃來的必經之路上一處可據地利的地方，如果要打阻擊，此處是最合適的選擇。

柯鎮惡帶領兵馬搶先一步趕到檀合焉山，立刻依據地形布署起來，挖戰壕設伏坑、堆堡壘架彎弓，在柯鎮惡的部署下井井有條。防禦正是柯鎮惡最擅長的本事，而且他最擅長利用周圍地形，哪怕是一草一木、一塊巨石、一個凹坑，都能被他加以利用。

這一番時間雖然短暫，但是在他的指揮下，這一座矮山居然也在最短的時間內被他打造成了一座似模像樣的兵塞。柯鎮惡以傳說中的貂蟬洞為陣眼，舉目眺望了一下遠處剛剛冒出的一線敵軍身影，又看看匆匆布署完成的防禦陣地，忽地靈機一動，又叫人在山上多插旗幟，砍伐樹枝偽飾出一些堡壘，一時間，看那山上兵馬，似乎又多了一倍。

夜落紇和李繼筠率兵匆匆逃到檀合焉山下，老遠就見山上旗旛招展，兵馬密布，夜落紇一見急急一勒韁繩，駭然失色，膽喪道：「完了，完了，這下完了，你不是說銀州兵馬斷不敢出城迎戰的嗎？你看那是什麼？」

李繼筠見了前方嚴陣以待的兵塞氣勢，心頭也頓時一沉：「失算，我竟然失算了，難道……難道老天真要我李繼筠命亡於此？」

他們倒不是畏戰，只是追兵太緊，這一次雖然甩得遠了些，但用不了半日工夫，他們也就能追上來，再看前方陣勢，恐怕銀州守軍已是精銳盡出，誓要不容他一兵一卒逃出生天了。真要打起來，這座山頭他們未必就能攻下來，就算攻得下來，也不是一時半刻能夠完成的事，而追兵那時必已趕到，他們哪裡還有機會再行逃脫？

所有的希望都成了泡影，李繼筠勒馬望山，呆呆半晌，竟然想不出是該進該退。阿里王子一看四下士卒俱現猶疑恐懼的神色，再遲延下去，恐懼氣氛蔓延開來，莫說要打，這支殘軍馬上就得崩潰四散，再不可戰，他們父子和甘州餘部今日就得全軍覆滅，立即拔出彎刀，高聲大喊道：「眾將士聽了，如今後退必死，前進方有一線生機，咱們殺過去！」

夜落紇和李繼筠被他一言喚醒，立即各自拔刀呼喝三軍，方欲潰散的人心這才為之一振。

柯鎮惡站在山下，眼看敵軍情形，不禁暗暗冷笑，信心也為之倍增，一見敵軍片刻驚惶散亂之後，在將領們的約束下慢慢擺開進攻的陣形，立刻也命所部做好準備，就在這時，後方一騎飛馬上山，跳下馬來匆匆一問，便飛也似地搶進了他的臨時指揮所，大叫道：「將軍，將軍，『飛羽』傳來太尉十萬火急的命令。」

「什麼？」柯鎮惡急忙搶前一步，一把抓過那軍書，竟然是用明文寫的，柯鎮惡匆匆看了一遍，臉上頓時露出一副比哭還難看的笑容：「放……放他們逃生？」

五百三四　絡繹東去

大風起兮雲飛揚。

楊浩挾西征之銳師，從容回返夏州的消息傳開，橫山前線士氣頓時為之大振，緊跟著四萬精銳兵力的注入，使得在楊繼業的打造下風雨不透的橫山防禦陣線更是堅若磐石，又五日，楊浩親自駕臨橫山，巡視戰情。在這種激勵之下，橫山守軍大展神威主動出擊，予宋國兵馬以沉重打擊。

得悉楊浩已趕回夏州且增兵橫山，潘美和王繼恩也暫時停止了內耗，一致對外，首先停止對橫山發起的一系列進攻，然後利用已經占據的疆域築壘堡塞，建設烽燧，開始穩紮穩打，做起了持久戰的準備。楊浩一方也依托險要，加固防禦工事，雙方猛烈的戰勢暫時告一段落，雙雙進入休整備戰期。

楊浩趕到橫山，立即召見楊繼業等心腹大將，祕密計議三日，隨即楊繼業就下達了一連串的命令：久戰已疲的士兵撤至二線進行休整，新發之軍調至一線，傷兵殘卒運回夏州養傷，糧草給養源源不斷送上橫山，分別屯駐於幾處重要的兵塞。同時令夏州軍高築堡壘，深挖壕塹，本已壘就的兵營堡壘在其外面盡皆再築一層，中間夾以草木泥土，使得厚重無比，看那樣子，不但使堡壘堅固無比，而且還兼具了冬季禦寒的功能，有些眼力的人都看得出來，這一仗恐怕是不想善了了。

與此同時，軍書公函也是往來不絕，一日之內，飛鷹信鴿起落無數，紅旗信差更是穿梭不停，雖說太尉如今就在橫山，各種軍情公文理當送到這兒來，可是如此密集的傳報、如此頻繁的消息，還是令人感覺到，大帥必然要有一番大舉動了。

不過真正獲悉楊浩欲稱帝的人整個河西一共也不超過三十人，知道他早已做好第一次稱帝失敗準備的人除了楊浩自己更是只有寥寥六人：种放、丁承宗、折子渝、楊繼業、張浦還有羅冬兒。

大漠窮秋草衰之時，秋風寒凜，胡馬正肥。草原上，牧人部落正在抓緊蓄積秋草以度寒冬，以靈州為中心，依托賀蘭山和黃河耕種的大片良田也進入了收割期。一畝草地，頂多養得起一匹馬，但是一畝土地打下的糧食，產量在一石到兩石之間，足以保證五口之家一冬之用，嘗到了甜頭的農民一邊興沖沖地收割著麥稻粟米，一邊已開始盤算著趁冬閒多開幾畝荒，明年擴大種植了。

楊浩不但為願意耕種的農民提供了優良的糧食種子，從中原高薪聘請了經驗豐富的莊稼把式，而且為了鼓勵種植，糧賦不但偏低，對開荒墾田也有相當詳細的優惠政策。

橫山前線一觸即發的緊張氣氛，似乎完全沒有影響到後方百姓的生活。打仗，對這個地方的百姓來說，他們已經見過太多了，哪怕是普通的百姓，神經也鍛鍊得無比堅韌，在這樣險惡的環境中，他們比別處的百姓更堅強，也更樂觀，一點點希望，也能給他們帶來歡樂和滿足。

楊浩初具規模的統治機構已經開足了馬力，在軍事、政治、經濟、文化、宣傳各個方面緊鑼密鼓地開始運作，為楊浩稱帝、為河西諸州安然度過今冬的天敵和人敵做起了種種戰略準備。

秋意真的越來越濃了，山腳下，野草已一片枯黃，高大的樹木那遮天的綠蔭也不見了，一陣風來，敗葉隨風飄落，樹枝似在瑟瑟顫抖，一望無垠的平原上，雖然陽光燦爛，卻少了幾分暖意，天地間一片肅殺，似乎也感染了依托橫山據險而守的雙方大軍的無窮殺氣。

「達達達達……」山谷間響起一片清脆的馬蹄聲，幾隻正在枯草叢中覓尋著草籽野穀的鳥雀驚飛起來，展開翅膀飛上枝頭，用鳥喙剔剔羽毛，顧盼著樹下，耐心地等候著山間行人經過，不過那兩人兩馬，卻偏偏在樹下站住了。

一箭地外，穆羽率領著楊浩的親信侍衛們勒馬駐足，機敏地掃視著左右，而大樹下，楊浩已勒住坐騎，與折子渝並肩站在那兒。

「子渝，趙炅對折家，必然置以最嚴密的看管，妳一個人去汴梁，個人安危且不說，想救他們出來，更是無濟於事呀，妳真的要去嗎？」

折子渝輕輕點點頭：「他們是我的親人，自從出事以後，我還從來沒有去看過他們，你教我怎麼放心得下？不去親眼看看他們，我難以安心的。原本，有折家軍這個責任、有府州這個責任，我就算天天夢見他們，牽掛著他們，也走不開的，如今……總算是一身輕鬆，我可以去看看他們了。你稱帝在即，我提前幾日離開，路上也容易些。」

她又看了楊浩一眼，眸中的冷意漸漸化作一縷柔情：「不管怎麼樣，謝謝你，這分責任，我只放心交給你，也只有你肯替我代起來。楊……浩哥哥，算我欠你的……」

楊浩突然伸手抓住了她的馬韁，蹙眉道：「怎麼說的這麼客氣？教我越聽越是不安，難道……妳打算再也不回來了。」

「我不知道……」折子渝的眼神有些茫然：「真的，我不知道。我不能捨下自己的親人，卻又知道救不出他們，我不知道該怎麼做，也不知道將來應該怎麼活。走一步……看一步吧……」

「子渝，我知道妳在汴梁還有一些潛伏的勢力，『隨風』中還有一些絕對忠心可靠的人受妳所命，但是妳有再大的本事，也不可能救出妳所有的家人，如果救出一個兩個，恐怕就會害了其他所有人，切切不要感情用事。」

折子渝勉強一笑：「我明白，我絕不會做出傷害我家人的事的，凡事我會小心。」

「妳不明白！」楊浩的語氣加重了：「妳以為，我只接收了妳的兵馬，答應替妳折家出一口窩囊氣，然後就心安理得地置妳折家於不顧了？對我楊浩，妳已心灰意冷了，是嗎？我告訴妳，我從來沒有過這種打算，只是有些事情，在籌劃出一些眉目之前，我不想胡亂張揚、不想對妳胡亂許諾。我已經在想辦法，救妳全家出來。」

折子渝苦笑道：「不可能的，除非你能打到汴梁去，奪了他趙氏江山，你能嗎？你打不下來，就算能，你也沒有代宋自立的念頭，從來沒有，你如今最大的野心，也只是想占據河西隴右這無主之地，再造一個天下，是嗎？」

楊浩驚訝地道：「妳怎麼知道？」

折子渝嘆了口氣道：「我怎麼不知道？你的為人秉性，性格脾氣，我又怎麼不了解？走到今天這一步，你已是被逼無奈，你是絕不肯與宋國大舉交兵，讓整個中原再度陷入戰亂之中的。北國契丹虎視眈眈，趙光義忌憚它，而你……你雖與契丹暗中往來，交情深厚，可是你也在防備著它，對它的猜忌遠甚於一直迫你害你的宋國，你當我看不出來？

「你與我們縱論天下大事時，只說要將吐蕃人占據的隴右盡占手中，可曾有過再謀關中、西蜀的打算？沒有！得隴而望蜀啊，得到了隴右，開啟關中的鑰匙便掌握在手中了，何況你在蜀地還有小六和鐵牛兩顆伏子，一旦隴右在握，關中和蜀地輕易便可拿下，據此而東望，何事不可為？

「可是你利用李煜父子的聲望在江南挑起的幾起事端稍經打擊便偃旗息鼓了，如果你有心於中原，你完全可以做得更好。還有蜀地義軍，他們的作用，在你眼中一直只是扯扯宋國的後腿，減輕你河西的壓力，你從來沒有想過要把它打造成一支可用之兵，直搗宋國腹心，為你圖謀天下之先鋒的打算。你，雖得天獨厚，不過你很容易滿足，也從來沒有什麼野心。」

楊浩看著她，冽冽秋風中，那雙眸子卻滿是暖意：「知我者，子渝也。有些事，我說出來妳也不會信的，我之所以如此，不是因為我胸無大志，而是……」

「嗯？」

楊浩意興索然地一笑，仰首望天，悠悠吐出一口濁氣，決定拋開這個話題不談了，轉而說道：「子渝，我真的想過如何救出妳的一家人，我打算……如果真的無技可施，那麼就在去帝號，稱王歇兵的時候，以那玉璽為代價，換回妳的家人。所以，妳此去汴梁，暗探親人，這種心情我能理解，但是切勿做出打草驚蛇的事來，不然反而是害了他們。」

折子渝吃驚地張大雙眼，失聲道：「你說什麼？那……那可是傳國玉璽！」

楊浩淡淡地道：「在我眼中，那不過是一塊石頭罷了，妳也說過，我無意於中原，要它作啥？在我眼中，它怎麼及得了義兄全家滿門。」

「你真是瘋了，交出玉璽，換我家人。他趙光義不擔心我兄長揭發他出兵府州的真相？你既已請降，分明已不克久持，他不會因此加派兵力，一舉消滅你？」

楊浩微笑道：「我看妳才是關心則亂，往日的聰明智慧都不見了。我不把他拖到精疲力盡的時候，怎會送他臺階自去帝號？他還有餘力繼續發兵？他不怕我把這傳國玉璽送給大遼皇帝藉以與之結盟？呵呵，妳放心吧，不到萬不得已，我不會用它交換，若果用它交換，必也通盤考慮，慮及種種後果。」

折子渝靜靜地凝視著他，眼中漸漸漾起深深的感動，輕輕地道：「浩哥哥，如果……你真能救我家人出來，折子渝這一輩子都不再和你拗氣，為奴為婢，都聽由你的使喚。你那位唐夫人……再如何嘲我氣我，我也不在乎了……」

楊浩嘟囔道：「我缺奴婢嗎？那可是傳國玉璽呀，用來換一個奴婢，實在是吃虧了些。」

折子渝一時衝動，心中情意已表露無遺，哪個女孩子好意思明明白白自許終身，什麼為奴為婢，言外之意已經說得很清楚了，偏偏他還在那裡抱怨，也不知他是真傻還是假傻。

折子渝殫精竭慮，本就已經心力憔悴，懶得再動心思了，在楊浩面前她更是腦子一團漿糊，這時一聽他抱怨，也無暇多想，便沒好氣地嗔道：「難道你缺老婆？」

楊浩眼中露出一絲笑意，輕輕地道：「天地間只有一塊傳國玉璽，卻也只有一個折子渝，所以，妳和那傳國玉璽一樣，在這世間都是獨一無二的。我楊浩胸無大志，在我心中，溫香暖玉遠勝那冰冷冷的石頭百倍。子渝，我從來沒想過做一個孤家寡人，從來沒有想過，在我心中，每一個家人都重過那權位，就像妳對妳的家人一樣，所以……我不阻止妳。所以……我願意為妳這做這一切……」

「我……」折子渝很想再說點什麼，卻只覺得鼻子發酸，很想流淚。她吸了吸鼻子，強抑欲流的淚水，提韁說道：「我去了！」

楊浩鬆開她的馬韁，說道：「好，我讓妳去！記著，保重自己，保重家人，早些回來。因為，妳是我的！妳的家人，我來擔待！」

折子渝深深地望了他一眼，忽地打馬飛奔而去。她不敢再說什麼了，是的，楊浩有時候優柔寡斷，有時候溫吞怯懦，但是當他真的決定一件事時，卻常常能為人所不能。這天底下，還有沒有第二個男人肯為了她把中原的帝王做對手？這事上還有沒有第二個人把她看得重過那代表著「皇權神授、正統合法」的傳國玉璽？

一塊石頭？那塊石頭是國之重器，得之則象徵著「受命於天」，失之則意味著「氣數已盡」。楊浩豈會不明白它的重大意義？他早晚還是要登皇帝位的，豈會不明白它的重大作用？我折子渝是獨一無二的嗎？折子渝知道她不是，天下間的美人應有盡有，楊浩如果想要，吳娃越豔，鄭婉秦妍，東西佳麗，異域佳人，唾手可得，就算是如今楊府中的焰焰、娃娃，風情姿色也不遜於她，乃至那位原來的唐國皇后，如今的修真女冠，美貌更勝她三分。

然而，在楊浩心中，她是獨一無二的！

是的，他說的少，但是他只一說，就勝過多少海誓山盟。是的，他做的少，但是他只一做，就做得驚天動地。多少的委屈和幽怨，這時都已拋到九霄雲外去了。她不敢不走，再不走，或許就會軟倒在他的懷裡，再也不捨得走。

她走了。沒走的時候，一顆心已繫在了汴梁。現在走了，一顆心卻又牢牢地繫在了楊浩身上。

「這個害人精！」折子渝狠狠抽出一鞭，在心裡面又甜又酸、又憐又喜地輕喚一聲。

* * *

楊浩筆直地坐在馬上，直到折子渝的身影閃過山路，便將手中的馬鞭舉了舉，後邊立即有兩騎飛奔而至。馬上的人看起來像是一對父子，大的三十五、六，一張像西北小行商的赭黃色的臉，精瘦的身子，身手倒是利索。另一個看起來還是個十三、四歲的少年，眉清目秀，頭上戴了一頂寬沿氈帽。

「我要你們做的事，現在不得不加上一件了。」

楊浩嘆了口氣，回身說道：「雖說子渝聰明機警，在汴梁也有她的一套班底，做事也知輕重。不過……龍潭虎穴之中，終究處處凶險。宋國皇城司的密諜雖沒什麼了不起，畢竟是地頭蛇，你們在做好自己的事的同時，盡可能照顧她一下。」

「大叔放心好啦，我會照顧子渝姐姐的。」

少年拍拍小胸脯，脫口而出的卻是清脆悅耳的女聲。

一旁的中年漢子把壽字眉一擰，訓斥道：「我不是說過了一旦換了裝扮，不管人前人後，任何時候，不得使用女聲，必須養成習慣？」

少年調皮地吐了吐小舌頭，雖無什麼懼意，卻乖乖地改口，用少年聲音應道：「狗兒知錯，下回不會啦。」

楊浩一笑，對那氣勢洶洶的中年漢子溫和地說道：「竹韻，自妳上次奄奄一息地歸來，我就不想再讓妳刀山火海地闖蕩了，可這件大事，我又實在找不出別人可以勝任，還得委屈妳走一趟。」

那黃臉漢子一口男人聲音，說道：「太尉太客氣了，竹韻別無所長，只有這一身高來高去、匿蹤易容的本領，承蒙太尉高看，此去，竹韻一定完成太尉交辦的重任。」

「好！」楊浩點點頭：「妳們趕快上路吧，沿途莫跟丟了她。待到了汴梁，妳就潛伏下來，我給妳足足一年的時間，許多事情都可以早做鋪墊，以完成這樁驚天之舉。等這一回事了，妳就留在夏州，以妳累積之功，足以掌理諜報院，以後再也不用親自執行這麼危險的任務了。」

「太尉，今昔往日，天壤之別，竹韻已經心滿意足了，為太尉做再多的事，屬下也……」

楊浩道：「竹韻，妳在我的心中，可不只是一個屬下啊。」

「啊？」那漢子的聲音微微有些發顫，一抹清晰可辨的紅暈爬上了他赭黃色的臉頰，他結結巴巴地道：「我……我……」

楊浩卻全未注意，他遙望汴梁方向，喟然嘆道：「玉落現在正在汴梁，唉，我這大妹早已過了婚嫁的年齡了，卻因為我的緣故，如今雖能日日相見，卻是有情人難成眷屬。竹韻，在我心中，妳不只是我的屬下，其實我也把妳當成親妹子一般看待呢，我已經耽誤了一個妹妹，可不想再耽誤第二個，何況……古老伯也著急得很呢，等這次任務事了，妳安頓下來，也該考慮一下自己的終身大事了。」

「啊……喔……竹韻……竹韻知道了，勞太尉費心……」

竹韻本來芳心如小鹿亂撞，這時大失所望，卻是一陣失落，隨口答來，不知不覺地便恢復了女孩子家的聲音，語氣不無幽怨。

一旁狗兒不識愁滋味，卻哈的一聲笑，拍手道：「竹韻姐姐說錯話了，哈哈哈，妳也用了本來的聲音。」

竹韻瞪她一眼，揚手一鞭，抽在狗兒的馬股上，狗兒「哎哎」地叫著坐正了身子，那馬已如離弦之箭，飛馳而去。竹韻向楊浩一抱拳，強裝豪邁地道：「太尉，屬下告辭！」說罷反手一鞭，大喝一聲：「駕！」便追著狗兒去了。

* * *

蘆嶺州開寶寺後殿中，一黃衣僧人正在殿中練武，這一套掌法由他施展開來，當真是殷雷陣陣，罡風排空。他把僧衣掖在腰帶裡，呼喝叱吒，如同驚雷，一雙鐵掌使將開來，當真是凌厲無匹，威猛無敵。

殿中地上有許多圓形的坑洞，裡邊立著半人多高的木樁，那木樁都有壯年人小腿粗細，用的木料是結實結重的梨木，就算以利斧去劈，也不是三斧兩斧就劈得斷的，但那年輕黃衣僧人一掌劈去，木樁便應聲而斷，拍得漫天木屑紛飛，其掌勢迅急，竟然沒有一絲遲滯。

兩個紅衣喇嘛立在殿外一角粗大的殿柱旁，靜靜地看著殿中那瘋狂地擊打著一切、摧毀著一切的黃衣喇嘛僧，就見那黃衣僧人一個旋身，狂風般閃至大殿一角，吐氣開聲，雙掌一推，砰的一聲擊在立在那兒的一塊半尺厚的石碑上。

這樣厚重的一塊石碑，但憑一雙肉掌若能把它擊斷的話，那掌力已是十分驚人了，可是這黃衣僧人一掌擊中那石碑之後，石碑竟然一動沒動，待那黃衣僧人徐徐抽掌，立定身子下壓丹田的時候，驚人的一幕出現了，方才那紋絲不動的石碑突地轟然倒塌，化作了一塊塊碎石，原地坍落下去。

殿外一個白眉老僧不由「嘶」地吸了口寒氣，看起來如此剛猛的一掌，又是擊在同樣至剛至硬的青石碑上，所有的掌力居然被這石碑完全吸納承受，沒有一絲撼動，這可不僅僅是速度能辦得到的事，這殿中的年輕僧人分明已將這掌法練到了陽極陰柔，剛極化柔的至高境界了。

「武痴就是武痴，如此年紀，習此祕技短短幾年，竟然……竟然練到了這般境界。」那白眉僧人讚嘆了一聲，卻又省起了什麼，皺起眉道：「手印，只是修習佛性的身外心法，導引智慧，了義教理，而他……似乎有些捨本逐末了，這麼重的戾氣，如何修練佛性佛心？」

達措活佛微微一笑，轉身行去，說道：「宗巴大師，了義教理，亦可由外而內的，依我看，他卻大有佛性呢。」

殿中，壁宿站在原地，看著那被擊得粉碎的石碑，又看看自己由通紅粗大漸趨正常的一雙肉掌，這幾年，他一直活在仇恨裡，只有瘋狂的練功，才能稍抑他心頭的殺意，如今，最難練的大手印也被他練成了，他不知道接下來還有什麼事情可以壓制他心頭日積月累，越來越重的心障。

「憑我如今剛猛無儔的拳腳功夫，和那潛行匿蹤的本領，我還不能潛入皇宮，殺了我的大仇人嗎？一定要在戰場上才有機會？僅憑一身武功，我做得了大將軍嗎？」

他的雙眼微微地瞇了起來：「太尉，我已等不及了，我現在……就去汴梁！」

五百三五　誰能下詔？

夏州節度使府這些日子信使往來，十分繁密，等楊浩自橫山前線趕回來以後，更是信差如織，一刻不停，闔府上下人人都看得出來，太尉必然正在醞釀著一樁大事。所以府中的侍婢下人們全都提起了小心，做事謹小慎微，生恐出錯，不過閒人倒也不是沒有，像窅娘、龍靈兒諸女並非府中侍婢，這段時間就格外清閒。

八龍女趕到夏州後便離開了軍伍，回到自己家在夏州的府邸，將這些時日為二夫人出謀畫策，並立下戰功的消息稟報了龍瀚海，龍瀚海聽了之後老懷大慰。

其實他到了夏州之後也並非沒有官職，只不過他這個官是楊浩照搬了宋國的官僚體制，封的是個閒官，有官無職，只拿俸祿，無權做事，眼見楊浩對龍家沒有進一步的管制措施，龍瀚海的心裡便穩當了些，又聽女兒透露出了二夫人有意委其官職的信息，仔細想想，也打算放棄以女兒為晉身之階的方法，龍家子孫不乏俊才，既然太尉愛才，那麼待時局穩定下來之後，龍家還是有出頭之日的。

不想夏州重要人物這些日子活動頻繁，天天聚集節帥府召開祕密會議，過了幾天會議規模開始擴大，龍瀚海這個閒官也被召去，龍瀚海又驚又喜，只道女兒的表現已使得太尉注意到了龍家，不想他趕去節堂參與一次會議之後，回來一副諱莫如深的模樣，會上講了些什麼，他對誰都不講，就連自己的兄弟和兒子都不肯說，卻又把當初從家族中遴選出來的八龍女打發進了節帥府，對她們只說盡量幫幾位夫人做些事情。

龍靈兒、龍清兒等八女哪曉得楊浩已欲稱帝，龍瀚海思來想去，又打起了做皇親國戚的念頭，巴望著她們之中能有一個兩個被楊浩看中，將來做個貴妃，既然夏州是有女兒家做官先例的，唐焰焰又親口許諾過要給她們舉薦個官職，便聽從龍瀚海之言，趕到了帥府。

節帥府中這些日子全力運作，整個統治機器都隆隆開動起來，一時間還真沒什麼事情要交辦給她們，閒來無事，龍家八女和窅娘等人便成了朋友，談天說地，切磋舞蹈，甚至玩玩馬球都是有的。

此刻幾人坐在右跨院已然凋零的葡萄架下，正在打著葉子牌，從月亮門望出去，只見府中正道上來來去去的盡是背插紅旗的緊急信使，龍靈兒忍不住說道：「太尉自打回了夏州之後，倒比西征時更加忙碌了，尤其是從橫山回來後，幾乎不見他有片刻歇息，不是說橫山戰事現已進入僵持階段了嗎？怎麼還會如此緊張？」

窅娘道：「是啊，我到節帥府幾年了，還從未見過太尉如此忙碌，不管面對怎樣的對手，形勢如何緊迫，都沒有出現過這種情況。自打他回來，就連玉真子道長那兒也只去了一趟……」

玉真子道長就是周女英如今在節帥府的身分，窅娘一邊打牌一邊說話，信口便說出這句話來，一語出口，便知不妙，龍靈兒、龍清兒諸女果然生疑，一雙雙妙目都瞟向她，龍靈兒疑道：「玉真子道長？太尉如此忙碌，只見玉真子道長一面有何出奇？我聽說太尉這幾天書房的燈徹夜不熄，就連後宅都沒去過幾回呀，妻妾尚且如此，何況一個道人？」

「啊……」窅娘慌慌張張地丟出一張牌，胡亂掩飾道：「這個嘛……呃……妳們有所不知，太尉雖是佛家護教法王，卻也是道家大聖純陽子真人的徒弟，這個……這個……對三清祖師也是一日三省禮，十分崇敬的，要不然何必在府上建一座道觀？這……這玉真子道長，恰是太尉的……師妹！」

「原來如此……」

諸女疑心稍去，窅娘紅著臉蛋暗道一聲慚愧，做為昔日唐宮首席舞孃，又與周女英一同流落西域，她和女英早已成了無論不談的閨中密友，平時也是她陪伴女英左右的，女英與楊浩之間的事情她自然清清楚楚，只不過這事卻是不便公諸於眾的。

龍璧兒見她臉映紅霞，似帶羞澀，不禁笑道：「窅娘姐姐，我聽說妳很早就在節帥府中了，卻是地位超然，既非妻妾，又非侍婢，也未免太奇怪了些。以妳如此美貌，整天在身邊晃來晃去，我才不信太尉他……嘻嘻，妳老實說，妳有沒有被太尉大人寵幸過呀？」

龍璧兒這一問，其餘諸女都豎起了耳朵，龍氏家主固然是剃頭挑子一頭熱，最初的時候，被家族選作和親之女，她們也不情不願，可是親眼見到楊浩年少英雄，對妻妾也是體貼愛護，十分尊重，並沒有尋常權貴的習氣，這幾個小妮子不覺便也動了心思。正所謂寧為英雄妾，不為庸人妻，若嫁個尋尋常常平庸無奇的男人，倒真不如服侍了這嘯傲西北的第一英雄，如果楊浩打過窅娘的主意，她們自然也大有機會。

龍璧兒這一問，窅娘登時臉赤如火，想起與女英抵足而眠，共宿一室，夜間敘些私己話時，女英說過太尉勇猛持久，教人抵受不住，她們二人今日處境，正是同病相憐，有心拉她做個「姐妹」，卻終因女兒家的羞澀，不敢應允，如今龍璧兒這無心的一問，恰勾起她的心事，倒似這個祕密被人知道了一般，窅娘登時跳將起來，笑罵遮羞道：「妳個小蹄子好不知羞，這種話也問得出來，沒得毀人清白，看我不撕了妳的嘴。」

這小蹄子本是北方一句方言，恰和說男孩子是小犢子相似，用在彼此不熟悉的人之間那是罵人，若是相熟且年長於對方的人說出來，便是一句暱語了。龍璧兒見她惱羞成怒，大笑拍手逃走，窅娘拔足便追，幾個女孩便丟了葉子牌，在院中玩起了老鷹捉小雞的把戲。

這些女孩子家俱都是明眸皓齒、眉目如畫的小美人，這一撲一躍，一閃一藏，恰如彩蝶翩躚，又似一枝枝花枝在風中搖曳，倒是別有一番曼妙風情，吸引了匆匆來去的許多男人的目光……

＊　＊　＊

此刻，楊浩在書房中卻正忙得昏天黑地，自打他回了夏州，就像上了發條似的，四房嬌妻愛妾固然無暇常顧，就連那剛剛足月的寶貝兒子雖是近在咫尺，也沒見過兩回。

「什麼？還在商議？不用商議了，自盤古開天闢地，三皇五帝到如今，第一個大帝國就是夏朝，本帥中興之地又是在夏州，這國號就定了吧，就用夏字好了。叫他們多幹點正事，少在這上面浪費工夫。」楊浩不耐煩地吩咐道，他搞不懂那些文人怎麼就這麼在乎區區一個國號，難道一個國家是否強大，就取決於一個名字？議論來議論去，沒完沒了的，已經把他煩透了。

反正這一次的國號只是臨時性的，將來降而復立的時候還要重新取國號，這次馬馬虎虎就用個夏字吧，也算是本來歷史上應該出現的一個朝代一個補償，讓它短暫地露一下臉。

打發了秦江出去，楊浩又拉過林朋羽，二人磋商半天，楊浩總結道：「對，主要就是這些事情，林老，你盤點整理一下我們的糧米存量，速與崔大郎取得聯繫，原購貨物暫且放下，全部改成糧米，對！正是秋收時候，要他不惜一切購買糧食，想辦法運過來，必要時我們可以派人相助，價錢方面隨他開價，不過……得先欠著。呵呵，放心好了，他抽身不得，就必須得繼續支持下去。」

打發走了林朋羽，楊浩又轉向盧雨軒：「盧老，河西諸州，以維持穩定為第一要務，只可適量徵調少部分士兵來援，至於糧草方面要酌情調配，盡量不徵調那裡的糧食，不可影響了河西諸州百姓的生活。你告訴張浦將軍，我把河西交給他了，一定要給我看好，打得下河西諸州，並不代表那兒就一定屬於咱們了，務必要爭取百姓歸心，爭取世家大族們的擁戴，做事莫要拘泥不化，要懂得權變之道。」

「是！那下官馬上啟程了。」盧雨軒站起，撣撣官袍舉步便走。

「大帥，你找我？」

「大少，哈哈，葉大少。」

楊浩一見葉之璇風塵僕僕地走了進來，立即丟下剛剛拿在手中的一封密函，滿面春風地搶上前去拉住了他，葉之璇受寵若驚地道：「大帥。」

「來來來，坐，坐坐坐。來人啊，看客。」

楊浩親切地道：「大少啊，這一回可是你大顯身手的時候了，你看，從遼國上京到我夏州這條通訊線原已鋪就了，如今從敦煌到夏州，從兀剌海到靈州，這兩條訊息線你也剛剛鋪完，我知道你辛苦得很吶，不過現在還有更艱鉅的任務交給你，而且必須得馬上去做。」

葉之璇囁嚅道：「大帥，我爹……我爹剛給我說了門親事，原說自沙州回來就要操辦一下的，你看……」

「啊？哦，我知道我知道，等你辦婚事的時候我一定要去的，還會準備一份厚禮。」

葉之璇搓著手乾笑道：「這個……太尉公務繁忙，身分貴重，屬下不敢妄想太尉能駕臨寒舍，參加屬下的婚禮，屬下是說……」

「我明白，我明白，可是這事急呀，你看看，麟府兩州落入宋軍之後，原有的與汴梁的通訊管道不太順暢了，被破壞的部分得重新架設起來，還有這裡、這裡……」

楊浩在沙盤上指指點點：「從這裡到隴右，從隴右到巴蜀，正所謂知己知彼，百戰百勝，不要看你從來沒有握過一天刀，上陣殺過一個敵人，可是你的戰功赫赫，在看不見刀光劍影的戰場上，可是立下了莫大功勳吶。新娘子那邊，就讓她再等等嘛，反正也跑不了，要不本帥派幾個兵去你丈人家守著？」

「不不不，不用不用，我……」

「那就好，那就好，你馬上上路吧，這幾條通訊線務必要以最快的速度建好，要錢給錢，要人給人，要什麼我給什麼。呵呵，這番功勞立下來，本帥還要升你的官，嗯……聽說你那未來的娘子是銀州李家的閨女？好啊好啊，大戶人家的閨女，不錯不錯，不過我聽說李家這閨女妒性奇重，怕你不好擺布她呀。」

「啊？不會吧，我聽媒人說，李一德大人家的那個姪女溫柔嫻淑，貌美如花，是整個銀州城最具婦德的女人啊？」

「嘿，媒人？麻子臉她也能說成一朵花。媒人的話能信嗎？就你這狎妓偷歡的風流性子，到時候就得像程世雄將軍一樣，不但懼內，想要納妾蓄婢，那更是難如登天啦。不過你不用怕，你是本帥甚是倚重的人，本帥給你撐腰，將來這新娘子要是倚仗她娘家的權勢欺負你，你儘管來找我。」

葉之璇大喜，連忙道：「多謝大帥。」

「不謝不謝，這事包在我身上啦。小羽啊，帶葉大少去見范主事，需要什麼盡快備齊，大少設置了這幾條通訊線後，還要回來成親的。」

「遵命！」穆羽答應一聲，拉起葉之璇就走。

「噯，我其實……」

葉之璇看看桌上那一口還沒喝的熱茶，稀里糊塗地就被穆羽帶了下去，等他走到范思棋的官署裡，這才反應過來，不由暗叫一聲晦氣。

楊浩書房外面又來了張崇巍，後面帶著四個人，到了門口張崇巍大聲稟報道：「報，大帥，你要的人我帶來了。」

「哦，快快進來，怎麼樣，都合乎要求嗎？」

等張崇巍步入書房，來到楊浩身邊，楊浩立即問道。張崇巍低笑道：「大帥放心，這幾個人作戰勇敢，機警伶俐，而且都在隴右待過，熟悉那裡的民情地理，正合大帥的要求。而且他們俱已成家立業，有妻有子，不怕會生異心。」

楊浩點點頭：「喚他們進來！」

門外應聲走進四人，俱有三十多歲，身材魁梧，舉止沉穩。四人向楊浩抱拳稟報道：「定難軍營指揮王如風、都頭狄海景、都頭巴薩、隊長張俊參見大帥。」

「快快請起，張將軍已把本帥的意思告訴你們了嗎？」

「卑職等已然知曉。」

「好，你們可願往隴右一行？」

「願從大帥吩咐。」

「甚好，夜落紇、李丕壽一旦進入隴右，必然招兵買馬重聚勢力，你們四人弓馬嫻熟，又是帶過兵的，投效到他們麾下，很容易就能脫穎而出，這兩人初到隴右，必然倚重尚波千，可是等到他們氣候已成，嘿嘿，一山難容二虎，他們都是桀驁不馴的一方梟雄，又豈會甘居尚波千之下？夜落紇有大把的回紇人可以召納，李丕壽也必然大量吸引羌人，再加上羅丹族長，到時候隴右四分五裂，你們大有可為。」

楊浩嚴肅起來，鄭重地道：「此去，固然凶險重重，可是未必就比留在夏州戰陣廝殺凶險，這一去，武力還在其次，你們要多動腦子，盡量謀取他們的信任，掌握他們的力量。來日，本帥收復隴右之時，你們在他們麾下不管做到了哪一級將領，本帥都會在你們已有的官位上，連升三級！」

四人激動地道：「謝大帥。」

楊浩道：「好，你們去吧，張將軍會把你們的具體任務和聯絡方式告訴你們。至於這裡，你們不用擔心，你們的父母妻子，本帥為你們贍養。」

四人重重一抱拳，興沖沖地跟著張崇巍出去了。楊浩折身返回書案旁坐下，打開那份好半天都沒顧上看看的公函，剛剛看了兩行，門外急急行進一名侍衛，說道：「大帥，蘆嶺州達措大師送來消息。」

「哦？」

楊浩遂又抬頭，說道：「拿來我看。」

匆匆展開書信一看，楊浩不由拍案道：「這個壁宿。」

楊浩搖頭一嘆，蹙眉想了一想，抬頭喚道：「暗夜……」

汴梁，汴河，千金一笑樓。

＊　＊　＊

綺樓朱閣，花樹成蔭。那些秋花秋果、常綠的名貴樹種，把千金一笑樓的核心所在「如雪坊」點綴得春意盎然。秋的氣息，似乎沒有在這裡烙下多少痕跡。

秋風中，正有陣陣琴聲傳來，琴聲悠揚，是自「如雪坊」中傳出來的，詩一篇，酒一觴，撫琴品簫，佳人相伴，這裡正是才子貴人們趁醉徘徊的美景佳處，只是……如今已很少有人能看到如雪坊主，汴梁第一行首柳朵兒的美妙之姿了。

這倒不是因為千金一笑樓日進斗金，柳行首無須再親自出面接待應答貴客，就算她富甲天下，可以不理會才子名士，可是權貴公侯若求一晤，她又怎能拒絕？不過，不知從什麼時候起，坊間傳說，這位汴梁花魁，如雪坊主已是名花有主了，而那主兒，就是當今的大宋皇帝，試想，在這種情況下，誰還敢大剌剌地去求見柳大行首？漫說心猿意馬，欲求佳人溫存良宵了，就算讓她撫琴一曲、斟酒一杯，誰敢消受？柳朵兒或許沒什麼，問題是誰敢在她面前擺一擺和當今天子一樣的譜啊？

於是，那美妙的琴曲也就只好知音少，弦斷有誰聽了，或許有幸一聞的，只有「如雪坊」中的花花草草了。

千金一笑樓中，正有悠悠歌聲傳來，不用琴瑟，只以象牙拍輕敲板眼以和，淺吟低唱，曼妙異常，若有人聽過雪玉雙嬌中的雪若婻檀口清唱的歌喉，當可知道這正是雪姑娘正在漫聲低唱，能得她親自獻唱的，想必也是地位極高的達官貴人。

只是那歌聲雖自高樓上傳來，卻也壓不住那似有若無，裊裊不斷，細若髮絲卻有繞梁三日般效果的琴聲。琴聲時而低迴婉轉，時而如珠走玉盤，柳朵兒焚香靜坐，淡然撫琴，纖纖玉指輕撫慢捻，優雅的琴聲便自指間流水般瀉出，空靈飄逸，變幻自如。

柳朵兒手法熟稔地撫著琴，心神也隨著那琴聲飄到了九霄雲外。寂寞，無盡的寂寞，當她昔日迎來送往，為了身分地位和「如雪坊」的存在而煞費心思的時候，多麼想停下來歇一歇啊，可她從來也沒想到，停下來歇一歇，竟然是這般孤寂無聊。

她如今是當今帝王的女人，卻囿於身分，不能入宮。她只是一個花魁，在平民百姓心中，卻和母儀天下的皇后一般尊貴，不容褻瀆。於是她便卡在了這進也進不得，退也退不得的尷尬境地，當初剛剛成為帝王的女人時那種誠惶誠恐、暗自竊喜的感覺已蕩然無存，現在只有深深的疲倦和厭倦。

「千金一笑樓」已奠定了它在汴梁無上的地位，她現在也奠定了自己在「千金一笑樓」的無上地位，再也沒有什麼可以爭取的了，於是她也便像一個無欲無求的老僧，雖然仍是花容月貌，身姿婉媚，卻少了幾分靈韻和活力。她還年輕，卻只能活在回憶當中。

如今想來，最多姿多采，最教人難忘的歲月，似乎還是「千金一笑樓」剛剛建起的時候，還是楊浩在這裡的時候，學戲、編曲，一起想些打敗競爭者的手段，甚至和吳娃兒在那位火情院長家的後院裡爭風吃醋，絞盡腦汁地做些美味佳肴以顯擺自己的手段……

而今，是高處不勝寒嗎？可她所站的這個高處，又是何等虛幻。如果時光能倒流……聽說吳娃兒現在在西北儼然是外事院、鴻臚卿一般的身分，以她的文采學問，妙語如珠，當真是得其所哉，只是……楊浩那麼高的身分，也捨得讓她拋頭露面。

還有妙妙，聽西北那邊過來的人說，胡商漢賈，豪紳闊富，全都要仰她鼻息，這個丫頭，倒真是個理財打點的行家裡手，她嫁了楊浩多久了？怎麼想起來好像是很久很久以前的事了……她現在該已有了自己的骨肉吧？而我……

柳朵兒脣角露出一絲苦意，每一次受到那皇帝寵幸，她都不能真的和自己的男人溫存共眠，一俟雲雨事了，內侍們就如臨大敵，務必把她喚起來進行種種善後措施，皇家……是不能在民間遺有血脈的，尤其是自己的身分……怎麼能懷上龍種？那種羞辱……現在似乎也已經習慣了。

琴韻悠悠，如煙之痕，裊裊縈繞，縹緲空靈，她的軀殼，就像一具行屍走肉，她的神思，卻在回憶和遐思中飛翔，就像花落池水，漣漪不斷……

「哈哈哈，好，朵兒的琴技更加高妙了。」

忽地一陣掌聲傳來，隨之而起的是高聲喝采。

不由抬頭，柳朵兒就曉得是他來了，現在除了他，還有誰敢在自己身邊作高聲語呢？

朵兒慌忙起身，襝衽道：「官家。」

趙光義笑吟吟地走了進來，在錦氈上坐下，笑道：「來，這邊坐。」

「是。」柳朵兒應了一聲，款款行至他的身邊。

昔日那皎潔如月的美人，如今已經是一個姿容婉媚的小婦人了，靈秀依舊，卻多了幾分成熟婦人的豐腴圓潤，風情更加迷人，就像一朵盛開的花兒，素肌瑩玉，風華正茂。

「官家今兒怎麼這麼高興？」柳朵兒在他面前，豈敢一臉落寞寡歡，她換上一副笑顏，玉臂輕舒，為他斟了杯香茗，笑問道。

那一探身，柳腰如折，圓臀如柳，雪肌玉膚透輕綃，趙光義雙眼不由一亮，伸手便攬住了她腴潤動人的腰肢，呵呵笑道：「一見了朕的美人，自然就開心啦。」

他的確開心，一直狗咬刺蝟無處下口的西北，被他巧施妙計，名正言順地拿下了麟府兩州，至於橫山目前的僵持，他並不擔心，想打持久戰？哼哼，小小西北，地貧山瘠，能耗得過我嗎？皇兄十年生聚，給他留下的錢堆滿了封樁庫，多得連串錢的繩子都放爛了……

還有那個礙眼的老三趙光美，淮南西路節度使兼侍中、中書令，知開封府、封齊王，大權在握，令人忌憚啊，現在也好了，帝王心意，自然有人揣摩，如京使柴禹錫告他驕恣狂妄，規格踰矩，先是撤了他的中書令和開封府，重新掌握在可靠的人手中，緊接著張洎也善體上意，又彈劾他不知悔過，怨恚聖上，有了這兩個大臣出頭，如今已把他貶斥長安做留守去了。

今天，又有一個好消息傳來，蜀地反賊頭目趙得柱在官兵圍剿下誤中流矢，暴斃身亡，此事必將重挫反賊的士氣，接下來不管是剿是撫，想必都會事半而功倍，內憂幾已盡去，外憂剷除在望，他如何不喜？

柳朵兒嬌俏地白了他一眼，神情甚是動人：「官家心憂國事，哪裡會把妾身放在心裡？想起來了，才來走走，偏會說些甜言蜜語。你要開心啊，必也是因為軍國大事，朵兒……還是有這個自知之明的。」

趙光義哈哈大笑：「真是個伶俐人兒，呵呵，要說軍國大事，卻也不假。如今政通人和，用兵順利，朕如何不喜啊？」

柳朵兒心中一驚，失聲道：「西北……已然打下來了？」

「西北若是已被朝廷打下來，那楊浩他……他莫非就這麼死了？」柳朵兒的心一下子變得沉甸甸的，儘管她一直對楊浩深懷怨尤，可她絕不希望楊浩身故，他們兩人之間那些恩恩怨怨，很難說誰對誰錯，大家各有立場罷了，可不管如何，有那一段故人情在，柳朵兒還是希望他能平平安安的，希望他能活著讓她怨，而不是死了讓她想，可是……他已經……

趙光義嘿然笑道：「哪有那麼快的？這可是用兵打仗，不過嘛……卻也快了，來來來，先來讓朕朕憐愛一番。」

趙光義伸手一探，柳朵兒那輕盈的身子便被他抱到了膝上，香骨珊珊，柔嫩溫潤，圓而挺翹的香臀隔著一層輕軟綾羅卻也不掩那柔軟彈性，翹臀入懷，一股香馥馥的熱力透體傳來，趙光義不禁色心大動，立即探手握緊了她胸前一雙酥膩嬌軟。

柳朵兒心中一陣厭惡，趙光義這人從來不是一個憐香惜玉、知情識趣的主兒，床笫間全然不曉合歡共樂的訣竅，又或者，因為他的身分，他從不耐煩花費功夫去撫愛得懷中女人情動，他就像上陣殺敵一般直來直往，令人只覺苦楚而不覺其樂。急呼呼地來了，接著便迫不及待地要，當初還知道聽曲吟詩裝裝樣子，而今他做了皇帝，全無了顧忌，卻是更加面目可憎了。

這也罷了，尤其是每次歡愛之後，還要被他身邊那些不男不女的內侍擺布，做好一切防孕措施，就算他懂得輕憐蜜愛，那也是滋味全無了。對心高氣傲的柳朵兒來說，簡直受他寵幸一次，就是受人羞辱一次，以致弄得她對床笫之事全無興趣，甚至是厭惡和恐懼。可是……這個男人是四海之主，普天之下莫不予取予求，她一個女兒家，怎能拒絕？

趙光義的大手扯起了她的腰帶，柳朵兒不禁閉上了眼睛，長睫覆下，心中暗想：「早些遂了他的意，他便能早些離開我這兒，就當被鬼壓了吧……」

趙光義哪知自己雄才大略一世英主，床笫間卻會被個小女人鄙視厭惡，全無吸引力，見她嬌嬌怯怯閉上雙眸，一副任君索嘗的模樣，不禁欲火更熾，將她放倒在錦氈之上，便去輕解羅裳。

合歡結開，薄裳款褪，冰肌玉骨稍露芬芳，趙光義正待俯身下去，門外內侍都知顧若離卻輕喚道：「官家，官家。」

趙光義大怒，抬頭斥道：「混帳，未得允許，誰准你過來的？」

顧若離期期地道：「官家，非是奴婢大膽，實是……實是宮中有大事，促請官家立刻回宮。」

「大事，什麼大事？片刻工夫不容人清閒？」趙光義轉念一想，不由蹭地一下站了起來，沉聲喝道：「太子又做什麼事了？」

顧若離道：「不是太子生事，禁宮中無啥大事，是中書門下盧大人，同平章事張大人和樞密使曹大人聯名促請官家即刻回宮。」

趙光義先聽不是太子生事，不由鬆了口氣，他真是被自己那個寶貝兒子折騰怕了，不料隨即就聽說文武首輔聯名請見議事，心中不由又是一緊，這種事還從未發生過，如今出了什麼驚天動地的大事，會讓他們幾人聯名請見？

趙光義心中綺念立時不見，他馬上束緊袍服，拔腿便走，一邊走一邊急匆匆地吩咐道：「快，備轎，不，備馬，立刻回宮。」

「他連一句告辭的話都不和我說，他當我是什麼？最低賤的娼妓嗎？」

柳朵兒慢慢坐起，掩起了衣衫，自嘲地笑笑，兩行清淚控制不住地滾下臉頰……

* * *

趙光義不明所以，心中焦急，可他又知道內宦不得干政，所以他縱然問起，顧若離也絕對不可能知道到底發生了什麼軍國大事，所以一離開如雪坊，他立即飛身上馬，連轎也不坐了，便在明暗各路侍衛的護送下急急返回皇宮。

出了「千金一笑樓」，西行不遠再向右一拐，就是汴橋。這石橋寬敞，橋上橋下盡是做生意的百姓，不過就這片刻的工夫，已被如狼似虎的衙差侍衛們清了個乾乾淨淨，那橋頭現在乾淨得就像一根狗啃過的骨頭。

本來正在橋上做生意的百姓都被趕得遠遠的，橋下兩側的綵棚還在，貨物井然，不過那店鋪的掌櫃也全被趕開了，每隔三步就站著一個佩刀的開封府衙役，至於人群中有沒有皇城司的密諜那就不為人所知了，帝王出巡，自然戒備森嚴。

趙光義一身宋國官紳都喜歡穿的圓領公服，軟角帕頭，急急策馬而行，那遠遠觀望這般陣仗的百姓縱然看見了他，也不曉得他就是宋國的皇帝。雖說前邊不遠就是皇宮，可是皇帝趙炅豈是他們見得到的？就算是當初的開封府尹趙光義，你跑到開封府告大狀，也未必就由他親自出面審理。

趙光義策馬上橋，馬速便緩了下來，這時忽聽一陣如雷般的喝采聲，他閃目一看，自橋頭望去，就見遠處岸上高搭綵棚，有許多人正聚攏在那兒，鼓噪高聲。不由勒住了轠繩，舉馬鞭一指，喝問道：「那些人在做什麼？」

那地方離得還遠，這些侍衛和開封府的衙差能在片刻工夫內清出一座橋頭已屬難得，哪裡來得及把目光所及全部清理，不過開封府的衙役對這周邊有什麼風吹草動還是知道的，樁子似地立在橋頭的一個班頭扭頭一望，立即回稟道：「官家，那是汴河幫幫主正在向大弟子傳授幫主之位。」

趙光義見那岸上船上算起來怕不有上千條漢子，心中不由冷笑一聲：「區區一夥跑船的苦力賤漢子，也搞什麼傳位儀式，哼！早晚把你們清個乾淨！」

趙光義此時無暇理會那些跑船漢子，只是一路疾馳，趕回了皇宮，過嘉肅門，登集英殿，就見盧多遜、張洎、曹彬三個人正低著頭，像走馬燈一般在大殿上繞著圈圈，趙光義立即喝問道：「什麼大事，急著見朕？」

三人一抬頭，看見趙光義，張洎立刻舉起手中一個卷軸，急叫道：「官家，十萬火急啊，官家快看看這份詔書。」

趙光義奇道：「你這是發什麼瘋魔？朕在這裡，誰能下詔？」

盧多遜搶過來道：「官家，這是大夏皇帝立國詔書！」

五百三六　二王一后

趙光義端坐龍書案後，展開那封所謂的大夏國使臣送來的立國詔書，仔細地看了起來。盧多遜、張洎、曹彬三人已經看過了這封詔書，對其內容瞭如指掌，此刻只是小心地觀察著趙光義的神色。臣子做了友邦，太尉成了皇帝，如此大逆不道，聖上肯答應才怪。

古語有云：天子一怒，伏屍百萬，流血千里。這位大宋天子，恐怕馬上就要雷霆大發，風雲為之變色了。

臣本布衣，起於微末。先帝親征漢國時，臣受命於兩軍陣前，危難時刻，攜離民五萬，輾轉千里，駐牧河西。先帝知臣謹慎，故臨崩寄臣以大事，授河西隴右元帥職，臣受命以來，夙夜憂嘆，恐託付不效，以傷先帝之明，故興我蘆嶺州、兵伐銀州，驅逐遼國逆亂之兵，交好於麟府，撫濟於西域，始有建樹。

未幾，今上再伐漢國，臣於岌岌險境之中盡起銀州之兵勤王。不意，定難軍節度使李光睿藐視朝廷，驟然發難，襲我腹背，臣憂心忡忡，歸心似箭，猶待漢國事畢，方始回師。李光睿明臣而實王，奸佞也。臣手掌兵符，誅奸除惡，一番鏖戰，得取夏州，盡敗李光睿諸軍，盡復定難五州之地，受我義父衣缽，繼承定難之主，始納党項八氏於麾下。

定難既定，兵甲充足，臣之忠心不敢稍減，遂興師西征，深入不毛，庶竭駑鈍，攘除奸凶，一舉踏平河西諸州，悉降諸部，兵鋒直指玉門關下，西北淪落兩百年，今日始復漢土，此臣所以報先帝而忠陛下之職分也。

不意陛下受殘閹之讒，塗汙潑垢，驟然發難，興兵於麟府，伐臣之忠屬。當是時也，西域于闐乞援於臣。于闐者，向以中原宗屬自居，臣驚聞陛下之舉，豈不如山之傾？然大義所至，不敢悖也！臣以天下為重，莫敢負先帝隆恩，遂秉先帝遺志，以貫徹天下為己任，兵援于闐，恩濟撫遠，所行所為，豈有與陛下為敵之意耶！

唯陛下兵鋒西進，烽火信傳，一意孤行，不教而誅，莫予臣自辯之機。君教臣死，臣不得不死，楊浩一己之身，何憚盡忠而伏誅於陛下？奈何河西諸州新復，根基未定，党項、吐蕃、回紇、吐谷渾，皆乃西域諸蠻桀驁不馴之眾也，楊浩若亡，狼煙四起，其眾必散，河西又復陷落矣。

河西諸州諸部，只識臣畏臣，敬臣從臣，臣稱臣則不喜，臣稱帝則是從，令臣忠義兩難，取捨無措，追思先帝，夙夜難眠。先帝雄才大略，素以光復河西為己任，先帝仁慈，素以拯我河西百萬漢人為己任，臣既受命於先帝遺詔，豈敢不盡大忠大義，而為一己賢名伏誅於「莫須有」之罪，將此大好局面毀於一旦，使河西百姓荼毒兵災，使先帝在天之靈不得安寧，使陛下遺萬世罵名乎？

今臣手握乾符，懸掌西域，大業集於一身，山川盛於一時。義旗所至，定難五州、党項八氏旋踵而歸；號令之下，河西十五州，吐蕃、回紇、吐谷渾等眾莫不從伏，有思於此，方有所定。臣願以一垓之地，革故鼎新，膺於景命，變家為國，德被荒遐，威震絕域；使西域雜胡，繼我漢人衣冠，習我漢人文教，建為萬乘之邦家。遂以十月十五日，郊壇備禮，為大夏國文本武興法建禮仁始皇帝，年號天授。

伏望大宋國皇帝陛下，親賢臣，遠小人，睿哲成人，寬慈及物，許以西郊之地，冊為南面之君。敢竭愚庸，常敦歡好。魚來雁往，任傳鄰國之音；地久天長，永鎮邊防之患。至誠瀝肯，仰俟帝諭。

這立國詔書寫得非常客氣，語氣不乏謙恭，直到最後一段之前，仍是字字句句以臣子自居，可那話細細品來，卻是綿裡藏針，照楊浩這麼說，討伐麟府二州，兵進河西，這是皇帝受了閹人王繼恩的蠱惑了，而他被迫稱帝，卻是因為一直念著先帝的遺願。

這詔書裡，楊浩訴說委屈，自明志向，口口聲聲秉持先帝遺志，尤其是他自述得知朝廷大軍兵臨城下，仍然分兵援助于闐，更是說得大義凜然、大公無私，把他自己擺到了一個委屈之極的位置。

自唐朝安史之亂以後，中原已喪失了對西域的主權，唐朝不能繼續對河西實施統治，梁晉漢周也沒有做到，現在他楊浩為大宋去做了，可官家做了些什麼呢？就和那李光睿一般，居然尋個理由，討伐忠臣。他在做什麼，宋國在做什麼？公道自在人心！這一記大耳刮子搧得……

說來說去，他所做的一切都是為了宋國好，都是因為受了先帝的遺願，他反宋正是因為忠於宋，只不過，他忠的是趙匡胤的宋，反的是他趙光義的宋，他會有今日此舉，完全是迫不得已，他是被逼的，趙炅心中那個火啊……

一篇洋洋灑灑千餘字的詔書看罷，趙炅把詔書往龍書案上一丟，緩緩抬起頭來，盧多遜三人下意識地躬下身去，端起了肩膀，等著趙光義咆哮風雷，不想趙光義竟然沒有發出一點聲音。

三人詫然，悄悄抬起頭來向上望去，就見趙光義雙手扶案，半晌，忽地豁然大笑：「朕登基以來，夙興夜寐，操勞國事，今文修武治，天下太平，政績不輸於先帝。唯一憾事，便是朕滅唐、漢、收吳越，一統三國，終不及先帝征服荊湖蜀漢四國之武功，這個楊浩果然忠心，他要送朕一個直追先帝的機會，朕豈能不接受他這分赤膽忠心呢？」

趙光義霍然站了起來，目光一厲，森然道：「召兩府、一院、三司、六部、九卿，齊至紫辰殿議事！」

＊　＊　＊

遼國上京，月華宮，夜色已晚，燈光如晝。

皇帝年幼，如今太后秉理國政，這太后的月華宮便也成了議論軍機大事的地方。此刻，遼國文武濟濟一堂，正在議論著剛剛發生在西北的一樁大事。

遼國雖早已立國，得了燕雲十六州後漢化的速度也漸趨加快，朝廷官制架構大多仿效中原，不過文武們除了正式上朝的日子，在皇帝面前還是比較隨便的，這些大臣們在太后面前俱有座位，談笑說話也沒有太多的顧忌，遠不及宋國朝堂的威武莊嚴。

宮衛軍都指揮使耶律蛤撫著鬍鬚，幸災樂禍地笑道：「好啊，前幾年，咱們大遼先後出了幾個叛逆，內亂不休，讓那宋國看了笑話，撿了便宜，趁我大遼無暇他顧的機會一舉滅了漢國，嘿嘿，現世報來得快，如今宋國的楊浩也反了，河西十九州，兩三百萬子民吶，宋國這一下可要自顧不暇了。」

蕭綽端坐上首，眼波盈盈一瞟，說道：「諸位愛卿，還是說回正題吧。楊浩一統河西，建國稱帝，宋帝惱羞成怒，必然再發大軍討伐西北，楊浩這大夏國皇帝的寶座能不能坐熱還說不準呢。如今，楊浩以大夏皇帝的身分遣使來朝，欲與我國建立邦交，並希望我朝能予以幫助，不知諸位愛卿有何看法？」

耶律休哥起身道：「太后，河西自立，於我大遼甚是有利，但楊浩自立，便也與南朝撕破了臉皮，南朝有了藉口，必然對河西大舉用兵。河西絕不可落入宋廷之手，否則此消彼長，對我大遼非常不利。臣以為，應當對楊浩盡可能地予以幫助。」

蕭綽聽了大感欣然，耶律休哥是她的愛將，甚受她的倚重，她當然希望耶律休哥一心為公，而今耶律休哥能摒棄前嫌，全心全意為朝廷著想，沒有因為羅冬兒的事而對楊浩的個人好惡有所偏差，她自然打心眼裡歡喜。

不料耶律休哥話鋒一轉，接著又道：「不過，雖然幫助夏國於我遼國大是有利，我們總不能無端相助，白白損失我大遼將士。臣以為，僅僅是兩國建立邦交是不夠的，夏國應效仿漢國，與我大遼結父子之國，甘為我大遼附庸，聽我大遼皇帝號令……」

蕭綽一怔，失聲道：「父子之國？」

耶律休哥道：「不錯！楊浩既然稱帝，最大的忌憚，必是宋國的大軍。最大的倚仗，唯有我遼國虎狼之師，嘿，這世上哪有那樣的便宜事，教咱們白白地出兵幫他？用一個兒皇帝的稱號，換取一個帝位，諒他也不會拒絕。」

他轉向眾文武，目中微微露出嘲弄之色，笑道：「諸位大人，敵人的敵人，就是咱們的朋友，這夏國，咱們還是要幫的。至少這夏國對咱們的好處，要強過漢國多多，不過嘛，他總得付出些代價不是？要他這位大夏皇帝，向咱們三歲的小皇帝稱一聲父皇，我大遼才揚眉吐氣，你們說是不是？」

殿中文武聽了哈哈大笑，紛紛起哄道：「不錯，不錯，他想從咱們大遼借兵，就得向咱們皇上稱一聲父皇。」

「父皇？」

他們肯，蕭綽也不肯吶。雖然這一對父子間的關係終究是不能挑明的，可是他們畢竟是真正的父子，要老子向兒子喊一句父皇？就算她捨得了楊浩，也捨不得兒子。父子逆倫，是要遭天打雷劈的。

蕭綽嘆道：「休哥大人，一國新立，一帝新立，便向他國三歲的娃娃稱兒皇帝？你道天下人都像石敬塘一般利令智昏嗎？」

蕭綽還沒說完，耶律休哥就笑道：「太后，他既有求於我們，不管所求多少，總要付出代價的。」

蕭綽搖頭道：「休哥大人此言差矣，須知那楊浩本是宋人，他在立國詔書上口口聲聲說仍秉承南朝先帝遺志，迫於今上的欺壓不得已而自立，如果向我大遼稱兒皇帝，豈非貽人口實？他麾下文武，多有漢國舊臣，當初劉繼元向我大遼稱兒皇帝時，這些臣僚已是敢怒而不敢言，如今……」

耶律休哥有心折辱楊浩一番，聞言立即道：「他縱不肯，也可藉此挫一挫他的銳氣，繼而提出其他的條件，總不成他的使節一到，太后便一概應允了他吧？」

蕭綽不答，轉向北府宰相、同政事門下平章事室昉，問道：「愛卿怎麼看？」

室昉沉穩地道：「臣以為，結兄弟之邦還是父子之國不過是一個虛名，無甚要緊。」

郭襲雖位高權重，甚受太后的器重，卻也不願因此得罪了耶律休哥，說到這裡便向他歉意地一笑，說道：「當然，休哥大人所議，那對揚我大遼國威，長我大遼志氣，其實是大有助益的。但是太后所言甚是，楊浩對這個條件是絕不會答應的，如今他要爭取民心士氣，要得一個立國的藉口，就絕不會自掌嘴巴，向我遼國稱臣，如今他們遣使而來，是有求於我，這就是承認我遼國是上國大國的地位，如果我們提出一個他根本不可能答應的條件，既而再做出讓步，豈非成了我們遷就於他了？

「何況宋國國力強盛，武力強大，乃是我大遼最強大的對手，這幾年來，因為遼國內亂，大傷元氣，眼看河西漸漸掌握於南朝手中，卻無力與之正面一戰，我們已是失了先機。如今楊浩據河西而與南朝決裂，這對我大遼來說，是從天而降的大好消息，我們不妨一展大國的雍容大度，不要與之在這些細枝末節上爭執，雙方締結友邦，這就是大利於我遼國，重挫南朝的好事情，再藉此得些實質的利益，豈非錦上添花？」

他轉向蕭綽，又躬身道：「太后，夏國既有所求，必有所給，他們提出了哪些具體的條件？」

蕭綽道：「一者：兩國建交，互不侵犯，沿邊城池，不得創築城隍，不得派駐重兵；二者：雙方文教傳播，互不阻礙，凡有越界盜賊逃犯，彼此不得藏匿庇護，可互為引渡；三者，雙方於邊境設置榷場，互市貿易；四者：夏國願向我遼國每年提供鹽六萬石、茶一千石、絲綢十萬疋、鐵器兩萬件，以及陶器、瓷器，均按中原常價交易，不抽重稅。」

室昉聽了眉尖不由一挑，這幾個條件中，除了最後一條，都是互惠互利完全平等的邦交條件，只有最後一條，算是楊浩主動謀求遼國的承認和幫助所給予的報答了。

當時宋國對遼國是實施經濟封鎖的，雙方雖設有幾個榷場，不過可以交易的物品有限，遼國不向宋國輸運馬匹，宋國不向遼國輸運鐵器，就算是布疋、茶葉、食鹽、陶瓷等這些生活必需品，也都抽以十分高的稅賦，以限制其出口規模。

而鐵器，比如鐵鍋、鋤頭、鐮刀、犁鏵等也是生產生活必需品的東西，遼國更是十分貧乏，以致許多人家嫁姑娘把鐵鍋都當了，算是十分昂貴的陪嫁品，送上一口上好的鐵鍋那對娘家來說更是十分有面子的事，其有價無市的程度可想而知。再比如鋤頭、鐮刀、犁鏵，現在仍有大量使用木製和石製品的地方，其生產力因此受到了極大限制。

這些困難，做為宰相的室昉非常清楚，如果能從夏國買到這些商品，而且價格優惠，那對遼國當然是一件大好事，不過這個楊浩剛剛立國，需要一個強大的盟友，他真正只給出一個好處，從嚴格意義上來說，甚至不算是好處，只不過因為兩國不是敵對狀態，所以沒有刻意進行限制和抽加重稅的正常貿易。有求於人，居然只許給這麼點好處，這個夏國皇帝還真夠摳門的。

室昉忍不住搖頭一笑，哂然道：「這位夏國皇帝到底是一貧如洗呢，還是根本沒有要我遼國相助的意思？這建交的條件，確實是單薄了些。」

耶律休哥冷笑道：「室昉大人，你也覺得不妥了？嘿！這就是那位夏國皇帝結交我遼國的誠意。依我之見，絕不可輕易地便答應了他。不錯，我們很在意河西的歸屬，可現在他楊浩既然叛宋自立，對河西比起對我們就會更加重視百倍。

「太后，以臣之見，咱們不妨先拖上一拖，不置可否，或者，先承認夏國的存在，答應與之建交，但是暫不予任何實質上的幫助。他既敢稱帝，必也料到會惹得南朝皇帝雷霆大怒，短時間內，河西當可無虞，待他難以支撐的時候，我們再提出一些要求，他不想答應也得答應，我們大遼對夏國的控制也就更強了些。」

蕭綽猶豫了一下，又看向樞密使郭襲，這三人可是她一文一武一皇族三套馬車的領軍人物，漫說她是太后，就算她是皇帝，對這三個在朝中舉足輕重的大臣意見也不能予以無視的。

郭襲沉吟片刻，說道：「以我遼國如今情形，不宜與南朝大動干戈，楊浩本宋臣而自立，非人君所能容，南朝皇帝如今會做何反應尚不得而知，萬一他不計利害、不惜一切……為防我朝牽涉過深，臣以為，當慎重其事，可先答允與夏國邦交，看看南朝動作，以及他這夏國到底有無力量，若是扶不起的一場鬧劇，我大遼也不必去蹚這灘渾水了。」

山是眉峰聚，水是眼波橫，蕭太后眉峰輕斂，秋水凝愁，暗暗地嘆了口氣：「事先全不與我商量，事後就來要我做這兒做那兒，欠你的嗎？冒冒失失的，稱什麼帝，稱王也比稱帝好呀，你這不是逼著趙炅與你決一死戰，連個迴旋的餘地都不要了嗎？我有我的江山、我的子民，一舉一動豈能輕率決定？你現在一定後悔不迭，愁得寢食難安了吧？」

蕭綽心中想來此時應該正後悔不迭、寢食難安的大夏國皇帝楊浩，此刻卻正一搖一擺，頗有雅興地踱著步子：「嗯……汴梁趙官家現在想必已是鼻孔冒煙了，上京蕭太后怕也正在進退兩難，說起來，現在唯有我這個始作俑者，還能雲淡風清，氣定神閒，呵呵，我現在唯一要做的，只是兵來將擋，水來土掩罷了。」

想到得意處，楊浩微微一笑，悠然停在一棟雕欄畫棟的小樓前，舉手叩了叩房門，裡邊傳出娃兒嬌媚的聲音：「誰呀？」

楊浩促狹地笑道：「愛妃，朕來臨幸妳啦。」

「呀！」房中立即一聲輕呼，楊浩耳力何等靈敏，側耳聽聽，房中窸窸窣窣，動靜頗為異樣，竟似在匆忙掩藏著什麼，再仔細聽聽，竟有兩個人的急促呼吸聲，楊浩心中登時疑竇大起：「我……我個瘪十，我那還沒打造好的皇冠……不是要染成綠色的吧？」

五百三七　時來，自然運轉

「娃兒……」

楊浩伸手一推，房門竟是插著的，以他武功若要破門而入並非難事，只不過手上力道剛剛凝聚起來，略一猶豫，卻又散了氣力，只沉聲道：「開門！」

房中傳來一陣急促的腳步聲，吱呀一聲，房門開了。緋色的燈光灑過來，只見娃兒嬌小玲瓏的身子裹在一襲月白色淺飾竹梅圖案的軟袍裡，好似還未成年的一個女娃兒，但是一頭秀髮打散了，只用一根杏黃的絲帶鬆鬆地綰著，卻是充滿了迷人的女人味。

閨房裝束本就隨意，再加上此刻正是入寢時刻，吳娃兒懶梳螓首，青絲半綰，雙腕如藕，瞳如點漆，再加一襲軟袍，緋紅色的燈光映得那稚嫩如少女、奶白如美玉的一張俏臉，嬌韻動人。

娃兒輕輕撩了下髮絲，俏臉微暈，稍帶些不自在地道：「老爺……官家……忙完公事了嗎？」

楊浩一見她，神情心中更疑，他不動聲色地嗯了一聲，信步入房，撲鼻而來先是一陣香氣，仔細一嗅，卻是檀香的味道。房中隱約可見一絲未散的煙氣，楊浩心中更是疑惑，再往桌上一瞧，只有茶盤茶盞，餘外並無他物。不過那茶盞卻有兩只是掀開了的，茶水正滿溢著。

楊浩一見，目光頓時一厲，娃兒在他身後，瞧見桌上茶杯不由暗吃一驚：「壞了，忘了收起杯子。」急忙再看楊浩，見他動作沉穩，好似沒有發現異狀，這才稍稍心安。

楊浩一面走，一面側耳傾聽，屏風後面就是娃兒的錦羅綺帳，錦帳後面本是放置馬桶的地方，此時那裡隱隱有一道呼吸，楊浩打心眼裡不願相信娃兒會做出對不起自己的事情，可是這樣的場面換了哪個男人不起疑心？楊浩只想搶步過去揪出那個人來，卻又不知一旦發現娃兒果真不守婦道，又該如何處置她，一時心亂如麻，便在桌邊慢慢坐了下來。

娃兒趕緊走到他的面前，堪堪擋住他的視線，柔聲道：「官家這些時日操勞國事，已有多日不曾回轉後宅了，今日可是清閒了些嗎？」

楊浩慢慢抬起頭來凝視著她，娃兒確是難得一見的佳麗尤物，雖今也有二十三、四歲了，可是看起來麗色嬌容仍與十六、七歲相仿，杏眼桃腮、稚嫩清純，若不是楊浩早知道這個水晶一般的妙人一旦與人間情欲掛起鉤來時是如何銷魂蝕骨、妖嬈嫵媚，也要被她這副稚嫩的容顏騙了去。

「可這美人……真的難耐閨中寂寞，做出……做出……」

楊浩心中不由一痛：「我夙興夜寐，辛苦操勞，又何嘗不是為了我的家人，為了讓你們能有一個太平富貴的日子？娃兒啊娃兒，妳若真做出了對不起我的事來，妳教我如何處置妳？」

他勉強擠出一絲笑容，說道：「怎麼？今日我來看妳，娃兒不歡喜嗎？」

娃兒道：「妾身哪有不歡喜的道理？只是過於驚喜，只擔心官人公務繁忙，來坐上一坐就要回去呢。」

她一面說，一面扭頭回顧，螓首微微一側，卻又硬生生止住，楊浩一見，心中疑慮更深，他順手抓起一杯茶，強笑道：「怎麼會呢？我既來了，今晚就不會走了。」

娃兒見他要喝茶，連忙輕呼一聲，楊浩抬了抬眼皮：「嗯？」

娃兒支吾道：「這杯茶……妾身喝過了，要不……給官家再斟一杯吧。」

「不必了。」

楊浩剛剛忙完了公事，確也又乏又渴，便將那碗稍有涼意、味道稍差的茶水一口喝乾了，漫聲道：「我那立國詔書一發，趙光義就像火燒屁股一般，立即加派兵馬，催促那潘美加緊討伐。潘美又是個善攻的將領，本就不耐和我僵持，進攻自然不遺餘力。」

「嘿！這就正合我的心意了，我正不想與他久戰呢，短時間內呢，就算如今不是楊繼業那樣善守的名將為我主持大局，宋軍一時半晌也打不下我的夏州，我該忙的都已忙完了，剩下來的就是見招拆招罷了，所以也就不甚忙碌了，以後這些日子我就可以多陪陪妳們，開心嗎？」

「官人，真的嗎？」

娃兒喜出望外，忘形之下，嬌軀輕縱入懷，玉臂環住他的脖子，含情說道：「官人西征大漠，戎馬倥傯，回來後又籌立登基之事，每日忙得不可開交，人家縱然思念官人，卻也曉得輕重緩急，哪敢……哪敢在官人面前露出依戀之色，官人現在既然不甚忙碌了，你……你可要多陪陪人家才好。」

楊浩自度閱人多矣，真情假意一目瞭然，可是此刻看她真情流露，歡喜出於自然，全無半點矯飾虛偽，心中不由冷笑：「好演技，可以拿金馬獎了！」

他哈哈一笑，一把抄起娃兒輕盈香軟的身子，說道：「這幾個月整日忙於大事，妳道我便不想妳嗎？來，天色也不早了，我們這便上榻去，早些歇了吧。」

楊浩說完，抱著她便繞向屏風後面，娃兒頓時緊張起來，忙嬌嗔道：「官人怎麼這般猴急，總得容……容妾身卸妝沐浴一番，再來服侍夫君呀。」

說話間楊浩已到了床邊，他冷笑一聲道：「老夫老妻了，何來那許多規矩！」說著一步邁到錦帳後面，伸手將那錦帷流蘇一掀，錦帳後面果然站著一人，錦帷一掀，那人便是一聲輕呼，楊浩怒氣盈然，瞪眼一看，待看清了那人模樣，不由也是一聲驚呼……床後有人不假，卻是一個女人，那女人竟是唐焰焰。楊浩一見先是一呆，繼而大惑：「焰焰在她房中何必躲我？難不成……難不成床笫久曠，她們竟搞起了假鳳虛凰的把戲？」

轉眼再看，卻見唐焰焰手中還捧著一具佛像，那這似乎最靠譜的猜疑卻又不像了，楊浩不由怔道：「妳……妳躲在這兒幹什麼？」

唐焰焰看看吳娃兒，吳娃兒看看唐焰焰，唐焰焰跺了跺腳，說道：「我早說就不必躲他，偏妳顧慮重重，還不是被他看到了？」說著從那帳後走了出來，楊浩這才看清她手中捧著的是一具「觀音送子像」，心中立時恍然，不由為自己方才的猜疑暗叫一聲慚愧。

不過幸好他方才並未發作，這一家之主可不能輕易示弱的，楊浩知道這兩個妞兒都是聰明絕頂的人，他這般闖入，不由分說去掀後帳，恐怕兩人業已猜到他在想些什麼，乾脆先發制人，放下娃兒，板起臉道：「妳們鬼鬼祟祟的，在做什麼？」

吳娃兒支支吾吾一番，便拿眼去看焰焰，焰焰卻不怕他，她在榻邊一屁股坐了，將那佛像抱在懷裡，理直氣壯地說道：「我們倆偷偷地去請了一尊送子觀音，敬香禮佛，祈求菩薩賜子，這法子在此地流傳了幾百年，據說靈驗無比呢，偏她不想讓人看見，惹人笑話，所以躲躲藏藏的，我們還不是為了讓你楊家人丁興旺，多子多孫？有什麼好羞的？」

楊浩一聽果然是這個緣故，不禁又好氣又好笑，說道：「這還真是急病亂投醫，如此虛無縹緲之說，妳們也信？與其求菩薩，還不如來求妳家官人，沒有我，妳們生什麼子女？再說，我不就是岡金貢保，活佛轉世？」

唐焰焰氣沖沖地道：「誰曉得你是怎麼一回事，你最偏心不過，大姐有兒有女，就連女英也……偏偏我們毫無動靜，心中怎能不急？」

吳娃兒卻不敢像她這般和楊浩說話，忙解釋道：「這些法子雖說聽起來荒唐，卻未必不管用呢。藥王孫思邈有『轉女為男』之法，女子懷孕之後，取弓管弦一枚，以絳囊盛之，佩於婦人左臂之上，滿百日去之，或取利斧一柄，於孕婦床下藏置，繫刃向下，勿令人知，則生子必為男。比這法子還要稀奇……」

她瞟了唐焰焰，吞吞吐吐地道：「我們……我們原打算待有了身孕之後，便依藥王之法試上一試呢。」

楊浩聽了苦笑不已，原來藥王孫思邈那樣被後人傳得神乎其神的古代名醫也有這樣荒誕無稽的藥方傳世？是了，就算他原來那個時代，也有許多人有種種迷信行為，對她們此舉倒也不好苛責。

唐焰焰把菩薩像往床上一放，跳下地說道：「和他說那麼多幹什麼？我們女兒家的心思難處，他懂得才怪。走，先去喝了『賜子湯』……」

楊浩看看她背影，詫異地道：「不是向菩薩求子嗎？怎麼還有什麼『賜子湯』？妳們可別亂喝東西，小心喝壞了肚子。這『賜子湯』用的是什麼藥物？」

吳娃兒抱起那佛像，赧然道：「這方用的不是藥物，仙姑說，只要我們女子在『送子觀音像』前跪拜三炷香的時間，默默祈禱之後，將……將這裡……刮下一點土來，和水喝了，就……就成了……」

楊浩順著吳娃兒的手指看去，兩隻眼睛頓時直了。她懷中抱著觀音大士，慈眉善目的菩薩懷裡抱著一個肥墩墩的大胖小子，只穿一件紅肚兜，脖子上繫著長命金鎖，吳娃兒的纖纖玉指所指之處，正是那大胖小子幼蠶一般大小的……小雞雞。

楊浩瞪眼看了半晌，忍不住暴笑出聲：「哈哈哈哈，小雞雞？吃小雞雞上刮下來的土？哈哈哈哈……真想得出來，笑死我了，這小傢伙的這玩意兒比得了我的？依我看吶，妳還不如吃吃妳家夫君的……沒準還有點用處……哈哈哈……」

楊浩笑得前仰後合，吳娃兒一張俏臉漲得通紅，卻不知該說些什麼，這時唐焰焰昂首挺胸地從屏風外面繞了回來，橫了楊浩一眼道：「笑！有什麼好笑！」又看向娃兒，問道：「妳那份先喝了？」

楊浩笑得打跌，擺手道：「去吧去吧，把妳那份什麼什麼『賜子湯』喝了吧，我看菩薩給我楊家送個什麼來，哈哈哈……」

吳娃兒羞羞答答地道：「妾身那一碗……剛剛被官人喝光了……」

「嘎！」楊浩的笑聲戛然而止

*　　*　　*

關中，藍田，灞水邊上。

雖然已是夜深，原淮南西路節度使兼侍中、中書令，知開封府的齊王趙光美卻是全無倦意，他徘徊在灞河邊上，望著滾滾東去的河水，憂心忡忡，初冬的風呼嘯在河面上，寒意襲人，可他的心卻更冷。

現在，他只剩下了一個王爵和長安留守的官職，又被發配到了這個地方，照理說應該安全了，可他不知道這是結束還是開始，不知道他那位二哥會不會就此罷手。

本來，他被諫官彈劾，罷了他的開封知府回家反省，就以為到此結束了，誰知道彈劾並未就此結束，緊跟著張洎又彈劾他不知悔過，怨恚聖上，結果又被皇兄發配到了長安古城。上路之後，外管事胡喜的一番話，又讓他心中忐忑，一路難安，好不容易熬到了藍田，暫時保住了這條性命，可是普天之下莫非王土，誰知道那位二皇兄會不會就此罷手，如果他對自己猜忌之心不去，就算離得再遠，他一道詔書，還不是會取了自己的性命？

想到這裡，趙光美不由深深地嘆息了一聲。

胡喜是他去年經「千金一笑樓」的女兒國大管事張牛引薦才招募的一位管事，這胡喜因為善體上意，說話辦事很知分寸，所以很快就贏得了他的歡心，成為他的心腹。

趙光美並無大志，又恐皇兄對他有所忌憚，所以在知府任上並不怎麼關心政事，倒是常常流連於「千金一笑樓」，因此與「女兒國」的張牛、老黑兩個大掌櫃十分相熟，並得其引薦，聘用了胡喜代替年邁病故的老管事。

他流連風流之地，本是藉酒色自晦，可惜……人家想收拾你，你做事就一定找得出你的岔子，你不做事……那人家就不需要找了，不做事這就是岔子，結果他還是被羅織了一堆罪名，發配長安城了。

離京沒有多久，胡喜就告訴他，發現一群形跡可疑的人暗中跟著他的車隊，趙光美馬上就想到皇兄是不是想要藉匪盜之名拔去他這顆眼中釘，一路上害怕得飯吃不下，覺睡不著，後來還是胡喜為他出謀劃策，自導自演了一齣遇刺的鬧劇，又故意把聲勢鬧得極大，把這事捅到了朝廷去。

結果，朝廷不得不加派了人馬護送，沿途各府道官員生怕這位王爺在自己轄地出事，也是入境即迎，遠送出境，把他護侍得風雨不透，這才順利到了藍田，再走不遠就是長安了，說起來該是安全了，可他最大的危險來自於當今的皇帝，這個危脅又如何解除？

趙光美越想越是擔憂，正仰天長嘆的當口，一道人影悄悄地走到了身後。侍衛們正在上下游警戒著，能走到他身邊的自然是府上的人，這人在他身邊一丈遠處停下了，躬身道：「王爺，夜深了，回去歇息吧。」

趙光美攸然回頭：「喜兒。」

「小的在。」

胡管事剛一欠身，趙光美就快步走到了他的身邊，激動地道：「胡管事，本王可以信任你嗎？」

那胡管事抬起頭來看了趙光美一眼，這人三十出頭，貌不驚人，只是一雙眼睛非常有神，透著幾分精明。他只抬頭一看，便又垂首下去，說道：「王爺信任小人，對小人有知遇之恩，小人視王爺為主，願為王爺赴湯蹈火，在所不辭。」

「好！」趙光美道：「明日一入長安，便如進了樊籬，再想稍離都不可能了。為策萬一，本王現在託付你一件大事，本王的侍婢雲霓現已懷了孤的骨肉，此事知者寥寥，她也尚未被本王晉為側妃。唉，本王原本是想等風平浪靜之後……

「現在倒是更好，本王給你些金銀細軟，你帶了她連夜離開，代孤照料她。本王身邊少一個侍婢一個下人，不會太過引人注目的。雲霓生男生女雖尚不可知，如有萬一，至少算是為本王留下一線骨血。」

胡喜大吃一驚，失聲道：「王爺這話從何說起？王爺是皇室貴胄，天子胞弟，路上遇些強盜歹人還是有的，一入長安，誰還能加害王爺？」

趙光美慘笑道：「嘿！這個人……他若想害我，普天之下，又有誰能阻止得了他？」

他看了眼胡喜，忽然下定了決心，把腳一頓道：「罷了，孤……就全告訴了你吧。」

趙光美把先帝格外看重，一月三入其府，以致許多揣摩上意的朝臣與他親近，繼而與二哥生了嫌隙，此後二哥繼位，為大宋開了一個兄終弟及的先例，因此對他更為猜忌，他把懷疑撤職發配、路遇劫匪這一連串的事都是出自皇兄授意之事對胡管事說了一遍，含淚道：「孤這二哥，遠不及大哥仁愛家人，品格寬厚，如果他覺得我對他會有所不利，就算一母同胞，也不會放過了我的。」

胡喜看著趙光美，安慰道：「王爺想太多了，就算官家想對王爺不利，也絕不會起了滅王爺滿門的念頭，何至於要王爺生起託孤之心？再者，路上所遇的行蹤可疑者就算與官家有關，如今咱們既然安全抵達了長安，一時半晌，官家也絕不會再下手了，如果堂堂王爺剛到長安就出了事，連如此大阜大城都治安不靖，官家如何向天下交代？所以，王爺大可不必如此擔心。」

趙光美是個很情緒化的人，一時想得悲觀，便把事情想得不堪之極，一旦受人開解，仔細想想卻也大有道理，不禁又煥發了希望：「有道理，有道理。此去長安，孤一入城，立即託病自閉門中，安分守己不生事端，長安軍政概不理會，或可避此塌天大禍。」

胡喜目光一閃，靜靜地說道：「王爺本來是大智慧的人，如今自亂陣腳，有些東西也就想得不那麼縝密了。」

趙光美一怔，訝然道：「本王所慮，哪裡不對了？」

胡喜道：「如果官家確對王爺起了殺心，王爺這麼做，那就是予官家以機會了。」

趙光美愕然道：「怎麼說？」

胡喜道：「王爺若是託病閉門不出，天長日久，長安百姓不記得有您這麼一位留守，朝廷百官淡忘了您這麼一個王爺，那麼您的生死還有誰會在意呢？既然王爺一到長安，就自己告訴天下人您生了病，生了很重的病，所以不會署理政務，不能接見屬僚，那麼一年兩年、三年五載之後，『久病不癒』的王爺您要是『病死』了，也不算是很意外的暴卒吧？」

趙光美幡然人悟：「啊！不錯，是孤糊塗了，那……依你之見，孤王應該怎麼辦？」

胡喜微微一笑，說道：「王爺此去長安，就該負起這長安留守的責任來，關心民生，署理政務，時常宴請仕紳會晤名流，尋訪鄉里探查地方，兢兢業業不遺餘力，教人人都曉得王爺是奉官家之命來留守長安，造福一方的，要所有人都曉得王爺春秋鼎盛、龍精虎猛。」

趙光美驚疑不定地道：「如此這般，就可避禍嗎？」

胡喜道：「自然不能，不過……卻能製造官家對王爺不利的難度，拖延官家下手的時間。」他回眼東望，臉色有些陰沉起來，不過夜色掩飾，難以教人看個清楚：「天下大勢，時移勢變。或許……時日久了，官家就會改變心意，又或許……天長日久，官家會覺得王爺已不會對他造成威脅呢？」

胡喜轉過身來又復微微一笑：「拖的時日久一些，王爺也才能多為自己尋找一些機會，今天看來山窮水盡，明日再瞧，也許生機已現。」

「那本王……」

「等，好好活，耐心等……」

＊　＊　＊

唐焰焰無力地俯在榻上，急促地喘息著，任由楊浩的大手將她胸前腴潤的雙峰像揉麵團一般搓成各種形狀，高潮的餘韻此刻仍教她難以自已。

而楊浩身後，娃兒香軟溫滑的嬌軀緊貼著他，一雙粉光緻緻、雪白腴嫩的大腿已緊緊纏向他的腰間，渴求的意味不言自明，楊浩一回身，那與他連體嬰兒般纏繞在一起的娃兒便被他覆在了身下。或許女兒家真的是天生駝骨吧，她那嬌小的身子沒有感到絲毫的痛楚，反而在一仰一壓之間，發出一聲曼妙誘人的低吟，低吟婉轉，蕩魄銷魂。

方才目睹了一番活春宮，娃兒早已情動，楊浩一壓上身來，她那蛇一般的腰肢便蠕動著，一雙豐腴雪膩、令人神馳的玉腿悄悄蜷成了蛙形，好似一隻玲瓏可愛的玉蛙，和他嚴絲合縫地契合在了一起，隨著那繡榻顫動的節奏，一雙妖媚雪嫩渾圓光滑的美臀也極富技巧地篩動起來，令得覆於其上的楊浩不費什麼氣力，便體會到了極樂的快感。

甜美嬌膩的呻吟聲中，楊浩在泥濘幽祕的谷壑中奮力廝殺，一山又一山，山的盡頭仍然是重巒疊嶂，將他牢牢地嵌在中間，突圍不得。有人說，燈一關，世上的女人都一樣，這話只能騙騙經歷未深的毛頭小子，真正見過女人的男人是騙不了的，每一個女人，都有不同的容貌，不同的風情，不同的胴體，不同的反應，於是她給予男人的感覺便也迥然不同。

焰焰給他的感覺就像是一座噴發的火山，熱情、猛烈、狂放，卻不持久，而娃兒，則像一隻修練千年的狐狸精，嬌軀玲瓏如童子，媚眼如絲真女人……

娃兒那玲瓏嬌小的身子所迸發出的力量和激情，比唐焰焰更勝幾分，一炷香的時間，焰焰就在楊浩的伐撻之下潰不成軍，胡言亂語了，而娃兒嬌小卻韌勁十足的胴體，要讓她骨軟筋酥再也無力反抗，恐怕要比焰焰多出一倍的時間。

……

燭花輕爆，似已昏迷過去的娃兒嚶嚀一聲，悠悠回魂，慵懶地翻身，一條玉臂，一條大腿側搭在楊浩身上，燈光映在她美妙的臀部，那一道曲線就像初月的弧：「官人……越發厲害了，人家兩個都似應付不得你……」

唐焰焰則把發燙的臉蛋貼上了他的胸膛，輕輕撫摸著平坦的小腹，痴痴地道：「你已幾個月不曾……這回人家一定能懷上寶寶……」

楊浩一番歡愛，卻仍是精神奕奕，在兩位愛妻桃花映紅的頰上香了一吻，低笑道：「這段時間，事務繁忙，著實地冷落了妳們，接下來這段時間，咱們就專心致力於造人運動好了。」

唐焰焰聽了，勉強掙扎起酥軟的身子，擔憂地道：「浩哥哥，人家不是不知緩急的蠢婦，也不是貪戀床笫之歡的淫娃，國事要緊，我們曉得輕重的。」

娃兒也應了一聲，輕輕握住了他的一隻手：「嗯，雖說我們盼著能天天見到官人，可是好男兒是不該迷戀溫柔鄉的，相夫教子是婦人的本分，我們懂得的。」

楊浩笑了笑，說道：「我有此言，自有道理。只要想得明白，準備充分，這氣勢洶洶而來的大軍並不足懼，寒冬將至，大雪將來，天時、地利、人和盡握我手，短時間內，宋軍的攻勢不足構成什麼威脅。

「至於長遠嘛……我只能等，等著東南西北各個方向各股勢力、各步伏棋開始變化，現在敵是敵、友是友、君是君、臣是臣，接下來，我只能等，等到敵非敵、友非友、君非君、臣非臣……時來，自然運轉。」

焰焰眨眨眼，向娃兒道：「官人在說什麼，妳聽得懂嗎？」

娃娃搖搖頭：「一頭霧水。」

楊浩哈哈一笑道：「不懂沒關係，妳們只要懂得服侍好官人就成了。來，良宵苦短，咱們再恩愛一番。」

「還來？」娃娃和焰焰齊聲嬌呼，一左一右紛紛逃開，可惜尚未及遠，就被楊浩大手一伸攬了回來。錦榻上，兩個美人齊肩並股，四肢拄地，好似兩隻可愛的小牝犬，紅燭淚盡，只有火盆中的炭火一閃一閃，映著圓月兩輪，一榻春光無限……

窗外，今冬第一場雪，簌簌落下……

五百三八　帝王心思

入冬以來的第七場雪，也是最大的一場雪，大雪下過之後，河西大地上真是山舞銀蛇，原馳蠟像。北國風光，分外妖嬈，不過當地人對這景象卻是早已見慣不怪了。如果有自南方而來，初見千里沃雪的人，還未來得及讚嘆一聲，也會被那呼嘯而來、雪沫刮得漫天遍野的大風吹回暖融融的炕屋裡去。

這樣的天氣，除了少數獵人跋涉在沒及小腿的厚厚積雪中搜尋覓食的小獸，已很少有人會出現了，這樣的大雪，不但車子難以通行，驢、馬、駱駝也是行路艱難，然而此刻卻有一支隊伍以極快的速度行進在莽莽荒原中。十餘架雪橇被狗兒拉得飛快，前後更有幾百名身穿灰白色皮袍的人踏著滑雪板呼嘯相隨。

一隻小獸忽然在風中聽到了些聲息，馬上迅速逃開，鑽進一個雪洞裡，悄悄探出頭，鬼頭鬼腦地窺視著，那路奇怪的隊伍就在前方雪原上飛馳而過，不管是坐在雪橇上的，還是踏著滑雪板的，身上都穿著厚厚的皮袍，口鼻遮在厚厚的氈毛巾中，眼睛居然也用黑紗蒙著，看起來怪裡怪氣，那小獸從沒見過這樣的人，不禁嚇了一跳，立即飛快地逃開。

這支隊伍正護送著楊浩、种放、丁承宗等幾個夏州軍政首腦趕赴銀州途中。這樣奇怪的運輸工具用於軍隊行軍趕路，在西北也還是頭一次。其實雪撬和滑雪板已不知發明多少年了，現存最早的有關滑雪板的記載就是新疆阿勒泰山上一萬多年前古人刻繪下的以滑雪板滑雪的岩壁畫。

楊浩沒有滑過雪，也不知道這個時代在東北、西北地區不止有了雪撬，連滑雪板也有了。他剛想起這件事時，煞有介事地傳來一個木匠，比比畫畫地對他說出自己創意，那木匠只聽了一陣，便一拍腦袋，說道：「皇上說的怕不是咱西北人冬季遠行所用的『察納』吧？」

當時倒把楊浩弄得一愣，細細一問，才明白當地人所說的「察納」就是滑雪板，這種滑雪板與現代滑雪愛好者使用的滑雪板略為相同，滑雪板寬約十三公分，長約兩百二十公分，從尾部到腳踏處是直的，從腳踏處到前端尖部漸漸向內變細，微微上翹。

製作起來也簡單，一般是用雲杉木刨出雛形來，將其半投入火中利用木板自身的水分使其變彎或在熱水中煮，使其一端變彎，然後定型。雪板中間用生牛皮做一個固定器，大小可容一隻鞋子，然後用皮帶纏繞固定，板底用獸皮覆蓋，皮毛向後，這樣的滑雪板不只可以在平地行走，也可以用來爬山或向山下滑行。只要材料齊備，很快就能製作出一具。

那個木匠自己就是會滑雪的，他做了一副，很賣力氣地給楊浩表演了一番，這種察納所用的滑雪槓不是雙桿，而是一根兩米左右長短的單滑雪桿，兩端裹以鐵尖，不止可以用來滑雪、平衡、掌握方向，還能做為武器。

經他一番演示，楊浩發現這種古老的滑雪桿，速度上雖然比不上現代的滑雪板，但是卻更加實用，不僅結實耐用，可以在雪地上滑行，還能在岩石、倒地的原木上滑行，這些可是現代西方流行的滑雪板無法辦到的。

楊浩見之大喜，立即將軍中所有懂得使用察納的士兵選拔出來充作教官，教授全軍學習使用滑雪板，如今很多士兵都能熟練使用察納，這種西北地區古老的冬季狩獵工具，便成了夏州軍必須熟練使用的一件交通工具。

現在，遼國和于闐國已率先承認了大夏國的成立，派出了使節進行慶賀。高昌國在猶豫了一陣之後，也「羞羞答答」地表態承認了大夏國的合法地位。對于闐國和高昌國來說，畢竟宋國離他們太遠，雖然聽說宋國十分強大，但是近在咫尺的卻是這個大夏國，何況于闐國正接受著楊浩的武力援助，哪有捨近求遠，為了那個從未打過交道的宋國而得罪楊浩的道理？承認大夏國的成立，雖然會令宋國不滿，卻也不致兵戎相見，而眼前利益卻是不能不顧的。

遼國也承認了大夏國的存在，遼國如今無力西顧，西北出現一股抗衡宋國的勢力，對他們來說當然是大大有益的，不過他們並未答應給予大夏經濟和武力上的援助，現在這種承認，有點像一位黑道大哥拍著一位小老弟的肩膀，鼓勵他說：「兄弟，跟他拚，扛到底，大哥在精神上支持你！」

遼國有此反應，原因無他，只因為夏國給予遼國的條件實在是太少了，這樣的條件不足以令遼國掌握軍隊的幾個大佬為之出兵，而蕭綽雖與楊浩有一段不能為人所知的情愫，同樣不會情令智昏，毫無條件地予以相助。

畢竟，她是一國太后，代表著一個龐大的統治集團，她做的每一件事，都必須得從國家利益的角度出發，不符合遼國利益的事情，她是不會做的。她必須得為自己的國家謀取利益，為此，彼此勾心鬥角都是有可能的，如果她真是一個為愛昏了頭的小女孩，肯不惜一切地幫助楊浩，那也發揮不了作用，違背本集團的公眾利益，其唯一的結果就是被她的統治集團所拋棄，陷入萬劫不復之地。

而楊浩此刻急行於雪原之上，就是在接到遼國的國書之後，與丁承宗和种放緊急磋商一番，決定親赴前線，與前線將領進行一次會議，擬定夏國下一步的行動方針，眼下夏國的一舉一動，離不了前線將領的支持和理解，而他們此時又不能遠離前線，就只得楊浩屈尊相就了。

不過楊浩現在也是一國帝王，身分尊貴。而橫山前線的戰事如火如荼，你爭我奪已到了最激烈的時候，在宋軍的猛烈攻勢下，一處處險要之地常常一日之間數度易手，文武大臣們是不肯讓他親身涉險的，所以會議地點就選在了距橫山前線最近的銀州城。

*　　*　　*

檀合焉山，貂蟬洞。

一個頭戴昭君臥兔絨的暖套，貂尾環頸，身穿烏雲豹裘，身材修長的女子正眺望著遠方，忽見一線黑點頃刻間便現於眼中，越來越近了，那些人俱都刀盾弓弩，裝束齊全，身下並無戰馬，居然快捷如飛，如驚濤拍岸一般直撲山下，雖知夏州軍伍之中正習練察納行軍之法，這女子還是因為他們的奇速驚訝地挑了挑蛾眉。

她馬上向山坡下走，待得那隊人馬到了近前，她率領侍衛也堪堪迎在山下，一見最前面的那只雪撬端坐的人，裘衣女子立即舉步上前，斂衽低首，姍姍下拜：「銀州長史龍靈兒，拜見官家。」

「呵呵，愛卿平身。」

楊浩一見這美人，便會心地一笑。當初唐焰焰剛剛向他舉薦龍靈兒的時候，他就猜到焰焰的用心了，不過這龍靈兒有勇有謀，倒的確是個難得的人才。他既立國，就需要拉攏一切可以拉攏的勢力，而且自己的嬌妻愛妾要退出政治中樞，要推行自己允許女人參政的國策，也的確需要人才來填補這個空白，於是他就順水推舟，答應了下來。當然，對柯鎮惡和李一德他也另有封賞，一則是安撫其心，二來也是對他們能順應時勢，主動出城阻擊夜落紇和李丕壽的讚許。

楊浩和顏悅色地問道：「李一德和柯鎮惡何在？」

當初龍家能在金山國和甘州回紇的夾縫之間生存，自有一套自己的治理地方的獨到之處，這龍靈兒是肅州龍王龍瀚海的愛女，確也是個人才，到了銀州之後主持政事，比那對政經一竅不通的柯鎮惡和半路出家的李一德強了百倍，確也把銀州打理得井井有條，日漸興旺。對這樣一個得意的臣屬，楊浩當然要客氣一些。

龍靈兒道：「李知州和柯防禦使因責任重大，未能親自出城相迎，著微臣在此恭迎聖駕。」

楊浩問道：「原來如此，妳起來吧，鎮守橫山的幾員主將可到了嗎？」

「謝官家。」龍靈兒盈盈起身，仍然恭敬地低著頭：「臣離城之時，他們已將到銀州，此刻該已在城中相候了。山後備了車輿，官家可要換乘車駕而行嗎？」

楊浩便道：「既如此，就不必換乘車駕了，楊將軍等人不能久離，咱們還是快些趕去吧。這雪橇行速甚快，節省些時間，妳也上來同坐吧，這些侍衛，讓他們騎馬慢慢而行便是。」

「臣遵旨。」

龍靈兒欠身答應，上了雪橇，在楊浩身邊坐了下來，她雖身材修長，仍比楊浩矮了些，往他身邊一坐，身子微微前傾，貂尾中便露出半截粉頸，頸子又細又長、線條柔潤、肌膚白皙，看起來就是一個秀美處子，誰會曉得這妖嬈竟然是銀州長史。

駕馭雪橇的人一抖繩索，十幾條大犬便拉著雪橇向山坡上奔去。

銀州城中，楊浩受眾文武將相迎，馬上趕往防禦使的將軍府，一進議事大廳他也顧不及客套，便立即召集文武開始籌劃定難軍應對眼前因局的詳細策略。楊浩介紹清楚了目前的內外形勢之後，丁承宗道：「諸位大人，自從官家登基以來，宋國的攻勢一日比一日凌厲，如今遼國只答應與我國建交，而不肯予以任何實質性的援助，可以預料的是，宋國一旦得知這個消息，必然更加肆無忌憚，我們所承受的壓力將更甚從前。」

眾將頓時議論紛紛，丁承宗提高嗓門道：「承宗在夏州時，就向官家建議，我國新立，國小勢微，離不了遼國的幫助。我們可以做出更多的讓步以換取遼國的援助，而官家已否決了承宗這個建議，官家以為，外力之助，終非持久之計。

「夏國之立，利於遼國，所以能予以我們幫助的地方，我們不提出要求，遼國也會去做，不能予以我們援手的地方，我們不知要做出多少讓步才能換取遼國的援助，那麼我們從此就要接受遼國的控制，可謂得不償失，所以，還得我們自己來解決這個困難。」

遼國的武力援助，本是夏國文武十分期盼的外在因素，而丁承宗這番話卻是搶先告訴大家：不要指望遼國了，不給遼國更多的好處，遼國不會發兵，官家也根本沒考慮給予遼國更多的好處，求人不如求己，咱們還得自己來想辦法。

已被派赴橫山參與防禦作戰的張崇巍微微蹙眉道：「若無遼國直接出兵干預，或者由他們在遼宋邊境製造些事端牽制宋國兵力，恐怕我們要承受的壓力太大，短時間內，橫山防線或許不會被攻破，不過兵員消耗方面，我們是耗不過宋國的。」

楊延浦沉聲道：「不錯，若不爭取遼國的援助，我們的困難會增大十倍。但是，末將以為，官家不求助於遼國，未必就是壞事。遼國狼子野心，一旦對他們依賴過重，他們就會得寸進尺，最後，我們必然淪為遼國的附庸，而遼國對其附庸是如何予取予求，從漢國的情況，諸位大人應該看得出來。到那時，我夏國不過是遼國手中對付宋國的一件工具，我夏國君臣也將淪為遼國的馬前卒。把我夏國立足根本寄望於遼國，這是前門拒虎，後門引狼，不足為取。」

楊浩微微一笑，讚許地點頭道：「延浦所言甚是，倚助於遼國，不足為取。而我們周圍，並沒有其他強大的盟友，我們只能依靠自己，困難是更加困難了些，可是一旦熬過了這個階段，卻可以少了許多後患。我們在一統河西的戰爭中，每一個敵人都比我們強大，可是最後都被我們一一戰勝了。以前能，現在就不能了？

「把遼國這個龐然大物放進來幫助我們對付宋國，兩個巨人在我們的地盤上大打出手，最先滅掉的不會是這兩頭猛虎，只能是我們自己，所以……不要過分寄望於外力，我們要好好算計一下，如何憑我們自己的力量，撐過這個難關。」

基調既已定下，文武們便只需要順著這個基調來出謀劃策了，一個個計畫被提出來，然後又在同僚的論證之下一一被駁下去，楊浩也不時插嘴，加入正方或反方的辯論。

他是大夏國的最高統治者，並不代表他是夏國文韜武略最出色的政治家、軍事家，長期以來，他早已在自己的部下間養成了一種良好的風氣，大家各抒己見，知無不言，言無不盡，哪怕是他親口提出來的東西，也可以予以反駁。一開始大家還有所顧忌，現在大家都已經習慣了他的風格。

大家議論良久，楊浩忽然發現楊繼業太沉默了些，他很少插嘴，只在別人提出一個新的見解的時候注意傾聽一下，一旦被人推翻，他的視線就會重新投向沙盤，苦思冥想，楊浩心中不由微微一沉，楊繼業可是橫山前線的作戰總指揮，也是他在東線最為倚重的將領，如果他對此戰心存悲觀消沉，那麼勢必影響全軍士氣。

楊浩開口問道：「楊將軍以為，我們該如何應對當前的局面啊？」

楊繼業盯著面前的沙盤兩眼出神，根本沒有聽到楊浩說話，楊延浦忙拐了拐父親的胳膊，低聲提醒道：「爹，官家喚你。」

「哦？啊！官家……」

楊繼業回過神來，茫然看向楊浩：「官家說什麼？」

楊浩吁了口氣，說道：「我說……楊將軍對我們如何應對宋國，可有主意？」

「這個……」

楊繼業又看向沙盤，沉吟片刻，說道：「短期內，宋軍不可能攻破橫山防線，但是，遼國未予我們幫助的消息一旦傳開，宋國沒有了後顧之憂，必然會派出更多的兵力，給予我們更大的衝擊，就算我們頂得住，消耗也必然極大。

「這還不是最麻煩的，更麻煩的是，少了一個強大對手的牽制，宋國的攻勢可以連綿不絕，而避免持久戰，正是官家最初的計畫。那麼，我們要想避免持久戰，就不只是守得住那麼簡單了，我們還必須得予敵重創，迫使宋國放棄武力進攻，至少……也要大傷他的元氣，教他一時半晌不敢再向我河西增兵。」

种放聽了，目光頓時一閃，若說到戰略，他能高屋建瓴，若說到具體的戰術戰策，這些時日前方敵我雙方的排兵布陣和攻防戰鬥，他在收到情報後也常常在自己心中進行一番推演，其反應和判斷與實際戰果相印證，使他知道自己的實戰經驗還是不如楊繼業的，這時聽他的說法，不由有些吃驚，忙問道：「莫非將軍認為，我們還該主動出擊？」

楊繼業輕輕搖了搖頭，欲言又止，楊浩不禁說道：「我們正在這裡討論軍事，言者無罪，將軍如果有什麼看法，不妨說出來，大家論證一番。」

楊繼業遲疑了一下，還是說了出來：「末將以為，我們……應該放棄橫山，再度後撤。」

眾文武聽了頓時譁然，丁承宗變色道：「橫山天險也棄而不顧了？我們還未露敗勢呢，這就主動退卻？如果放棄橫山，門戶大開，宋軍長驅直入，就可以直抵夏州城下了。」

种放、張崇巍、李繼談等也紛紛動容，銀州長史龍靈兒卻把一雙妙目投注在楊浩身上，女兒家心細，又不似男人一般爭強鬥勝，所以她的第一直覺就是楊繼業還有後招，所以馬上看往楊浩，看他反應如何。种放、丁承宗都是心思縝密的人，片刻驚駭之後，也反應過來，便即住口，看向楊繼業。

楊浩初聞楊繼業所言，也是大吃一驚，橫山險要在他心中一直是對抗宋軍的一道可以倚賴的憑仗，如果放棄橫山……在他看來，和乍一聽說宋軍安然渡過長江天險時的李煜心情差不了多少。

可是看見楊繼業的神色，他心中不由一動：「楊繼業莫非想要來個林沖棒打洪教頭的招法？可能嗎？宋軍實力不弱呀，我們主動放棄麟府，是為了爭取主動，集結優勢兵力，布防天險山隘，從戰略上來說，是以退為進，可是面對如此強大的一個對手，把橫山也放棄了……」

他緩緩舉起手，制止了眾人的聲音，待得廳中一靜，這才慢慢說道：「楊卿，說說你的理由。」

楊繼業道：「是，官家，臣以為，要守住橫山，雖然艱難，但是我們還是守得住的。可要重挫宋軍，迫使他們停止武力進逼，卻不可能。而按照官家的大計，又必須盡快結速這場戰爭，迫使宋國朝廷與我們議和，那麼，就必須得使用非常手段了。」

楊浩問道：「你的非常手段，就是放棄橫山天險，再度撤軍，與宋軍在夏州城下來一場攻防大戰？」

楊繼業道：「若依臣的主意，在夏州決戰也不是個好主意，最好繼續撤下去，一直撤過八百里瀚海，把宋軍引到靈州城下再決一死戰，才最妥當，只不過……官家既立都於夏州，國之根本不可輕棄，是絕不能再退的了，所以……只好至夏州而止。不過，雖然沒有了八百里瀚海之助，妙在此時正值冬季，靠著老天爺的幫助，勉強也可抵過八百里瀚海沙漠的作用，只是……難免要更加艱苦了些。」

在座眾文武還有許多不明白楊繼業的意思，而楊浩、种放、丁承宗卻已聽明白了幾分，三人不約而同向前探了探身子，楊浩迫不及待地道：「說下去。」

「是！」楊繼業答應一聲，這才把他剛剛考慮成熟的大膽計策說了出來。依著他的算計，要守住橫山易，要迫宋國和卻難，而且戰事一旦持久不歇，國力薄弱、根基不穩的夏國在歷時綿長的戰爭中，必然會出現種種問題，從內部崩潰。想盡快結速戰爭，只有盡快重挫宋軍，想重挫宋軍，在自己實力有限的情況下，就得把他們放進來，為自己創造更有利的勝利條件。

這個條件就是，利用宋國想盡快取得勝利，給予這個膽大包天自立稱帝的夏國皇帝一點顏色看看的急迫心理，放棄橫山，進行戰略撤退。即便是潘美這一代名將，也不可能想像夏國是主動放棄這個對夏國來說倚為重要憑仗的橫山的，何況他們大可把有序撤退做得像是一敗塗地。

不管是出於宋國朝廷的政治需要，還是從具體的戰場形勢分析，抑或是從潘美這員主帥的個性上來分析，在這種局面下，宋軍都沒有穩紮穩打，一步步築堡壘、設營寨步步進逼，給予楊浩喘息之機的可能，他們唯一的選擇，就是迅速追擊，抓住這個給予沉重打擊、甚至一舉滅掉夏國的機會。

而宋軍迅速推進帶來的副作用就是戰線拉得過長，兵力予以分散，後勤補給變得更加困難，對楊浩來說，放敵人進來，他內部也沒有多少城池，不虞城池陷落，搗毀國家根基的危險，党項八氏的部落隨時可以遷移避禍。

只要以夏州為據點吸引宋軍主力團團圍城，且能在猛烈的攻擊下堅持得住，巨大的後勤消耗就會變成宋國最頭疼的問題，這時夏國卻能發揮它的大量優勢，它在宋軍外圍有大量的游牧遷徙部落，這都是全民皆兵的草原游牧部落，而且對楊浩的忠誠度極高，可以破壞宋軍的通訊、補給，不斷地對其實施騷擾戰術。

而楊浩的夏國軍團也可以發揮騎兵作戰的優勢，在圍城的宋軍外線實施反包圍，聲東擊西、圍點打援，運動作戰，摧毀補給線，把宋軍硬生生拖垮。嚴冬還有很長一段時間才過去，在這段時間裡，當宋軍的補給斷絕、士氣低落的時候，就是他們發起全面反擊的時候。在遼國的俯瞰之下，夏國的一場完勝，足以迫使宋國暫時停止武力進逼。

楊繼業的計畫說完，丁承宗第一個提出反對，他知道楊繼業這個大膽的計畫不無實現的可能，但是以都城為誘餌，以大夏皇帝楊浩為誘餌，這麼行險他接受不了，一旦失敗，後果不堪設想，只要還有一線希望在，他就不會同意用這麼冒險的主意。

种放也反對這個計畫，其理由與丁承宗大體相同，以皇帝為誘餌？簡直是大逆不道，楊繼業只考慮戰爭勝負，完全忘記了皇帝對一個帝國具有多麼重大的作用，就算丟了橫山，丟了夏州，夏國還有直抵玉關門的十多個州，仍然成其一國，可要是把皇帝丟了……

面對眾文武的指責，楊繼業苦笑道：「我們可以先行準備，把本就堅固無比的夏州城再做一番布署。臣多年來守禦城池，頗有心得。以現在的攻城器械和宋軍的攻城戰術，只要讓臣布置穩妥，臣有把握抵禦得住宋國的進攻，確保夏州不失，臣有此大膽主意，也是先考慮了官家的安危的。」

李繼談道：「不成，我反對，雖說楊將軍善於守城，可是百密一疏啊，以官家和都城做誘餌，萬一有所閃失，我們輸不起。」

楊延浦道：「你道宋國是那麼好對付的？潘美是那麼好打的？我們夏國新立，兵微將寡，根基淺薄，若不行奇險，如何取奇勝？這叫置之死地而後生。」

雙方激辯不已，楊浩坐在上首聽著眾人的意見卻是一動不動，看來面色平靜，心中卻是波瀾起伏：「這他娘的是要打一場莫斯科保衛戰？楊繼業能成為朱可夫第二嗎？夏州將成為我的滑鐵盧，還是趙二叔神功大成的代表作？」

正沉吟著，种放制止了雙方的爭辯，轉而對楊浩道：「官家，楊將軍所提的計畫雖有成功的可能，但是太過冒險。以臣之見，我們不如再做一番嘗試，爭取讓遼國對宋國施以壓力，我們的存在，對遼國有重大意義，他們不會坐視不理的，我們只要稍作讓步，就能換取他們的幫助。」

楊浩搖了搖頭，沉默有頃，說道：「不，對遼國，只能提出完全平等的條件，不能以犧牲主權換取任何幫助，哪怕是微小的讓步，這關係到……」

他頓了頓，霍地抬頭，沉聲道：「就按楊將軍所說的計策辦，馬上加固夏州城防，會見各部首領，提前做好種種應變部署，然後楊將軍率橫山諸軍執行撤退，布局完成後，立即展開內外兩線作戰，直至反攻條件成熟！」

他站起身，又道：「夏州是定難五州的中心，卻不是河西的中心，朕如今擁有整個河西，夏州已不適宜做我夏國之都，朕早有意立興州為國都。興州西御玉門，南控蕭關，北制賀蘭，東挾黃河，周圍順靜懷定四州拱衛，北有囉保大陷谷、西為騰格里沙漠、東為毛烏素沙漠、南有青銅峽，易守難攻，虎踞龍蟠，又因倚托賀蘭山和黃河，環境氣候適宜，不遠處的攤糧城乃是河西的糧米之鄉，最且定為都城。因此，朕欲定都興州，丁大人馬上著手準備，先將朕和夏州重要人物的家眷以及我夏州財富盡數搬遷興州。」

楊浩要把妻妾子女全部遷往興州，那就是要接受楊繼業的計畫，自己留在夏州行險一搏了。見他計議已定，丁承宗不再反駁，只是神色凝重地答應下來。楊浩又從戰略、戰術兩方面與眾將邊磋商邊敲定，待所有安排明確下來，便道：「橫山諸將立刻返回，待朕這裡布局完成，便立即開始執行撤退！」

眾將轟然稱諾，立即散去，丁承宗和种放並肩出了大廳，看看眾文武已匆匆散開，丁承宗擺了擺手，推著他的那個侍衛立即止步，輕輕退了下去。丁承宗扭頭道：「种大人，我總覺得……官家似乎另有算計。」

种放笑道：「帝王心思，還是莫要胡亂揣測的好。」

丁承宗一笑，說道：「不是猜測官家的心思，而是我們輔佐人君，總要務求做到盡善盡美嘛。我的意思是說，官家對遼國的態度……有問題。」

「哦？」种放走過來，推起他的輪椅，一邊走一邊問道：「丁大人有何見解？」

丁承宗沉吟著道：「昔日官家圖謀銀州時，與遼人曾並肩作戰，雖說當時是各取所需，遼人欲謀慶王，官家欲謀銀州，可是遼人擒了慶王便就此離去，沒有趁機進城大索財富，與遼人一向的作派迥然不同，可見……官家與遼人還是有著相當密切的關係。

「如今官家自立稱帝，河西獨立一方，這對遼人來說，是對他們大有助益的事情，其實官家不需要付出極大的代價，不管是出於自身利益，還是因為往昔的交情，只要再做些讓步，要得到遼國相助並不困難。教人想不通的是，官家對借助遼國之力似乎全無誠意。

「不管是我夏國目前的實力，還是眼下的窘境，遼國的幫助都是十分重要的。可官家在國書中所提的條件僅僅是在一些貨物交易上予以優惠，遼國如此龐大，這些許利益好處，豈能看在它的眼中？官家就是不肯再讓半步，你不覺得有些蹊蹺嗎？」

种放也猜不透楊浩為什麼對這個唯一肯給予夏國幫助，也有實力給予夏國幫助的大國竟然採取這樣的態度，思來想去，他只能苦笑道：「或許，官家昔日在宋國的控制之下舉步維艱，深深以此為戒，故而不想再被一個強國控制過深吧。」

丁承宗慢慢搖頭，他很了解以前的楊浩，能借勢時，楊浩絕不會猶豫，尤其是在這樣因難的時刻，他為何不肯借勢，一定是有更多的考慮，會得到更大的好處，可是……這明明是兩邊不討好的事情，這好處……在哪兒呢？

丁承宗百思不得其解，他發現，自己真的越來越不了解自己兄弟現在的想法了。

待得眾文武紛紛領旨退下，楊浩站在廳中蹙眉思索片刻，揚聲喚道：「暗夜！」

一個灰衣人應聲閃入，躬身領命，楊浩吩咐道：「立即通知巴蜀那邊，停止對義軍的糧草供應，告訴小六，『祭灶節』那天，攻打成都奪糧，聲勢越大越好。」

那灰衣人答應一聲，返身便走，楊浩喃喃自語道：「誰說皇帝不差餓兵？該餓，就得餓著。」

他負起雙手踱了幾步，又想：「楊繼業這個計策雖然行險，卻比我硬抗硬頂的想法更能減小損耗，正所謂富貴險中求，該冒險時還得冒險。巴蜀那邊可讓小六配合一下，汴梁那邊，要不要……」

仔細想想，他又搖了搖頭：「不行，汴梁那步伏棋，現在不能動，還不到時候，還不到時候啊……」

＊　＊　＊

汴梁，東十字大街有一家酒肆，叫丁美人酒坊，店主就叫丁美人，是個二十多歲的美貌少婦，手下有一個小夥計。這家店店面不大，但是在東十字大街這樣寸土寸金的地方，一個小婦人能單獨開得起這樣一家店面，家境也算是殷實了。

這店不賣菜食，就只是單純的沽酒，在這鬧市區生意品種如此單調，生意大多不好，不過這當壚賣酒的婦人眉色姣好如望遠山，臉蛋嫵媚常若芙蓉，肌膚柔滑如羊脂美玉，身段婀娜娉婷多姿，是個秀色可餐的佳人。那酒坊賣的酒品質也好，絕不摻水，也從不賣放久了的酸酒，便有許多酒客上門照應。

東京城裡潑皮混混多，好酒的食客中好色之徒自然也多，不是說……酒為色之媒嗎？丁美人酒坊剛剛開張的時候，東十字大街上的潑皮頭子熊開山見了人家，口涎馬上就流了一地，當即就宣布這美人是他的禁臠了，可他只調戲了這美人一番，還沒來得及動手動腳呢，就被幾個人高馬大的禁軍壯漢吊起來暴打了一通。

等那些軍漢打累了抬腿走人，他的潑皮兄弟們才壯起膽子過去放他下來，當時熊老大舌頭伸出來好長，腫得足有三寸厚，也不知道那幾個軍漢用的什麼拔舌之刑，舌頭雖未拔了去，從此卻變成大舌頭了，更糟糕的是他兩條腿都被打瘸了。

一開始他昔日的兄弟還敬他三分，時日久了便沒人理會他了，東十字大街的新老大朱壯薯嫌他這原來的老大哥在這兒礙眼，也怕他給自己招災引禍，於是這往日裡踢寡婦門、刨絕戶墳，無惡不作、無所不為的東十字大街頭把金交椅的熊老大就只能捧著個破碗到棗家子巷守著單雄信墓討飯吃了。再後來，常常有個年輕英俊的將軍來訪，時日久了，大家便曉得這個將軍必是她的相好，如此一來，更沒人敢來鬧事了。

此時，東京城裡正下著大雪，大雪瀰漫，飄飄灑灑，眼見雪厚盈尺，沽酒的客人稀少，那丁美人便吩咐道：「小明，雪下得這麼大，沒什麼客人登門的，把門板安上，你先回了吧。」

那小夥計一聽掌櫃的提前打烊，大喜過望，連忙起身去安門板，剛安了兩扇，外邊一個身著禁軍將服的人踏著碎玉飛瓊健步而來，進了門一邊拂著肩上雪花，一邊笑道：「怎麼？曉得我要來，這便打烊了嗎？」

小二一瞧，連忙點頭哈腰地陪笑道：「哎喲，羅太尉，這不是雪太大嗎？掌櫃的吩咐，提前歇了。」

那老闆娘瞧見他來，連忙迎上前來，一邊使毛巾幫他掃著一頭一肩的雪，一邊溫柔地嗔道：「雪下這麼大，你還過來做啥？」

那小二伶俐，一見二人說話，趕緊把另兩扇門板安上，一溜煙地去了。不料對面酒樓這時走出兩個身著裘衣的老者，步履沉穩，神態安詳，顧盼之間，不怒自威，頗有幾分大人物的權貴之氣。這兩人正是三司使前任主官楚昭輔和現任主管羅公明，二人走出酒樓拱手道別，楚昭輔轉身登上自己的小轎，下人抬起小轎，輕輕快快就離去了。

羅公明卻沒有走，老人家老眼不花，方才羅克敵進店的一幕被他堪堪瞧在眼中，只是礙著楚昭輔在旁邊，不便露出形色，待得楚昭輔走了，就見那小夥計上了門板，只留一道小門，竟也一溜煙走了，羅公明不禁壽眉一皺，疑惑地道：「克敵這是……那販酒的婦人，是什麼人呢……」

旁邊恰有一個圓領長衫，頭戴兔絨護耳帽的書生往酒樓裡走，聽清了他後半句話，扭臉一看，見這老人年紀雖大了些，倒是腰不彎，背不駝，精神矍鑠，頷下美髯，顯得極具儀態，不禁笑道：「呵呵，老人家，你也瞧上那當壚賣酒的小娘子了嗎？嘿嘿，倒是好眼光，不過瞧你難得活到這麼大，老胳膊老腿的怕也經不起折騰了，晚生好心，說一句忠言給你聽，那小娘子可是咱東京禁軍馬步軍都指揮使羅克敵羅大將軍的相好，你惹不起人家的，還是該幹嘛幹嘛去吧。」

這秀才不是旁人，就是當年因為受違命侯李煜府上的大火牽累，把自己家燒個精光，無奈之下搬到這兒居住的那個秀才蕭舒友，蕭秀才當日看到禁軍大漢修理潑皮態，這人天生好事，便四下裡打聽，羅克敵又是常來的，竟被他打聽明白了羅克敵的身分，經他大嘴巴一番宣傳，美人酒坊在東十字大街可就成了姜太公在此百無禁忌，再也沒人敢去生是非了。

羅公明一聽不覺大怒，他這小兒子老大不小了，早過了婚配年紀，可是替他說親時，這混帳兒子卻堅辭不受，退而求其次，要給他納兩房小妾吧，他還是不允，老羅還以為這個兒子是驟然大權在握，是以謹慎克己，一心撲在仕途上，想不到……想不到他竟迷戀了一個當壚賣酒的女子，聽這人說話，竟還是嫁了人的？克敵他……我羅家怎麼出了這麼一個忤逆子！

蕭秀才兩句話說完，見這老頭凸眉瞪眼地定在那兒運氣，還以為他被自己一番話給嚇住了，嚇住總好過被一群粗漢軍爺打死，蕭秀才自覺做了件好事，便哈哈一笑，搖搖擺擺地登樓而去。

羅公明站在那兒又氣又急，當即就想讓下人去酒坊那邊拍門而入，揪了那混帳兒子出來，可是眼見那門掩著，天曉得兒子與那美貌婦人在裡邊正做些什麼勾當，萬一有什麼不雅的舉動，這一闖進去，讓街坊四鄰的看見，老子捉兒子的姦，父子倆還都是東京城位高權重的官員，這事在東京城一傳開，老羅家的臉可丟得乾乾淨淨了。

老羅投鼠忌器，吹鬍子瞪眼睛地生了一陣悶氣，便把靴子重重一跺，轉身走向自己小轎。老羅憤憤地登轎坐下，虎著一張臉對正欲放下轎簾的老家人沉聲吩咐道：「等克敵回來，叫他馬上來見老夫！」

五百三九　外圍

店門一關，羅克敵臉上輕鬆的笑容就消失了，他搓搓手，在爐邊坐了下來，伸出雙手烤著火。

「有心事？」丁玉落柔聲問道。

羅克敵搖了搖頭，道：「妳也坐吧。」

丁玉落嫣然一笑，搬過一條凳子，雙手一拂裙襬，折腰坐下，挨著他的肩膀，靜靜地看著他，幾年下來，羅克敵顯得更加成熟了，大權在握，使他的氣質也發生了很大的變化，神情一肅時，頗有一種不怒而威的儀態。

店中一片靜謐，清冷的光線從門隙中透過來，映在玉落的臉上。玉落仍然有種卓爾不群的清傲，不過芳齡漸長，肌膚膩玉、清豔如雪的嬌容已帶上了幾分成熟女子的嫵媚，柔化了她的颯爽之氣。

「喝杯酒，暖暖身子……」

丁玉落輕輕說著，抬起玉手，為他斟了一杯酒，酒是燙在熱水中的，此時溫度正好。酒杯輕輕送到他的面前，羅克敵的目光不由落在她的手上，一雙柔荑如玉，小指微翹，宛若一朵幽蘭，只看到這隻手，便已令人銷魂，美人在座，暗香浮動，恍若天上人間。

雪花簌簌，遠遠傳來小販的叫罵聲，更顯室中的安靜。羅克敵滿懷愁緒都消失在她的柔情裡，他輕輕攬過玉落的纖腰，輕輕撫著她的秀髮，聽著彼此的心跳。出神半晌，羅克敵才輕輕說道：「遼國已與夏國締結邦交，不過僅僅是最基本的邦交，並未答應予夏國任何幫助，官家聞訊大喜，已下詔自河北道再調三萬禁軍增援河西，同時傳令於潘將軍，要他抓緊戰機，盡快突破橫山防禦，直搗夏州腹心，想必……妳也知道了吧？」

他當然知道，丁玉落隱姓埋名在汴梁開店，絕不僅僅是為了能與他時常相見。當楊浩還是河西隴右兵馬大元帥的時候，他很開心玉落的到來，至於玉落來汴梁是不是還負有特別的任務，他並不太在意，別說以楊浩這樣手握重兵稱霸一方的封疆大吏，地方上有些實權的人物誰在京裡沒有幾個眼線負責打探朝廷的一舉一動？

可是等到朝廷發兵奪麟府，進攻橫山，楊浩悍然稱帝，彼此的關係就尷尬得很了。如果被朝廷知道他和夏國長公主有私情，而且明知對方在汴梁反而替她隱瞞，他羅克敵馬上就得從高高在上的禁軍統帥變成階下囚，可是儘管他知道後果如此嚴重，但他並不想對玉落有一絲一毫的傷害，除了他對玉落深深的愛意，另一方面，也是因為楊浩如今的作為還沒有觸及他心中的底線，同時他對趙光義這個皇帝本就缺少忠心，他忠的是趙氏天下，而不僅僅是代表著這個天下的某一個人。

丁玉落輕輕吁了口氣，眉宇間閃過一絲憂慮，喃喃地道：「是啊，我知道了，不過……二哥既敢自立，必然也會考慮到官家會做出的反應，我想……二哥不會這麼不濟事的，何況如今天寒地凍的，潘將軍想要取得重大進展並不容易。我只擔心……你不會被派去河西吧？」

羅克敵搖了搖頭：「官家對前朝老將不甚信任，要不然也不會破格提拔我這個和前朝老將無甚淵源的少壯將領了，他沒個三五七年來穩固帝位，是不會輕易把我調走的，除非……他想御駕親征，我才會伴駕隨行。」

丁玉落鬆了口氣：「那就好，我真怕你會去和我二哥對陣廝殺，那時候兩軍陣前相見，唉！我真不知道該如何自處了。」

羅克敵苦笑道：「我現在，就已不知該如何自處了。想當初，我煞費苦心謀取今上的信任，得以手握重兵，一路陞遷到今日地位，本意是要做一個扶保正朔、振興社稷的周絳侯，可是皇長子德昭已死，皇次子德芳又年幼無知……我羅克敵獨立朝綱，孤掌難鳴啊。還有妳那二哥，他足智多謀，我本以為他能做個陳平之流的宰相人物，誰想得到他卻跑到河西去做了一個海外立國的虬髯客，當年我們是同生共死、並肩作戰的袍澤兄弟，如今我是宋國將領，而他卻成了宋國的叛逆……」

丁玉落挺起腰來，反駁道：「難道鋼刀加頸，我二哥就該俯首就戮？現在不是我二哥攻打大宋，而是宋國出兵討伐河西呢，官家是使得什麼卑鄙手段謀奪了麟府兩州，以你如今的身分地位，不可能一點內情都不知道。我二哥如今所統御的領土，可從不曾劃入過大宋的版圖。

「麟府兩州呢，更是先帝在的時候公開承諾過允其自治的，結果如何？還不是被官家巧取豪奪了去？都說北朝人兇悍，可是這麼多年來，北朝徒負惡名，可曾出兵滅過一國嗎？他們頂多扮扮強盜搶掠一番，哪比得了趙氏兄弟連滅七國猶不知足，野心越來越大，恨不得將四海全部納入囊中，挑起戰火的，可是宋國。」

羅克敵搖頭一笑：「什麼叫義？什麼叫不義？我的義，就是他的不義。他的義，就是我的不義。站在不同的陣營，立場自然不同。南平、荊湖、西蜀、漢唐乃至吳越，它們都能罵宋國野心勃勃挑起戰爭，但我是宋人，是宋國的臣子，我就不能說這樣的話，這種事本就沒有對與不對的道理，誰也別自以為受命於天，其他的國家和其子民就活該俯首稱臣。

「所以……妳二哥據河西而自立，我沒有話說，他有他的立場，我有我的立場，站在他的立場，他沒有錯，可是如果真的需要我領兵與之一戰，我絕不能容情，如果真有那麼一天，我和妳二哥兵戎相見，我和妳……該怎麼辦呢？」

丁玉落聽了一時只覺心亂如麻，思來想去，只覺二人此刻雖是依偎在一起，彼此間卻有一道無法逾越的深深鴻溝，只怕當年一言成真，二人真的等到天荒地老，海枯石爛，也無法成就鴛侶，不由得黯然神傷……

*　　*　　*

羅克敵踏著一天飛雪碎屑回到羅府，府中老家人一見了他，立即道：「四公子，老爺請您回來，馬上去書房見他。」羅克敵如今雖在朝中官位甚高，但是在家裡仍敘齒排行，被家人稱為四公子。

「哦，」羅克敵用馬鞭敲了敲肩頭雪花，跺著腳上的積雪問道：「是什麼事啊？我爹心情如何？」

老家人四下看看，湊近了小聲道：「老爺怒氣沖沖，好似不甚開心，老奴進去送茶時，見老爺走來走去的，往日裡老爺回了家，可是很快就焚香讀書的。」

「知道了。」羅克敵向前走了兩步，忽又停下腳步，若有所思地想了想，招手喚過老家人，吩咐道：「告訴我娘一聲。」

老家人會意，立即一溜煙地去了。

羅夫人聽到老家人傳訊，馬上從後宅往書房裡趕，老兒子、大孫子都是老太太的命根子，何況這羅克敵不但是老羅家的小兒子，還是她的親生骨肉，這寶貝兒子年紀輕輕，就做了這麼大的官，而且既不嗜酒也不好賭，簡直越看越完美，老頭子還要時不時地敲打敲打、修理修理，她豈能不管？

待羅夫人趕到書房，側著耳朵貼在門上一聽，書房裡頭父子倆已經吵得不可開交了。

「混帳東西，老夫怎麼會生出你這麼個不省心的畜牲。多少大家閨秀、名門淑女你不要，偏要喜歡了一個當壚賣酒的女子，我聽說怎麼著？還是嫁過了人的？也是，這般年紀，豈能是沒嫁過人的，你……你怎麼偏偏被這麼一隻狐狸精給迷住了？」

「爹，什麼大家閨秀、名門淑女，便勝過了她嗎？扭扭捏捏、拿腔作勢的所謂使相千金、名門貴女，我一個也看不上，我就喜歡了她了。」

「絕對不成，我羅家是什麼身分，娶這麼一個女人過門，你要滿朝公卿都拿老夫說笑嗎？」老羅的調門拔高了一格。

「拿您說笑？您就算想，也辦不到，人家還不願意嫁到咱們家來呢。」羅克敵毫不示弱，大嗓門馬上壓過父親一格。

「什麼？」老頭咆哮起來：「那你就這麼耗著？一輩子不成親了？到底是個什麼女子，竟有這樣的妖魅手段，老夫明兒就叫人去砸了她的店！」

「父親大人敢派人去，那我就叫我的兵去守著，我就不信咱羅府的家僕鬥得過禁軍大營的士兵。」

「你翅膀硬了是不是？敢跟你老子如此說話？你個忤逆不孝的東西，老夫……老夫親自去，我看誰敢動我一根汗毛！」

「那成，酒館砸了，我找個您絕對找不到的地方安頓她，滿東京城的人看著，有什麼風言風語傳出去，想必父親大人也一定壓得住！」

「混帳！混帳！」

房中「嘩啦」一聲，打碎了一只茶盞，羅夫人一聽趕緊往門裡闖，剛一伸手，房門就開了，羅克敵一個箭步竄了出來，緊接著一本線裝書嗖地一下飛了出來，貼著他的頭頂飛到了雪地當中。

羅夫人兩眼放光地道：「兒子，你喜歡了誰家的媳婦？錯了，是個孀居的婦人？人品如何，長相怎樣……」

羅克敵剛要說話，就聽房中腳步聲響，他敢跟父親頂嘴，可不敢還手，馬上一溜煙地逃了，羅夫人「哎哎」兩聲，只得暫時放下心中的好奇，笑咪咪地闖進門去，堵住了自家老爺。

羅克敵這歲數還不成親，在汴梁城的確是鳳毛麟角，如果他時常流連於煙花之地那也罷了，偏偏從不曾聽說過他的什麼風流韻事，把個老娘擔心得不行，汴梁這幾年男風盛行，平常和三姑六婆、各家使相夫人們閒坐聊天，也常說些八卦新聞，偏有那家財萬貫的大財主，放著妖嬈的女子不納，專好男子，甚至鄭重其事娶個男妾的奇談怪事，在東京城也不是沒有，她一直擔心自己這兒子有什麼特殊的癖好，如今聽說他喜歡了一個女子，羅夫人心事擱下，倒是不怎麼擔心了。

男人嘛，只要還是個喜歡女子的，哪有不風流好色喜歡三妻四妾的？就算他現在痴迷那婦人，也情有可原，那婦人既是嫁過了人的，知情識趣，善會溫存，自己這兒子哪有不動心的？時日久了也就好了，以他如今的官職權位，以後三妻四妾那是跑不了的，就算先納一個身分不高的再蘸之婦，那也沒什麼。

要知道許多大戶人家兒子長大，都縱容他出入煙花之地長長見識，再不然就先找兩個姿色出眾的使女送與他作妾，一來是要兒子開開竅，不要於男女之事一無所知，又或者情事少於歷練，將來反受制於男女之情。這婦人就算嫁過了人，總好過那青樓女子吧？羅夫人把這兒子當成寶貝疙瘩，自然會為他找出一堆理直氣壯的理由，她倒想得開。

羅夫人一進門，就見老羅吹鬍子瞪眼，氣喘吁吁，立即漾起一臉笑容，迎上去道：「哎喲，老爺，這才多大的事呀，值得你這麼生氣。你看看你這四個兒子，最有出息的就是咱們克敵，平時和那些大人們的家眷一起喝茶聊天，誰不羡慕咱們家呀，不就是喜歡了一個嫁過了的女子嘛，總好過不喜歡女人不是？看把你氣的，值得嗎？」

老羅一見羅夫人，氣就不打一處來，兒子畢竟大了，又是朝廷大員，他恕歸怒，總不成真的追出去劈頭蓋臉地一通打，如今夫人出面攔駕，他正好趁機下臺，不過一腔怒火就發向了自己夫人，怒哼道：「妳還說，看妳生的好兒子。」

「我生的好兒子怎麼啦？你還別說，克敵還真是個好兒子。」羅夫人喜孜孜地道。

「他好？他好！堂堂正五品的朝廷官員，禁軍大將，卻與一個賣酒的婦人勾勾搭搭，傳揚出去豈不丟盡了我羅家的臉？就算教御史臺的人知道了，少不得也要告他個行止不端。」

「嘿，我當多大點事呢。」羅夫人鬆了口氣：「趕緊叫克敵把那婦人娶進門來不就沒事了，誰還敢說三道四？」

羅大人頓足道：「那是一個婦人。」

羅夫人瞪起眼睛道：「婦人怎麼啦？不就是嫁過人了嘛，只要人品出眾，賢淑溫良，克敵又真心喜歡她，那又有何不可？難道我便是你第一個女人嗎？」

老羅七竅生煙地道：「我是男人！」

「男人了不起？還不是女人生的。」

「滿口的廢話，沒有我這個男人，妳生個屁呀。」

羅夫人瞪起杏眼，扠腰嗔道：「怎麼著，離了你這個男人，我就不能生嗎？」

老羅氣得暈頭轉向，已經快找不著北了，羅夫人佯怒打岔，心裡卻在暗笑，只要成功地轉移了老頭子的話題那就好辦了，一會兒他總不成撿起方才的事情舊話重提。等安撫了老頭子，她再去好好盤問兒子一番，如果那婦人確是個品性出眾的女子，便一頂小轎抬回門來，給兒子做個二房，好歹先生個親孫子抱才是正經。

老兩口在房中吵個沒完，羅克敵逃出書房，站在廊下想了想，又趕緊向外走去，他得知會玉落一聲，叫她趕緊關了酒館換個地方，要不然這事只怕沒個善了……

＊　＊　＊

羅克敵出府門，匆匆上馬直奔梁門，他的家在城西，而玉落的酒館在東十字大街，這一去得橫穿半個汴梁城呢。前行不遠，就是原來的「建隆觀」，當年這裡起了大火，微服巡訪軍營歸來的趙匡胤、趙普在此處救火，曾經遇見了楊浩。

那片大火毀了一片房屋，新起的房子臨街的大都改成了店鋪，雪越發地大了，羅克敵從張家鋪子前邊匆匆而過，沒向路邊瞧上一眼。張家鋪子是西城最大的一家菜鋪，常年從郊外採購各種蔬菜，店鋪後面又挖了巨大的菜窖可以大量儲藏，冬季的時候生意更加火爆，附近大戶人家，小戶百姓，大都從這裡採購蔬菜。

原來這裡叫趙家鋪子，店主叫趙夕樵，和大宋皇帝是本家，平時最好關撲，結果在一次關撲的時候，把自己的店鋪都輸了出去，於是這家店鋪就換了主人。這事在西城下層百姓間很是喧囂了一陣子，其結果不是使得嗜賭者以此為戒，東京關撲之風大減，恰恰相反，反而使得東京關撲之風更加盛行，誰都想著贏，卻很少去想輸。

這已是一年多以前的事了，從那次豪賭之後，趙家鋪子就換成了張家鋪子，如今的店主姓張，名叫十三，是個其貌不揚的男人，老大年紀還未娶妻，時常流連青樓煙花之地，不過卻不好酒不嗜賭，在西城地方，還算是一個名聲不錯的人物。

張十三原是京西南路房州府人氏，前些天，聽說家中老父過世，張店主把鋪子委託給可靠的掌櫃照料，回了趟老家，再回來時，把他三個未出閣的妹子都帶了來。嘿！別看哥哥生得其貌不揚，他這三個妹妹，卻是如花似玉，百媚千嬌，雖說布衣釵裙，怎掩天香國色，登時引起了許多人家注意，這幾天上門說親的媒人都快把張家的門檻都踏破了。

可惜，張十三放出話來，老父過世，雖因生意需要打理，不能在祖墳前為父守孝，但是張家兄妹四人還是要為老父守孝一年，一年之內，不談婚嫁，門庭這才清靜了些。東京城百姓，女兒家坐店經商的比比皆是，張家鋪子雖也算殷實，可是三個妹子個個能寫會算，出來坐店經營，那可省了一大筆帳房的支出，所以這三個妹妹都幫著哥哥打理店鋪，這一來，除了買菜的人家，許多西城的潑皮混混，有事沒事的便都開始登門了。

雪花裊裊，一個黑衣少女閃進門來，從腰間抽出手巾抽打著身上的積雪。西城的潑皮陳昭華正趴在櫃檯前，跟裡邊埋頭撥著算盤珠子的張家大姐張韻姑娘搭訕著，一見這黑衣少女進來，膚白勝雪，玄衣似墨，嬌媚不可方物，登時撇了那半晌不曾抬頭的張韻，湊上來笑道：「張渝姑娘，這麼大的雪，還要出門送菜啊，可真是辛苦。」一面說一面抬起袖子，就要幫著人家掃雪。

可那黑衣姑娘身子靈活得很，蠻腰一扭，就避開了去，杏眼朝他一瞪，嗔道：「走遠些，別跟本姑娘動手動腳的。」

姑娘閃身就進了櫃檯，盯著那纖腰款款，步履輕盈，把個陳昭華弄得心癢癢的，不過像這樣正經生意做到一定規模的，和當地的里正、巡檢多多少少都有些關係，他們這些潑皮混混只能欺負欺負路邊小民，這樣的人家，口花花一番倒沒什麼，真要他出手調戲，他是沒那個膽子的。

「折家的菜送去了。」張韻抬頭，向張渝微微一笑。

張韻自然就是竹韻，張渝卻是折子渝，如今二人雖走作了一路，可是折子渝卻還不知她就是當初與她並肩作戰的賈大庸。

「嗯，送去了，這是菜錢。」

折子渝掏出一個錢囊放在桌上，當著外人的面，兩個人對這商賈身分做得有板有眼，毫無一點敷衍之處。

折家就是雲中折家，因為主動歸附朝廷，被朝廷晉封為牛千衛上將軍的折御勳折大將軍家。因為折家人口眾多，每日需要消耗大量的蔬菜，而張家鋪子是在西城有字號的老店，早在折家搬至京城前這家店就已存在了，無甚可疑之處，所以這蔬菜就由張家鋪子供應。

不過折家的戒備簡直比公主出家的崇孝庵和一般的官府衙門還要森嚴十分，據說這是官家對折家的關愛，官家擔心河西叛賊楊浩派遣刺客對折家不利，因而給予萬全的保護，雖說張家鋪子在西城是有字號的老店，但是往折府送菜，還是要嚴加看管，一路監視著直到膳房的。折子渝帶著夥計已去了幾回了，還沒有接觸到一個折家人，不過她有的是耐心，再嚴格的戒備，哪怕是皇宮大內，也有日久懈怠的時候，何況是折家，她會一直耐心地等待機會。

折家被安置在西城，「飛羽」、「隨風」的密諜機構也在西城，這倒不是他們神機妙算，早已算出有此一劫，提前在汴梁安排伏樁，而是因為原來的趙家鋪子所負責的大主顧之一，就是「崇孝庵」。

「崇孝庵」在西城，庵主是報慈普渡定如大師，就是當年的永慶公主。奪趙家鋪子為己所用，目標其實是「崇孝庵」，折家也被安置在西城，只是他們的意外之喜，這也是折子渝答應竹韻一同喬扮身分，共同匿居於此的原因。

「張家」三個姐妹花的出現，多多少少會吸引些登徒浮浪子的注意，不過她們並不在意，有時候太低調了反而會引人注意，你要是在街坊四鄰之中盡人皆知，反而是最好的保護色。張揚與低調，危險與安全，運用存乎一心。

「大姐，二姐。」如今化名張燚的狗兒蹦蹦跳跳地走出來，小姑娘年紀不大，卻有一雙會說話的大眼睛，小巧動人的櫻唇泛著甜甜的無邪微笑，透出三分頑皮七分俏巧。勻稱的身材還未發育完全，但是那花布小棉襖卻已隱隱透出胸前一對半熟的蓓蕾輪廓來，看起來絕對是個美人胎子，要是再大幾歲，應該會出落得比兩個姐姐更加禍水。

「喲，小燚妹妹。」陳昭華眼前一亮，相對於張家大姐和二姐，很明顯這年輕活潑、不諳世事的小丫頭更容易揩油，陳昭華立即賤咧咧地湊了過去：「妳大哥太小氣了吧，這麼漂亮的小妹子也捨得出來幫他做事，要是我有這麼一個可愛的妹子，可不捨得她拋頭露面。」陳昭華一面說，一面很有大哥風範地舉手拍向人家小姑娘的香肩。

「去，不知羞，誰是你妹子啦，別瞎叫。」狗兒瞪他一眼，閃過了他的魔掌，跑過去搬起了凳子：「雪這麼大，沒生意啦，我家要關門打烊了，出去出去，不要在這兒聒噪。」

小姑娘一彎腰，小屁股便翹了起來，雖說冬天穿得厚，可是她的身材似乎根本遮掩不住，舉手投足間衣服的一凹一折，就能讓你意會到她的小蠻腰是如何不堪一握，小屁股是如何翹挺，一雙玉腿是如何圓潤筆直。陳昭華眼中閃過一抹淫邪的神氣，假意笑道：「天還沒黑，哪有往外趕人的道理？嘿嘿，妳昭華大哥坐鎮這兒，不知給妳張家少了多少麻煩。」

他一面說，一面飛快地往前靠去，運氣好的話可以假裝立足不定，挨一下小妮子的屁股，她要是起身早了，假意一閃間，也能在她大腿上蹭一下，雖說穿著棉褲，那柔軟十有八九不是來自她的肌膚，不過對一個合格的淫民來說，代入和幻想是不可或缺的揩油工具啊。

只不過……悲劇了，小姑娘沒起身，也沒在起身前讓他捱近了去，她搬起凳子，一副毛毛躁躁的樣子，彎著腰便是一個大轉身，凳子角不偏不倚地撞在昭華大哥的襠下。

「嗯！」陳昭華一聲悶哼，臉色當時就白了，雙膝微微彎著，屁股微微後翹，屏著氣，瞪著眼，好像一副便祕的樣子，這個潑皮吃了個暗虧，氣都喘不上來了。

「哎呀，你怎麼了啊？」狗兒眨眨迷死人的一雙杏眼，一臉天真無邪的神情。

「妳……妳……」潑皮連話都說不全了。

「喂，你可不要想訛人喔，是你自己撞上來的，再說了……」小妮子撇撇櫻桃小口，不屑地道：「你個大男人家，我才幾分氣力啊，撞你大腿一下，至於嘛你……」

陳大混混欲哭無淚，也無從解釋，他似乎看到眼前這個眉眼如畫的小妮子頭頂雙丫髻上慢慢鑽出了一對角來，他咬著牙，吃力地向前挪了幾步，趔趔趄趄地出了店鋪的大門，風雨一吹，身上一涼，胯下倒似舒坦了幾分。

竹韻仍然埋頭打著算盤，只是脣角微微牽動了一下，折子渝正在回想著方才進入折府一路所經的房舍、道路以及各處的警衛，眼前一幕也被她完全看在眼裡，她輕輕笑了笑，忽地想起了那一年、那一天、那個人因為「擠神仙」的潑皮占她便宜，為她揮出的一拳。

恩怨糾葛這麼多年，她累了、倦了，崢嶸的傲氣也磨得差不多了，那個想忘也忘不了的人，以前常常想起他的時候，想的最多的總是他對不住自己的地方，越想越氣，現在每次想起他，卻更喜歡兩個人在一起時的甜蜜日子，在廣原程將軍府鬥嘴，在府谷碧荷院喝茶，在蘆嶺州草叢中的一吻，在金陵花市中他死皮賴臉的糾纏……她發覺自己的性子已經有些變了，驕傲的小公主快要變成溫柔的小女人了。

想起此次來汴梁前，他對自己承諾一般的莊重宣言，想起他如今已身為帝王，卻願意把一件對帝王來說無比重要的傳國玉璽用來交換她的家人，她的心不由熱了起來：還要要求他什麼呢，天下的臭男人都是一個樣子，他……算是不太臭的那一個吧……

子渝想著，輕輕皺了皺鼻子，麗顏頓如一湖春水，蕩起片片漣漪。

門外飛雪飄搖，她的心神忽也隨之飄搖起來：「對遼國，你為什麼開出那麼沒有誠意的條件呢？憑你一己之力對抗宋國有多困難，難道你不知道嗎？傻瓜……」

＊　＊　＊

此時，巴蜀境內，邛崍關上，也有一個人正遙望著河西，心神飄搖。綿亙於岷江、大渡河之間的邛崍山，與大渡河沿岸的險隘關柵形成一道屏障，翼護著成都的西面。不過這個地方如今已經被攻破了，破關的是縱橫巴蜀的義軍，如果讓他們平地列陣，與訓練有素的宋軍作戰，他們就是一群不堪一擊的烏合之眾。

然而在這勢如山劈的高山和滔滔不絕的江水之上，那些一身甲冑的士兵與這些身形動作比猿猴還靈活、攀爬絕壁如履平地的山民比起來，簡直就像是一頭豬。他們一撲上來，就是漫山遍野，穿著破破爛爛的衣服，打著亂七八糟的旗幟，縱躍跳竄，吶喊呼嘯，全無章法，也不需要章法，這裡特殊的地勢，使得常規的防禦措施幾乎發揮不了什麼作用。他們不止從關下悍不畏死地往上攻，還有無數的人憑著他們的手腳，爬上兩側的懸崖峭壁，居高臨下往關隘裡射箭，或者乾脆跳進城來一通廝殺。

好歹這也是冬天啊，他們居然光著腳丫，憑一雙手腳攀爬懸崖峭壁如履平地，這他娘的還是人嗎？在視死如歸的強悍士氣面前，守軍崩潰了，剩下來的就是一面倒的屠殺，守軍倉皇逃卻，邛崍關易手。邛崍關陷落，再往前去，就可以長驅直入，進掠成都了。

此時，取代趙得柱成為義軍大頭領的彎刀小六正站在邛崍關上昂首北望，久久不語。

邛崍關的糧食落到了義軍的手中，一處處炊煙開始燃起，飢餓的義軍迫不及待地生火做飯，巴望著吃上一頓飽飯。破衣爛衫的士兵們把戰死守軍的軍服都剝了下來，七手八腳地穿在自己的身上，全然不顧上面還沾著鮮血，關隘上下登時出現了無數赤條條的屍體。

一員將領向站在城頭箭垛上眺目遠望的彎刀小六拱手道：「大將軍，邛崍關已經到手，咱們現在……真的去打成都嗎？」

小六側首，目光微微一凝。

這人叫狄峰，也是義軍的一員驍將，原本是義軍大頭領趙得柱的親信將領，不過趙得柱中「流矢」而死，義軍指揮權落入二頭領童羽手中之後，狄峰對此也並沒有什麼不滿，實際上他也無法有所不滿，對趙得柱的逃避政策，二頭領、三頭領、四頭領都是完全一致的反對意見，所以早在趙得柱活著的時候，其餘幾位頭領便走得極近。二來，他們避往偏遠這麼長時間，義軍的糧食供給主要靠二頭領率兵出去籌措，不管是聲望還是人脈，二頭領早已不在大頭領之下，如今大頭領死了，他就是順理成章的老大，沒有人可以撼動他的位子。

狄峰抱拳道：「大頭領，成都畢竟是巴蜀中樞，屯兵甚多，我們不如劫掠金堂、九隴、晉源、蜀州等地，這些地方離成都甚近，糧草也必豐厚，何必捨易而就難？」

彎刀小六冷哼一聲道：「你這還是趙大頭領當初的策略，總是避險就易，躲來躲去，結果如何？我們當初聲勢何等浩大，躲來躲去的結果卻是越來越弱小，逃兵越來越多。正因為成都是巴蜀中心，現在我們才一定要把它打下來，如此，我們不但可以獲得足以支撐一年的大量糧食，而且……成都陷落，巴蜀震動，我們的聲勢大起來，才會有更多的人投奔我們。」

他霍地轉過身來，披風在風中飄搖：「奪取成都的意義並不在於區區一座城池，我們能否扭轉頹勢，在此一舉，所以，成都一定要打。」

他轉首看向成都方向，冷冷一笑道：「成都算不得險要，它的險要，在於它在四面八方幾處絕險天塹處設置的關隘，如今邛崍關已然在手，成都何足為懼？」

「大頭領說的是！」微微有點鷹勾鼻子，顯得有些兇猛的三頭領王小波踏前一步道：「兵威和實力是打出來的，而不是逃出來的，打成都損失一定不小，可隨之而來的，卻是大把的好處，這筆買賣，值得一幹。」

二當家鐵牛趁機站出來，攘臂高呼道：「祭灶節馬上就要到了，老爺們要祭灶王上天言好事去啦，可咱們這些窮光棍們還連一口飽飯都吃不上呢，跟著大當家打到成都去，搶了那些貴人老爺們的東西，祭咱們的五臟廟，這個祭灶節，咱們替灶王爺過啦！」

闞下，十萬大軍群起響應，呼嘯如潮，揮臂如林……

五百四十　可憐天下父母心

趙光義得知遼國對夏國的態度後自然大喜，夏國毫無反應的反應卻令遼國朝堂眾臣一片憤怒。遼國雖未給予夏國武力援助，但是遼國承認夏國的成立，這就給夏國留出了討價還價的餘地，如果夏國在兩國間的地位上，或者軍事合作、經濟互通方面能做出一些讓步，那麼遼國方面未必就不肯給予他軍事援助，到時候不管是直接出兵相助，抑或是陳兵邊境做一個姿態，都足以牽涉宋國兵力，減輕楊浩的壓力。

然而楊浩硬是沒有做出任何讓步，這個消息不得令遼國文武憤憤然地覺得這個夏國皇帝不識抬舉，就是蕭太后也是怒極而笑：「這個冤家真以為和我有一段不足為外人道的情緣，就可以擺布本宮，讓我損害我的國家、我的族人與部眾的利益，不惜一切地幫助你嗎？大遼江山是我兒子的，任何人想損害它、操縱它都不可以，就算是你也不行！」

蕭綽氣極，決心坐視不理，先讓楊浩吃個大大的苦頭，肯對遼國服軟乞援時再說，哪知道宋國馬上增兵三萬趕赴河西，援軍還未到，原本固若金湯的橫山防線就開始鬆動，等到回京彙報軍情的王繼恩帶著三萬援軍趕到橫山，兩軍會合，士氣大振，竟一鼓作氣連拿五處要隘，夏軍的橫山防線全面崩潰。

蕭綽得到這個消息不禁大吃一驚，她本以為楊浩堅決不肯向遼國稱臣納貢，必然是有所倚恃的，哪想得到他竟敗得這麼快，如果河西真的落入宋國之手，讓宋國擁有了自己的養馬之地，不但從軍事實力上會對遼國構成更大的威脅，而且會很大程度地抵消燕雲十六州的地理優勢。燕雲十六州的險要是對南而言的，如果河西盡入宋國之手，宋國就可以從河西，取道奉聖州，直接殺到遼國中京。

有鑑於此，蕭后不得不改弦更張，打消了讓楊浩吃個大苦頭的想法，馬上命令耶律休哥統迭剌六院部四萬精兵趕奔河西，以宋夏之戰影響遼國國境安全為由，充實西京大同府的實力。

蕭綽對耶律休哥面授機宜，吩咐他非不得已絕不可直接干涉宋夏之戰，這一去非敵非友，只循戰場形勢而動，如果宋軍勢強，就對宋軍施加壓力，如果夏軍反敗為勝，少不得就要敲打敲打夏國，總之，要盡量製造一種有利於遼國的軍事平衡。

遼國突然增兵西京大同府的消息傳回東京汴梁之後，趙光義頗感擔憂，遼國如果與夏國建立了軍事聯盟，大可直接揮軍南下，不需要捨近求遠趕赴西京，如今遼國向西京集結軍隊，未必就是與夏國有所勾結，但是冰天雪地的，遼國總不會無緣無故地向西調兵吧？如果遼國想火中取粟……

趙光義坐不住了，三日之內連下三道聖旨，命令潘美、王繼恩所部加緊攻勢，搶在遼國屯兵西京大同之前盡可能地擴大戰果，同時令崔彥進率兩萬禁軍急赴雁門關，與當地守將郭進一同守禦雁門關，對遼西京大同構成威脅。

宋遼兩國調兵遣將，互相震懾的時候，夏州也正在緊鑼密鼓地進行誘敵深入，打其後勤，陣地戰與運動戰相結合的戰爭準備。接到授命的党項八氏部落紛紛開始遷徙，堅壁清野，以應敵軍。而夏州城則加固城防，屯集糧草，同時對大量人、物進行戰略轉移。

河西城池少而草原多，部落遷徙十分迅速，要做到堅壁清野非常容易，寒冬一來，大雪遍地，各部落一走，正是斥候之郊，非耕牧之所；轉戰之地，非耕桑之邑。宋軍十萬餘眾，浩浩蕩蕩而來，若不能迅速攻克夏州，其後勤壓力馬上就會凸顯出來。

潘美久經戰陣，對後勤輜重的重要豈有不知之理，可是如今夏軍潰敗，正絡繹撤出橫山，逃向夏州一帶，常言道兵敗如山倒，此時正是奮起餘勇追窮寇的時候，哪有時間再來個兵馬未動，糧草先行，以致坐失戰機，讓楊浩有時間集結亂兵，重新整編，站穩腳跟後，拉開架勢在千里雪原上層層設防。

何況遼國的態度曖昧不明，戰機稍縱即逝，官家一次強似一次的催促更不是他所能承受的壓力，因此潘美只能選擇迅速挺進，窮追敵寇，他本想留下監軍王繼恩負責照料後勤，可是眼看大勝在即，那可是滅其國擒其君的無上功勞，王繼恩哪肯留在後方？執意要與他一起挺進夏州城下，潘美無奈，便留下了兩員穩健老練的心腹將領專司負責輜重，這才匆匆上路。

夏國為撤退的軍隊提供了大量的馬匹，因此退速甚快，宋軍銜尾急追，兩條腿終究趕不上四條腿的速度。不過夏軍退得毫無章法，已很難對潘美的進攻形成有效的抵抗，一路追下去，接近夏州外圍的時候，夏軍才開始組織起了一些像樣的阻擊和偷襲，潘美明白對方的目的所在，所以不為所動，一俟擊退敵兵絕不追擊，只認準了一個夏州。

夏州是夏國的都城，它的意義絕不僅僅是一座城池那麼簡單，不管是夏國皇帝被擒，抑或是夏國都城失陷，都不是剛剛立國的夏國所能承受的失敗，楊浩不能離開夏州，夏州插翅難飛，他的目標自然只有一個夏州，擒賊先擒王的道理他豈能不懂？

潘美的大軍趕到鐵冶務時，才算是遇上了自橫山失陷後夏州軍真正意義上的抵抗，這是挺進夏州的門戶，一處堅固的堡壘，攻下鐵冶務，他便能直達夏州城下，潘美立即在鐵冶務關隘之外紮下十里連營，各軍輪番出戰，開始日以繼夜一刻不停地攻打這座要塞。

與此同時，潘美還命令後方加緊向前線運輸糧草，並且集中麟府兩州和宋軍中的工匠，開始製造攻城器械。宋軍是猝襲麟府得手的，潘美更是一路急行軍，輕裝從汴梁趕來，所以並未準備沉重的軍械，一到麟府他就投入了橫山爭奪戰，軍匠們大多承擔的是建造兵營和橫山各處要塞的堡壘任務，此時才得以騰出手來製造巨型攻城器械。

儘管有最熟練的工匠和充足的材料，第一批軍械製造出來也需要最少半個月的時間，再運至夏州城下耗時更長，不過夏州是跑不了的，先打到夏州城下，把它圍困起來，楊浩這個短命皇帝嘛，他自然可以慢慢地消遣。

＊　＊　＊

此時，夏州遷往興州的最後一批物資和人員正在緊急地集結之中。其實楊浩早已有意把他的政治中心設在興州，興州就是歷史上的西夏國都城興慶府，西夏立國時還沒打下河西諸州呢，那時夏州的重要政治作用更甚於現在的夏州，然而李元昊還是頂住了重重壓力，把國都從夏州遷到了興州，這裡邊自然是有極重要原因的。

正如楊浩在銀州對文武重臣們所言，興州的地理位置極佳，依賀蘭山傍黃河水，周圍不是天塹雄關，就是大阜大城，又緊挨著產出最多的糧食基地攤糧城，而且是在整個河西地區的中心位置，這個地方適合做一國都城，而夏州距宋國太近，一旦橫山失守，宋軍數日可至，軍事上太不安全，而且由於夏州附近沙漠化日趨嚴重，從自然條件上來說也不適宜做為一國之都。

不過要想遷都可不容易，和宋國一樣，他的統治班底主要是夏州附近的人，許多官員在此根深柢固，想要他們遷徙豈是那麼容易的，這一次楊浩卻是借了宋軍的勢，使得遷都壓力減至最低，順利完成了遷都的前期準備。

楊浩不但借宋軍的勢，完成了遷都這個大難題，還借宋軍的急進，打亂了遼國的計畫，順利地引出了遼軍，當他收到遼國已向西京大同府集結兵力的時候，真是大大地鬆了口氣。

楊浩不肯向遼國讓步，放棄了兩國本可因共同的政治利益而從一建國就締結牢固聯盟的機會，其實他是有著很深層的考慮的，這其中的好處，要在他整個部署的第二階段、第三階段，才能慢慢凸顯出來，這招意義深遠的伏棋，除了他自己，沒有人知道，也沒有人看得出來。

雖說宋國、遼國乃至他的麾下，都是人才濟濟，不乏目光長遠的政治家、軍事家，但是絕不會有人看得出他這步棋的深遠意義，甚至完全看不出這是楊浩有意為之。這倒不是楊浩雄才大略無人能及，而是因為做為後來的人，他對一些歷史大事件的把握。

儘管因為他的出現，整個歷史已開始改變，但是到現在為止，還沒改變到面目全非的地步，有一些歷史大事的走勢，他現在還是能夠把握得住的，就憑著這一點先見之明，他把南朝北朝兩大帝國，都做了他棋盤上的一枚棋子。現在好了，一切都在按照他的預料進行發展，接下來就要看他如何唱好「夏州保衛戰」這齣大戲了

＊　＊　＊

楊府右院，玉真觀。

女英最後環視了一眼自己所住的靜室，她馬上就要去興州了，冬兒、焰焰她們是第一批上路的，先行趕赴興州部署安排，而她將隨最後一批人員和物資離開。腹中嬰兒已經六個多月了，可是並不怎麼顯懷，穿上一件肥大的道袍，就更加不引人注目，只有她自己輕撫腹部的時候，才能感受到那裡面孕育著的小生命是如何蓬勃。

忽然，一陣腳步聲起，女英立即欣喜地回頭，這處靜室，如今還在夏州城中的人中，只有窅娘和楊浩可以不告而入，窅娘走路輕如靈貓，沒有半點聲息，這腳步聲不是楊浩還能有誰？

女英知道楊浩此刻是何等繁忙，本沒指望他還抽空來送自己，經歷過亡國毀家之痛的女英，再也不是那個不知輕重，一直活在虛幻浪漫中的小周后，她如今懂得珍惜，懂得知足，楊浩的意外到來，讓她驚喜不已。

「官人……」

回眸一望，果然是楊浩，女英撲到他懷中，親暱地喚了一聲。

楊浩輕輕攬住她，並肩在榻邊坐下，柔聲道：「一會兒你們就要上路了，忙裡偷閒，來看看妳。鐵冶務那邊支撐不了多久，再不走就來不及了，佳兒出生的時候，我這個做爹的沒能在他身邊，希望妳生產的時候，我能趕回妳的身邊。」

「嗯，」女英溫順地點頭，依偎在他懷中，抬起頭看著他道：「官人，人家……人家現在還是出家人的身分，孩子出生後，該怎麼安排個身分才好？官人自從回來一直太忙了，妾身……未敢用這件事打擾你，可……可再有幾個月他就出生了，人家真不知該如何是好。」

「這件事啊……」

楊浩沉吟起來，忽然，他想起了一件事情，不由一拍大腿，說道：「對了，可以過繼給我大哥呀……」

「嗯？」

「這個孩子若是男娃，過繼給大哥怎麼樣？」

女英慢慢低下頭去，細不可聞地道：「喔……」

楊浩察覺有些不對，詫異地扶住她的香肩，說道：「過繼給大哥，也還是咱們的孩子啊，怎麼……妳要是不願意，那就算了。」

女英低聲道：「官人怎樣安排，妾身怎樣做就是了。」

楊浩蹙眉道：「抬起頭來。」

女英掙了一下，不肯抬頭，楊浩扳住她的肩頭，逼她抬起頭來，才見她臉上已有兩行晶瑩的淚花。一見楊浩看她，女英便扭過了頭去，輕輕擦擦眼淚。可憐見的，女英現在快成了水做的了。

曾經高高在上的一國皇后，那個剗襪步香階，手提金縷鞋，熱情浪漫、活潑溫柔的最佳情人，自從跟了他，從不違拗他的任何決定，不求什麼，也不爭什麼，乖巧得快成了個小可憐，就連反對，也只會用她的眼淚來表達，真是讓人又憐又愛。

楊浩又好氣又好笑：「妳不捨得，說一句不就得了？我也就是一時起意嘛，至於……算了算了，當我沒說。」

女英輕輕地道：「人家……人家只是捨不得，總是自己身上掉下的肉嘛，並不是想要違拗官人的心意，要是官人想把他過繼給大哥……」

「得了得了，我本想著，過不過繼的，不過是個形式，孩子不還是咱的孩子，一樣的疼他也就是了，嘿，我這當爹的，總歸不如妳這當娘的，算了，這是官人的錯，以後都不提了，嗯？」

女英破涕為笑，輕輕點了點頭，一副溫馴聽話的模樣。

楊浩輕輕一嘆，勾起她的下巴，笑道：「瞧妳一副受氣小媳婦的樣子，為夫萬丈豪情，一見了都煙消雲散啦。」

女英害起羞來，又見自己稍露不願之色，楊浩便馬上否決了原來的打算，心存感激，一見楊浩吻來，便吐出雀舌，與他實實在在地親了一下，楊浩與這可人兒久未溫存，今日難得見她主動，羞澀中溫婉嫵媚之態嬌豔不可方物，不由得魂兒一蕩，便俯身相就，吮住了她的雀舌……

＊　＊　＊

楊浩與女英溫存敘話的當頭，汴梁城東華門太子宮正烈焰焚天。

宮衛禁軍、大小太監、乃至設在皇宮內的火情鋪子，各路人馬來去如飛，那水龍車也罷了，有的小太監還端著臉盆，抱著水瓶，也不知這杯水車薪濟得什麼事。

太子宮起火了，不是失火，而是縱火，那縱火的人居然就是太子趙元佐。

趙元佐一直疑心先帝之死與自己的父親有關，自幼接受孝悌忠義教育的他無法接受這樣一個事實，無法接受自己的父親竟是這樣一個大奸大惡、狠毒無情的人，再後來趙德昭意外死在兩軍陣前，趙元佐對父親的疑心更重了，這筆帳毫無例外地被他算到了父親頭上。

父子二人的關係變得十分緊張，哪怕是重大國事，需要皇帝和皇太子一同出席的時候，他對父親也是不假詞色，官家父子不和在東京汴梁早已是個公開的祕密。不過，他對父親雖然甚是冷淡，這兩年來只是幽居太子宮中讀書習文，倒也很少與父親再生衝突。

誰知這兩天不知哪個多嘴，居然把齊王趙光美被罷了開封府之職，發配長安城，途中還遇到刺客的消息告訴了他，趙元佐一聽可就炸了。他為人單純而偏執，他的父親在他心目中本來僅次於雄才大略的伯父趙匡胤，這種印象已不是一年兩年，可當他長大成人，卻發現自己的父親其實是一個大奸大惡之輩。

現在，有人要害叔父，天下間有誰要害他？誰有必要去害他？伯父是爹爹害的，堂兄是爹爹害的，那麼他對叔父下手還有什麼稀奇？爹爹已經做了皇帝，還要不斷殘害自己的親人，他真要做一個無情無義的孤家寡人嗎？想起歷史上那些一登帝位，就把自己的兄弟姪兒殺個一乾二淨的昏君梟雄，趙元佐又悲又怒。

他本來是個極開朗的青年，這幾年來因為背負著沉重的心事，心情一直無比壓抑，到這一刻，數年來積蓄於心中的憤懣終於澈底爆發了，趙光義正與心腹大臣興沖沖地分析著河西形勢，皇太子就闖了進去，父子二人激烈衝突，暴跳如雷的趙光義吩咐人把兒子捆回了太子宮。

趙元佐壓抑扭曲數年的情感一俟暴發，直如癲狂，回到太子宮後一會兒大哭一會兒大笑，神智都有些激憤不清了，最後竟舉火燒殿，大叫著要把自己和這太子宮付之一炬，要把一切骯髒汙穢燒個乾乾淨淨。

總算搶救的及時，太子宮除了主殿付之一炬，幾座偏殿尚還完好，眼看著那殘垣斷壁，青煙裊裊，還有那被人控制著猶自大哭大笑的混帳兒子，趙光義氣得渾身哆嗦，鐵青著臉色轉身就走。

回了文德殿，趙光義餘怒未熄，抓起茶盞哆嗦著湊到脣邊，一口未喝又狠狠摜到地上摔得粉碎：「孽子！孽子！」

「官家息怒，太子是性情中人，只是年紀輕，少不更事罷了，以後，他會明白官家的苦心的。」

程羽、宋琪、賈琰等人戰戰兢兢地解勸著，趙光義一拍龍書案，咆哮道：「年少無知？他還年少無知？已經過了及冠之年，居然如此不知輕重，忤逆不孝，氣死朕了，真是氣死朕了，悔不當初啊，朕不該輕率立下太子，這個兒子，如何能繼承大寶，君臨天下！」

程羽、宋琪等人聽了面上頓時變色，不敢接口。

儘管他們是皇帝最親近的心腹，可也不是什麼話題都能接的，太子乃國之根本，豈可輕言廢立？真廢了太子，如何對滿朝文武、對天下萬民交代？用什麼理由？這要是不能拿出一個讓普天下都信服的理由來可是絕對不成的。

再說，就算這太子應該廢掉，那也是皇帝的親生兒子，要是他一個臣子出言贊成，等皇帝氣消了，想起你一個臣子摻和他立儲之事，豈能對你沒有戒心？怎麼？你同意廢太子，你為什麼同意？莫非你私下結交擁戴了哪個皇子？再說，萬一哪天皇帝回心轉意了，重新扶立廢太子，那不是給自己找彆扭嗎？

要是出言反對那還好一些，要知道太子既立，就是國之儲君，是正統，你表示擁戴，就說明你忠於朝廷，就算有一天太子真的換了，新太子只要明事理，不是太混蛋，他對你也沒有多少敵意，因為你這種表現就是懂分寸、守規矩，你能反對皇帝也要扶保太子、扶保正統，那我現在做了太子，你自然也能全心全意地忠於我。

正是出於這番考慮，趙光義激怒之下露出廢儲的念頭，眾心腹大臣沒有一個出聲附和的。

趙光義並不只是口頭說說，這幾年來和兒子不斷交惡，他心中的憤怒也是越積越深，此刻真有動了廢儲君的念頭，他喘了幾口大氣，在御案後坐下，掃了一眼幾個心腹大臣，沉聲道：「你們怎麼不說話？元佐猖狂荒誕，無父無君，還像個太子嗎？國之諸君，社稷根本，豈可不慎，朕有心廢了太子，眾卿以為如何？」

皇帝問到頭上了，不能搪塞了，程羽上前一步，斟酌著說道：「官家，元佐乃官家嫡長子，皇室正統，且人品端正，素無大錯，不可輕言廢立以亂社稷，臣冒死諫言：還望官家收回成命。」

賈琰也道：「太子乃國之基石，續統之事，關乎天下，還請官家三思。」

趙光義冷冷地瞟了宋琪一眼，宋琪道：「官家，太子廢立，事關宗廟社稷，雖係陛下家事，實為國家大事，不可輕言更改的，還宜從長計議。自古立嫡以長，元佐位居東宮，天下皆知，且素無大過，人心歸附。今太子與陛下衝突，便即更立，恐不利於長治久安。官家不見先朝隋文帝廢立太子之禍嗎？」

程羽一見兩位同僚都同意自己的意見，膽氣壯了些，忙又說道：「依臣愚見，太子之位萬不可輕奪，可將太子圈禁起來閉門思過，也許太子閉門反思，會痛改前非亦不可知。」

趙光義餘怒未息，冷笑道：「閉門思過？朕一再忍讓，這幾年一直讓他閉門思過，他可曾有過一絲悔改，反而對朕變本加厲，朕已忍無可忍了。」

賈琰道：「今太子與官家之爭，實不足為外人道也，若廢太子，以何罪實公諸於天下呢？再者，官家登基大寶，本是兄終弟及，如今諸皇子之中，除太子之外，以德芳年紀居長，官家若廢了太子，那時當立誰為儲君呢？」

趙光義身子一震，怒氣立時便收斂了幾分：「德芳嘛……德芳……」

他喃喃地重複了一句，目光一閃，帶起了一絲冷意……

東華門外，一個年輕俊俏的和尚站在百姓群中，仰望著太子宮上飄起的滾滾濃煙，又看看前面戒備森嚴的皇宮大門，冷冷一笑，轉身向大相國寺走去……

五百四一　行刺

這是一處偏殿，盤剝的廊柱，潮冷的室溫，透出幾分荒涼，這是前朝宋皇后的寢殿。

趙德芳和已出家成為定如大師的姐姐永慶公主坐在桌前，和臉帶病容的宋皇后正說著話。這兩年，趙光義對他們的戒心已漸漸消除，不再嚴密監視了，所以他們想見宋皇后並不是很難。宋皇后這兩年身子骨一直不大好，險惡的處境讓她的身子越來越差，當年嬌豔欲滴如同一朵富貴牡丹的宋皇后，如今已是容顏憔悴，形銷骨立。

趙德芳現在身高比姐姐還超出幾分，脣上一抹淡淡的茸毛，雖仍帶著幾分稚氣，卻是一副遠比同齡人要成熟得多的氣質，再過一年，滿十六歲，他就有資格封王了。

永慶的身材依舊是那麼嬌小，幾年的佛門歲月，青燈古卷的熏陶，使得她的氣質發生了很大的變化，現在的她文靜、秀氣，神韻內斂，和光同塵，再不是當年那個嬌蠻任性，整日像一隻開心的喜鵲似的小姑娘了。

幾年下來，趙光義已漸漸坐穩了帝位，他們想報仇的希望越來越是渺茫，每次相聚，想起殺夫（父）大仇，一家三口母子三人總是對坐幽嘆，黯然神傷。

方才，太子宮那邊出了點動靜，母子三人立在宮簷下張望了一番，曉得是太子宮失火了，問及詳細緣由，宮婢內侍們也說不出個所以然來，如今他們行動的自由僅限於這處偏殿，想了解詳情也辦不到，而且他們也不想打聽與自己無關的事情，便又回到了宮中坐下重拾話題。

永慶道：「母后，皇叔現在也被發配長安了，如果他肯就此收手那也罷了，若是不然，恐怕接下來還要有對皇叔不利的舉動。皇叔素來安分守己，也莫敢與他爭，尚且不能見容於他，明年德芳就有資格封王建府了，以他的為人，會放過漸漸長大的德芳嗎？女兒每次想起，真是寢食不安。」

宋皇后掩口咳嗽了幾聲，緊鎖愁眉道：「朝中文武，我們孤兒寡母能倚靠誰呢？老臣子們要嘛被貶離了京城，要嘛便是效忠了他，我們一家人的性命現在都操在他的手中，還能有什麼辦法可想？」

永慶顰眉含淚道：「仇人如今竊據帝王，逍遙自在，我們……卻連德芳的性命都無法保證，我不甘心啊。朝中無人可以倚靠，那西北楊浩……」

趙德芳臉色一沉，怒聲道：「姐姐莫要提他！」

永慶嘆了口氣道．「德芳，我知道妳對他不滿，可是現在是趙光義發兵攻打河西，而不是楊浩圖謀我大宋啊。易地而處，換作是妳，妳肯甘心就戮嗎？想那河西本是諸胡雜居之地，中原王朝歷梁、晉、漢、周直至我大宋，那裡就從來不是我中原領土，楊浩雖據其地，畢竟還算是我宋國的官，說起來遠較以前河西的胡人首領與我大宋親近，如果朝廷沉得住氣，恩威並濟籠絡人心，河西早晚歸化中原，何至於刀兵……」

趙德芳截口道：「不管如何，他據地稱帝，就是造反。我們還能指望他做一個忠臣嗎？難道咱們還能帶了外人來滅了咱趙家的江山？他據地稱帝，就是大逆不道，這個人，指望不上了。」

永慶的眼睛紅了，咬著牙道：「這江山姓不姓趙，和我們又有什麼相干？若是依著我，如果能保得了父仇，保得你平安，但有借重之處，無不可依！」

趙德芳噌地一下站了起來，厲聲道：「姐姐怎麼可以說這樣的話？這天下是爹爹親手打下來的，爹爹已死，不能復生，難道咱們再把爹爹一手創下的基業也拱手讓於外人嗎？」

宋皇后一見姐弟二人衝突，焦急地看看殿門口，連聲道：「小聲些，小聲些，這些話若傳入他的耳中，便是滅頂之災了。」

趙德芳回頭看了一眼，壓低了聲音，冷笑道：「他趙光義可以弒君奪位，可是有一樣東西，他是無論如何也奪不走的，那就是……宗廟社稷，我爹爹是開國皇帝，是大宋太祖，這分榮耀，他再如何卑劣，也永遠搶不走！德芳無能，殺父仇人近在咫尺，都無力去報，可是……無論如何，我也不能借外人之力毀了爹爹的江山吶！」

永慶緩緩閉上雙目，兩行清淚潸然而下：「佛曰：假令經百劫，所作業不亡，因緣會遇時，果報還自受。爹爹這血海深仇，幾時才能明識因果，善惡得報呢……」

＊　＊　＊

文德殿中，趙光義秉燭批閱著奏章，忽然一陣心浮氣躁，忍不住撂下了手中的奏章，起身走到一邊推開了窗子。

又下雪了，大雪簌簌而下，眼前一片迷茫，他的心中也是一片迷茫。

憑心而論，他對自己那個長子的品性為人還是很喜歡的，然而這個兒子實在是太不讓人省心了，胳膊肘往外拐且不說，如今竟一怒之下火燒太子宮，如癲似狂的，被人制住之後還不肯安靜下來，現在服了太醫的藥才沉沉睡去，這個兒子真是自己最好的選擇嗎？

不期然地，他又想起了方才撞見趙德芳的事情，今日永慶和德芳來探望皇嫂，夜色晚了，永慶宿於宮中，德芳卻須離開，離宮時堪堪與他撞見。這個姪兒年紀還不大，但是性情沉穩，秉正剛毅，在自己面前，也是答對得體，頗知進退，與當年那個騎在他脖子上摘果子的虎頭虎腦的小姪兒大不相同了。

可是不知怎麼地，德芳的恭敬和溫馴，看在他的眼中總有一種不踏實的感覺，就像是在德芳臉上戴著一張謙恭溫馴的面具，讓他心裡很不舒服，這樣的趙德芳，比那喜怒形於色的趙德昭，更教他心存忌憚。

明年，他就滿十六歲了，為了堵住天下悠悠眾口，表面上他視先帝的子女一如己出，到時怎麼也得表示表示，一個王爺的爵位是少不了的，可自己的長子幾近瘋癲，其他的子女年紀還小，光美已封了王，一旦德芳也封王，那麼要廢儲的話……

趙光義輕輕蹙起了眉頭，大雪紛紛落下，模糊了他的身影，也掩蓋了他眉宇間的一片肅殺之氣。

這場大雪，給壁宿提供了一個很好的機會。

他本是一個偷兒，一個縱橫河北的神偷，偷大官人老員外的財物，偷大姑娘小媳婦的芳心，江湖上送了他一個諢號，叫「渾身手」。後來，他隨著繼嗣堂中最出色的女刺客竹韻又學到了五行遁術，這是遠比禁軍日本直的扶桑忍者更高明的潛行之術。現在，他又掌握了一手霸道絕倫的大手印功夫。做為刺客，他可算是最高強的刺客了。

楊浩曾經答應過要幫他對付趙光義，可是他是夏國皇帝，趙光義是宋國皇帝，要等到什麼年月才會出現王見王的局面？壁宿對楊浩的承諾已經有點絕望了，他不想再等下去，他要憑自己的本事，為水月報仇。

大雪鋪天漫地，心揣一輪明月。

壁宿悄然潛入了大宋的禁宮樞要。

這場大雪給他提供了最好的掩護，一襲灰白的衣衫，往地上一撲，整個便與大雪渾然一色，哪怕是走到了近前，也無法讓人注意到那兒有一個人。

壁宿使飛鉤入宮，在雪中靜靜地匿伏了將近一炷香的時間，才抓住兩支禁軍巡弋隊伍交叉而過的剎那機會，遁入禁宮深處。過了第一道防線，他就輕鬆多了，皇宮裡也不可能處處兵丁，越過了外圍防線，再往裡走就容易多了。

做為一個出色的小偷，壁宿曾認真地研究過豪門大院的建築，他必須清楚地辨認出，主人房間的所在，庫房的所在，了解家丁護院日常巡邏的路線，但是皇宮大內卻不同於普通的豪門大戶，一處處巍峨的宮殿，飛簷斗角，大體相似，想從中找出皇帝的所在，絕不是一件容易的事，壁宿靈猿一般攀在一座宮殿的飛簷下，向四下仔細觀察了許久，才悄悄滑下巨大的廊柱，向前潛去。

文德殿，趙光義又回到了宮中，宮外廊下，兩名禁軍侍衛身穿簑衣披雪而立，手按鋼刀，站得筆直。

大雪紛紛揚揚，文德殿長廊盡頭立著兩個帶刀侍衛，雪地上有一道虛幻若無的身影正無聲無息地向他們滑過來，若是仔細看去，雪地上毫無異樣，只是因為大雪薄厚的不同，從光線視覺上有些許明暗的差別，這麼一點差別完全可以忽略不計，因為迴風飄拂，雪花飄落本就薄厚有異的。

於是，當那雪地上突然詭異地躍起一個雪人，閃電般撲向他們的時候，兩個禁軍侍衛不由大吃一驚，他們還來不及拔刀叫喊，一雙手便探向了他們的咽喉。出手如閃電，輕輕地兩聲「咯」地輕響，喉骨立即被捏碎了，兩個侍衛身子還未軟倒，那雪人雙手一分，便把他們甩進了左右陰暗的角落，緊接著，他立即向後一滑，再度沒入雪地。

一個三十出頭的軍官走了過來，他似乎聽到了什麼聲息，四下看看，沒有發現什麼動靜，握緊刀柄的手便鬆開了，慢悠悠地轉身往回走去，似乎他根本不知道這裡本來安排有兩個侍衛。

身後，雪花飛揚而起，一個似無實質的雪人鬼魅一般從雪地中重新出現，一手大手探向這個軍官的後頸，以他的手勁，可以輕易地扼斷這個軍官的脖子，而不讓他發出一點聲音。壁宿已經捉住了一個內侍，問清了血屠江州的元兇，害死水月的大仇人趙光義，此刻就在這座宮殿中。

那軍官本已轉過身去，可壁宿長身而起，只帶起一縷微風，卻立即被他感知到了。他方才就已發現了兩個士兵的消失，卻沉住了氣，故意露出了一個空門。想不到竟然真的有人膽大包大闖入皇宮大內，察覺有異，他霍然轉身，手中鋼刀如疋練一般劈頭斬下。

猛撲過去的壁宿以毫釐之差讓過了這柄呼嘯而來、激盪起一天雪花的鋼刀，如鬼魅般橫移開去，抬腿飛掃。

「噗」的一聲如中敗革，那個軍官被他一腿擊得倒飛出去，跌出五步，身子搖晃了一下居然站住了。壁宿暗吃一驚，沒想到皇宮裡竟有這樣的高手，這個穿著禁軍制服的軍官竟有一身上乘的橫練功夫。

壁宿低喝一聲，雙掌如法輪飛轉，挾帶著雄渾無比的力道，向那軍官猛攻過去，他的功夫在手上，那個軍官受得起他一腳，卻未必受得起他一掌，兩個人拳來刀往大戰幾合，說來雖慢，不過是剎那之間，那軍官被他一掌掃中胸緣，只覺如中大錘，胸口一震，喉頭一甜，他硬生生憋住一口鮮血，借勢化勁，狂退八尺，這才大喝一聲：「有刺客！」

壁宿身形極快，在飛雪中化作一道淡淡虛影，一掌橫拍在他手中鋼刀上，一股大力幾乎震裂了虎口，那鋼刀脫手飛去，然後雙手連環擊出，「噗噗噗噗」一連八掌，壁宿連進，那軍官連退，身子每每剛剛頓住，就被壁宿一掌再度拍起，八掌擊罷，那軍官整個胸口都塌陷了下去，兩扇肋骨都被拍斷，內腑五臟已糜爛如泥。

但是這時又有幾個人從殿角、殿內、廊柱後閃了出來，光看那身法，沒有一個武功在剛剛斃命的這個軍官之下，「砰砰噗噗！」拳掌交擊，幾人合圍，那雄渾有力的攻擊就像大海橫流，激得雪花四濺，被那罡風激盪著，撲在臉上如刀割般生痛。

壁宿就像驚濤駭浪中的一頭蛟龍，若隨巨浪洶湧，或迎狂濤而上，雙方拳掌相交，不時擊中人體，傳出如中敗革的聲音，這些人不止有一身高明的身手，而且個個都有一身強悍的硬功，以一敵眾，每一掌不能出盡全力，縱然有人受傷，也不致馬上失去戰力。

此時，四下裡影影幢幢地又閃出了一些侍衛，外圍持槍拔刀的都是和剛才被壁宿扼喉而死的侍衛一樣，屬於普通侍衛，而前邊幾個赤手空拳的，穩穩地站在那兒，論武藝，個個都不在正與壁宿交手的人之下。只不過這樣的高手相爭，三四人合攻一人，便已將四面八方封鎖得風雨不透，旁人再難插進手來，那些人都只站在外面，控制了所有逃走的方向。

壁宿暗暗吃驚，他沒想到還未靠近正主兒，就碰上了這麼多高手，儘管他們的武功都遜於自己，但是好虎架不住群狼，在他們的合擊之下，他一點機會都沒有。皇宮大內竟有這麼多的高手嗎？

楊浩常常東奔西走，親臨戰陣，出於安全考慮，在他身邊也有一群貼身鐵衛，可是那些鐵衛絕沒有一個及得上這些禁軍高手。這些禁軍侍衛武藝精湛，功力渾厚，臨戰對敵的經驗更是豐富，在他們的合圍之下，壁宿左衝右突，不管拳掌如何凌厲絕倫，都始終無法再向文德殿踏近一步。此時他還沒有看到趙光義，可以想見，當他衝到趙光義身邊時，貼身保衛趙光義的高手會比他現在所遭遇的侍衛更強大多少。

天子富有四海，當然網羅得到許多江湖奇人，皇城司自大宋立國時就建立了，主要就是負責皇城和皇宮的安全，豈能不竭力招納天下高手？其實楊浩麾下也不乏高手，只不過這樣的高手大多都被楊浩派去執行一些艱難特殊的任務去了，就連最喜歡黏著楊大叔的狗兒都被派了出來，留在他身邊的自然沒有特別傑出的人才。

楊浩喜歡把實力最強的、最信得過的人派到外面去主持大局，承擔重任，而趙光義喜歡把最強大的、最信得過的力量留在自己的身邊，這是他們兩個人為人處事的一個很大的區別。

這邊的打鬥已然驚動了趙光義，他站在文德殿門口，冷冷地看著這個膽大包天的刺客，在他身前身後，站著八個五旬上下的常服老者，往那一站，淵渟嶽峙，器宇不凡。趙光義低聲吩咐了兩句什麼，便有兩個老者舉步向前走來。

「九五至尊，果然不是輕易靠近的，今日沒有機會了，我再不走，就得白白交代在這兒！」

壁宿把牙一咬，突然吐氣開聲，大吼一聲，兩隻手掌陡然變成赤紅，霍地變大了一圈，兩隻巨靈掌猛地迎上，氣勁爆響，劈啪作響，那幾個侍衛壓力陡增，只覺這股大力莫可抗禦，下意識地一退一避之間，壁宿便從殺開的一線縫隙中一掠而出，呼嘯而出。

有兩個侍衛只來得及在他背心猛拍了一掌，卻被他藉這兩掌之力加快了速度，兩個縱掠之間，便突出了這幾個侍衛的合圍。嚴陣以待的外圍護衛立即縱身撲來，不料壁宿劈面噴出一口血霧，藉這一阻之機，抖手一揚，袖中飛出一隻飛爪，堪堪鉤中殿頂鴟吻，一個身子騰空而起，三兩下便上了殿頂，

趙光義冷笑道：「抓住他，要活的，朕倒要看看，是誰那麼大膽，敢打天子的主意！」

不待他吩咐，侍衛們已急急追去，頃刻間皇宮警訊大作，一隊隊禁衛武士四處出動，壁宿強提一口真氣，飛簷走壁，那溜滑的琉璃瓦在他腳下如履平地，仗著一身高妙的輕身功夫和手中一隻飛爪，壁宿的身影在一幢幢殿宇樓閣間神出鬼沒，漸漸消失在禁宮深處……

五百四二　等待

「人在荊棘中，不動不刺。心在紅塵中，不動不傷。心不動，人不妄動，不動則不傷；如心動則人妄動，傷其身痛其骨，於是體會世間諸般痛苦。一切恩愛會，無常難得久，生世多畏懼，命危於晨露，由愛故生憂，由愛故生怖，若離於愛者，無憂亦無怖……」

一炷檀香，兩盞紅燭，永慶雙手合十，正默默誦經。儘管她當初出家並非因為信奉佛教經義，但是幾年下來，身在佛門，對於經義的了解，她已不弱於一個真正的比丘尼，現實世界的無奈，使她更加寄託於佛的世界。

忽然，靜謐的宮中傳來一陣嘈雜，這是絕不該出現的情況，永慶心中詫異，便起身走了出去，就見宮女內侍們都站在殿中，交頭接耳，竊竊私語。

永慶問道：「出了什麼事？」

一見公主動問，一個隨她入宮的女尼連忙迎上前來，說道：「定如大師，宮中突現刺客，聖上震怒，已下令封鎖禁宮緝拿兇手。」這女尼原本是她貼身的侍婢，永慶出家時，她也隨之出家，一直侍候左右，乃是她的心腹。

永慶聽了暗吃一驚，詫然道：「有人行刺官家？」

「正是。」

一個內侍連忙趕上前來，細聲細氣地說道：「大師不必擔心，官家身邊高手如雲，那刺客再如何了得，也根本接近不得，哪能傷得了聖上分毫呢。現如今宮中已經戒嚴，那刺客是逃不了的，定如大師請回去歇息吧，毋須擔心。」

永慶略一沉吟，點了點頭，轉身往自己房中行去。

「竟然有人闖進皇宮大內行刺？好高明的身手，好無畏的勇氣！」

永慶心中百感交集：「可惜，那惡人命大，如果真的殺了他，那該多好。」

永慶舉步入房，美目一閃間，恰見一道人影一閃而過，永慶吃了一驚，一聲驚叫便要脫口而出，不料一隻大手已突兀出現，緊緊扼住了她纖細的脖子，那手十分有力，有如一隻虎鉗，看那樣子，只消一發力，就能硬生生扼斷她的脖子，此時那人尚未用力，永慶就已喘不上氣來了。

壁宿正要下手殺人，忽見自己所擒的竟是一個比丘尼，在皇宮大內意外地撞見了一個出家人，壁宿便是一呆，手上的勁道頓時一鬆。永慶幾近窒息，驚駭欲絕地望去，卻見一個臉頰蒼白如雪的男子，那目光卻狠厲得像一頭利齒猙獰的狼，正冷酷地盯著自己。

眼前這個女尼很年輕，一襲緇衣，眉清目秀，那雙因為驚愕而張大的杏眼，像極了水月的神韻，清澈如水，純潔無瑕，壁宿明知自己身在險境，只要這女尼一聲呼喊，頃刻間就能引來大隊的侍衛，可是那隻手顫抖著，竟然無論如何也扼不下去。

永慶定定地看著這個殺氣凜然的刺客，察覺他扼住自己咽喉的鐵掌輕輕一鬆，她急促地喘了口大氣，忽然問道：「你……就是行刺皇帝的刺客？」

「不錯，我就是！」

永慶眸光一閃，忽然說道：「放開我，我助你脫困。」

壁宿訝然道：「妳？」

他逃跑的時候，後背被兩個大內侍衛擊中了一掌，他一雙肉掌雖如鐵鑄，可是身子卻未練得金剛不壞，那兩掌已震傷了他的內腑，緊接著未及調息便竄高伏低一路逃竄，傷勢更加嚴重了，此刻再想逃走已是不能，可是……她想幫自己脫困？她是誰？為什麼肯冒奇險救自己性命？這個女尼……值得信任嗎？

殿外的喧譁聲越來越大，禁軍侍衛一座座宮殿搜索著，聽聲音已搜到了這處偏殿，永慶臉上露出一絲安詳的笑意，輕輕地道：「你要嘛相信我，要嘛殺了我，自去闖開一條血路，你選擇！」

她的笑容淡淡的，一如水月般溫柔，她的雙眸一如水月，無邪、純潔、善良、溫柔……盯著這樣一雙眼睛，壁宿的手不由自主地鬆開了，一寸、一寸地離開了她的咽喉……

＊　＊　＊

一夜大雪，清晨起來，後院的臘梅居然開了。潔白的雪厚厚地覆蓋在虯龍般的枝幹上，梅花從雪底下鑽出來，點綴著毛茸茸的樹枝，就像是在雪地上灑上了點點鮮血。

折御勳一如往常，穿著一件棉布袍子，臉色陰霾地走到後院中，抬頭看看，竟意外地發現沃雪下盛開了一朵朵梅花，他湊近了去，仔細端詳半晌，才輕輕地嘆了口氣，又復退開幾步，抬腿在身旁一個竹籬笆上踢了一腳，竹籬笆一陣抖動，雪灑了一地，折御動伸出兩指，挾住一片竹篾扭動了幾下，伸手向上一拔，便將竹篾握在了手中。

他深吸一口氣，在那樹下展開架勢練起了劍法，折御勳的劍法大開大闔，氣勢雄渾，輕薄的一片竹篾在他手中竟似一柄大錘，有重若千鈞之感，折御動心中無盡的憤懣、憂慮、苦悶，盡被他付之於劍舞之中，雪隨劍起，迴風激盪。

院角，幾個縮著脖子抱著槍，慢悠悠地巡弋著的士兵，一如平常地巡弋著，偶爾往這裡瞄幾眼，懶散而隨意，隨即便又自顧聊起了天。

「噯，聽說昨兒晚上大內遭了賊？」

「那是賊嗎？那是大盜！敢去行刺官家的賊，放眼天下，你能數出幾個來？」

「這人的膽子也太大了，聖上也敢行刺，別說聖上身邊高手如雲，就算他真得了手，還能活著離開嗎？」

「廢話，人家敢去，還能打算活著回來？就像荊軻似的，人家那是懷著必死之心去的。不過話又說回來了，這人還真是好本事，行刺不成，居然就在官家的眼皮底下逃了，高來高去，能人啊。」

「能人？他再能有個屁用，調一路兵來，他就得屁滾尿流，想當初那聶隱娘、紅線女，據說千里之外飛劍殺人，也沒見他們能對抗得了皇帝，就連一方節度使都對付不了，這就叫蟻多咬死象，現如今滿城戒嚴，到處追索兇手，他再有本事還不是不敢露面？」

另一個士兵就嘿嘿地笑了起來：「眼瞅著年關將至，因為這件事，各營兄弟又得忙活起來了，要說呢，還是咱們兄弟運氣好，就守在折家大院裡，差使夠清閒，折家的伙食也比軍營裡好了百倍……」

幾個士兵聊著天，晃晃悠悠地走過去了，折御勳每天都在樹下練武，發洩心中的憤懣，他們早就見怪不怪了，也懶得理會。折御勳在一樹梅花下舞了三趟劍法，直到身上滲出汗來，這才丟了竹篾，返回自己的住處。

他回到住處的時候，也就是折夫人做好了早餐的時候。折御勳這一輩子生活的都沒有這麼規律過，可是現在他每天的生活都完全一樣，不斷地重複著，完全沒有新意。

折夫人托著一個托盤從膳房走來，托盤上放著幾樣清淡的小菜，後面跟著一個半大小子，看衣著應該是折家老三，折惟昌穿著一件兔絨襖，頭戴灰兔皮的帽子，手裡端著滿滿一大海碗粳米粥，因為腳下積雪未清，手中海碗飯湯齊沿，熱氣蒸騰，所以低著頭兩眼只顧小心翼翼地注意著腳下，慢吞吞地跟在折夫人後面。

由於府州已落入朝廷手中，目前楊浩的地盤和折家已沒有關係，再加上楊浩稱帝自立後，最初的緣由也已不再重要，朝廷已經有了名正言順的理由出兵討伐，所以折家的利用價值已經不大了，只是趙光義當初使了不甚光彩的手段謀得奪了府州，在河西未定之前，他擔心折家不顧利害，把府州淪陷的真相張揚開去，所以折家目前仍處在監控之中，也不允許他們僱傭奴僕，一日三餐都是折家的人自己料理。

折家被擒來此處已有半年多了，兵丁對折家的監控早已流於形式，尤其是對折家人在內院的種種活動，更是無人理會。就算在他們監視最嚴密的時候，也不可能對折家上下百十口人的日常起居都逐一監視盤查不是。廂房廊下蹲著喝粥的一個大頭兵抬起頭來漫不經心地看了折夫人母子一眼，又埋下頭去，輕輕轉動著手中的大碗，一圈圈地喝起白米粥來。

一進門，折夫人便揚聲道：「官人，開飯了。」

「你們先吃吧。我沒胃口。」

折御勳悶聲回答，他正站在牆邊就著水盆裡冰涼的井水嘩啦嘩啦地洗著臉。折老二、折老四都在房間裡正襟危坐，折家一直保持著在府州時的習慣，用餐時一家人都要聚在一起，如今老大折惟正已經成了親，尚未成親的幾個兒子仍是遵循著老規矩。

「新年就要到了，張家鋪子按咱家的菜單送來了一大堆年貨，等一會兒吃完早飯，我帶幾個孩子去廚房清理一下，給幾位長輩和各房分送下去。」

折夫人一邊掩著房門，一邊大聲說著。

房門一關，那個剛剛放下粥碗的半大小子便慢慢地抬起頭來，端坐桌邊的老四折惟忠一眼看清這個穿著二哥衣服的人，不由得渾身一震，身前的筷子都被他碰到了地上。一聲驚呼還未出口，身旁二哥折惟信已手疾眼快，一把掩住了他的嘴巴。

「你多大了，還毛毛躁……」折御勳正拿毛巾用力地擦著臉，聽見筷子落地，沒好氣地訓斥道，可是當他的毛巾移開，一眼看清了站在桌邊的那人，聲音戛然而止，整個人都似石化了一般，定定地呆在那裡。

「大哥……」折子渝柔柔地叫了一聲，一雙亮晶晶的眸子迅速蒙上了一層霧氣。

＊　＊　＊

「妳為什麼要救我？」

偏殿深處，一片幽暗，壁宿盤膝坐在榻上，疑惑地看著這個行止奇怪的女尼。

永慶盯著他頭上的戒疤，眼前的，分明是一個僧人，可是一個僧人，卻扮起了刺客，他到底是什麼人呢？

永慶不答反問：「你為什麼要刺殺官家？你應該很清楚，就算你能成功，也不可能活著離開。」

壁宿恨聲道：「從江州屠城的那一刻起，我活著的唯一使命，就是殺死趙光義！只要能殺得了他，能不能活著離開又有什麼關係？」

「江州？」永慶心中一動，脫口問道：「你的親人……死於江州之戰？」

壁宿的牙齒格格作響，兩隻眼睛已慢慢變成了赤紅色，他一字一頓地道：「那不是作戰，那是一支軍隊對一群手無寸鐵的善良百姓的屠殺！」

永慶靜靜地凝視著他，從壁宿的神情和語氣，她能看得出壁宿的恨有多深，受過的傷有多痛，那瘋狂的眼神，真已到了為復仇不惜一切的地步。他的親人因為趙光義的一聲命令，死於戰亂之中。而自己的親人，卻是直接死在趙光義的手中的，兩相比較，誰的仇更重，誰的痛更深？可是他能為親人做的，自己卻……永慶心中一陣羞慚。

她不是不想報仇，只是她的牽絆太多……太多了……她想為爹爹報仇，還得想辦法延續爹爹一手創下的基業，她想殺死殺父弒君的大仇人，可是還要盡最大可能保全自己的兄弟，匹夫之怒，伏屍二人，流血五步，天下為之縞素，確實痛快，她也想，但是……她做不到。

璧宿想起慘死的水月，一時激憤難以自控，好半晌，他才壓住心頭騰騰的殺意，慢慢抬起頭來，寒聲問道：「妳現在知道我為什麼要殺他了？因為……我和他有不共戴天之仇！這一次，我沒有成功，但是只要我活著，下一次我就還會來！妳呢……妳是什麼人，妳明知我是刺王殺駕的兇手，卻要冒險救我，為什麼？妳千萬不要告訴我，是因為佛家弟子的一顆慈悲心，呵呵，人間世上，帝王最大，佛在西天，難顧世人啊！」

永慶靜靜地看著他，輕聲道：「我救你，只是因為……我和你要刺殺的那個人，同樣有不共戴天之仇。」

璧宿眉頭一挑，道：「妳以比丘身分，能住在宮中，可見……妳和皇室當有莫大關係，妳會和趙光義有不共戴天之仇？妳是什麼人？」

永慶雙手合十道：「貧尼定如，未曾出家時，是宋國永慶公主。」

趙光義登基後曾假惺惺地加封永慶為虢國公主，可永慶心中，永遠都是她父皇身邊的小永慶，虢國公主的封號直接被她無視掉了。

璧宿自然知道永慶公主是誰，一聽她的身分，立即明白了她為什麼要救自己：「永慶公主？原來妳就是……妳父皇是被他……」

永慶公主一雙粉拳握得緊緊的，雙眸也隱隱泛起血絲：「我爹爹，是被他殺的，他是一個弒君自立的大奸臣。可是，他現在是皇帝，我殺不了他。不過……我有機會接近他，你有殺人的本領，但是你卻接近不了他。你我既是同仇敵愾，那麼，你我合作，怎樣？」

壁宿的眼睛頓時一亮：「怎麼合作？」

「我提供機會，你來殺人！但是這機會，你要等。」

壁宿重重地點了點頭：「我能等，我已經等了好久好久，只要有機會，我會很耐心地等著它出現！」

「好！」

永慶點頭道：「現在宮禁森嚴，五步一崗，十步一哨，任何人出入都會仔細盤查，你且耐心留在這裡，母后會幫我照拂你。我馬上出宮，製造一齣你已逃離皇宮的假象，宮裡的戒備自然就放鬆了，等下一次來，我再想辦法帶你出去。」

壁宿冷冷一笑，說道：「等到宮中戒嚴的情形一撤銷，我自可以離開。」

「那也好，貧尼現在城西『崇孝庵』修行，你若離開皇宮，可來那裡尋我，我們再好生計議。」這看似善良單純一如水月的女尼，聲音中終於帶出了一片森冷的殺氣……

＊　　＊　　＊

「赤忠死了？嘿！死得好，死得好啊！這個狼心狗肺的東西，我視他為心腹，想不到他竟在我腹心狠狠捅上一刀，可惜，他投錯了主子，狡兔未死，走狗已烹，真是大快人心吶，哈哈……」

臥房中，聽說赤忠已死，楊浩稱帝，現在與宋軍依托橫山大戰數月未露敗跡，折御勳心懷大暢，多日來的積鬱之氣一掃而空，他長長地吁了口氣，忽又轉向折子渝，目光炯炯地道：「他立國了，他現在已經立國稱帝，那麼他準備怎麼安置妳？他有元配，皇后之位咱家是搶不得了，怎麼著他也該封妳一個宸妃吧？唔……唐家那丫頭搶了先著，莫非他封妳做了淑妃？」

民間有所謂三宮六院之說，那都是不明皇家規矩得出的似是而非的說法，三宮其實是指皇帝、太后、皇后三宮，又或稱太皇太后、太后、皇后為三宮。所謂六宮或六院，都是指的皇后居處，皇后寢宮有六處，一正寢，五燕寢，合稱六宮或六院。

明清以前，皇后只有一個，獨一無二，其下為妃，依次為宸妃、淑妃、德妃、賢妃、惠妃、貴妃；以上都是一個封號只有一人，再往後的封號便不限人數了，分別是貴儀、順容、婉儀、婉容、充媛、修容、修儀、修媛、昭容、昭儀；再次一級是婕妤、美人、才人；然後是夫人；最低一級的是紅霞帔和侍御。

折御勳琢磨著自家妹子論身分、論地位、論才貌怎麼也不算差了，再說以楊浩的為人，折家如今落得這般下場，他又是深愛著自己妹子的，不管從哪方面考慮，都不會虧待了她，是以有此一問。

折子渝聽了又氣又羞地道：「哥哥，人家費盡心機進來，只為你和家人擔憂，你偏說這些不相干的事情。」

折御勳梗著脖子道：「怎麼不相干？咱一家老少全被圈禁在這汴梁城，活，活不了；死，死不了。從今往後，再無出頭之日了。我只有妳一個妹子，不關心妳的終身還關心什麼？楊浩那小子沒有對不起妳吧？」

折子渝頓了頓足，沒好氣地道：「人家沒有嫁他！」

「什麼？」折御勳的臉皮登時就紫了：「好，好啊好！破鼓眾人捶啊這是，我折家如今一無所有了，他就如此待妳，我折御勳瞎了眼睛，竟把這狼心狗肺的東西做了兄弟……」

「哥……」一聽大哥破口大罵，折子渝不愛聽了：「哥哥，是我不肯現在嫁他，不關他的事。」

折御勳瞪起眼睛道：「妳明明愛煞了他，怎麼，還在計較昔日那麼一點狗皮倒灶的事情？妹子，不是大哥說妳，妳也太小氣了點。」

「胡說什麼呢你！」折子渝衝大哥翻了個白眼，無可奈何地道：「一門老少在汴梁受苦，你讓子渝如何安心出嫁？」

折御勳道：「若說受苦，倒也談不上，只不過混吃等死，無所事事罷了。妳便為這一輩子不嫁人了？妳呀……妳這妮子真是混帳得可以，從來都不教我省心……」

折子渝哭笑不得地道：「哥，我不是不肯嫁，我只是放心不下你們，其實……我……我已答應了他，等救了你們回去，就……就嫁給他……」

折御勳兩眼發直，一屁股坐在榻上：「完了！等妳救我們出去？妳也看到了，以這府中的防禦，我若一個人想逃走，未必就走不了，可是我若一走，折家滿門就都葬送在這兒了。我不是走不了，是不能走啊。可是若想要我折家滿門百十口人老老少少一齊離開，那可是神仙都辦不到了。妳這麼個條件，那和一輩子不嫁人還有什麼區別？」

折子渝四下看看，放低聲音道：「大哥，救我折家上下離開，未必就沒有機會，楊浩手中有一件寶物，這寶物在趙光義心中遠比我折家重要百倍，他說……等時機適宜的時候，就用這件東西，換我折家滿門自由。」

折御勳奇道：「什麼東西有這般重要？」

折子渝低聲說了四個字，折御勳一聽「傳國玉璽」四字，登時大驚失色：「這東西……竟然落在他的手中了？他……他肯為了救我折家滿門，把這東西交給趙光義？不可能，怎麼可能，那是傳國玉璽啊，得之就是天命所歸，他如今建國稱帝，這東西對他何等重要，怎麼捨得送人？」

折子渝聽著大哥的話，想起楊浩為救自己家人，竟把對一個皇帝來說無比珍貴的寶物拿來交換，不由得也是心懷激盪。傳國玉璽，當它還是一塊和氏璧的時候，秦國要用十五座城來換，趙國都不答應。當它被賦予「皇權神授，天命所歸」的重大意義時，其價值又該如何衡量？無價之寶啊！

這麼些年來，為了些許糾結的原因，自己一直冷戰、為難他，楊浩如今是什麼身分地位？他不是沒有見過女人，只要他想要也絕對不缺女人，可是在他心中，自己竟是這般重要，竟讓他連傳國玉璽捨得放棄！一個女兒家，有一個男人這樣地疼她愛他，夫復何求？曾經的那些痴怨糾葛，此時想來，只覺好笑。

子渝心中一陣柔軟一陣辛酸，一陣甜蜜一陣後悔，百轉千迴，不由想得痴了。她從未像此刻這般，想要馬上趕到他的身邊，撲到他的懷裡去，用她的一腔柔情，還報他的深情厚意。

折御勳到底是曾經統治一方的地方領袖，驚訝之餘，神智迅速恢復了清醒，他本以為折家要永遠留在開封，再也不得自由了，任誰有天大的本事，也不可能救他們脫困，可是傳國玉璽……如果說普天下還有什麼東西能扭轉折家的命運，大概也就只有這件寶物了，如此說來，折家想脫困未必無望。

原本他的心已經死了，只想著妹子能有一個好的歸宿，了卻自己最後一樁心願，如今有了這個希望，他頓時恢復了生氣，心眼也活泛起來：「不成啊妹子，這樣不成，這麼做太莽撞了，趙光義貪婪成性，如果楊浩主動去除帝號乞降，趙光義氣焰更盛，這時他若不肯用我們來交換玉璽，繼續發兵討伐，迫使楊浩交出玉璽，楊浩的打算未必能如意啊。」

折子渝道：「楊浩既敢甫一稱帝就做好了去除帝號的準備，豈能沒有所恃。他沒有對我明說過，不過我猜……他是想借重遼國之力。」

折子渝素來聰慧，就連折御勳每遇大事也常問計於她，對妹子的判斷自然十分信服。他也不是庸者，妹子一點，他往深層一想，便已明白，不由大喜道：「不錯，十有八九該是如此了，只要佯作獻玉璽予遼國，趙光義還能沉得住氣才怪，如此說來，我們折家真的有希望逃出生天了！」

這兄妹二人皆非庸才，但是所思所想也只至此而止，全未想到楊浩伏棋之深莫測如斯，不過想到了這一步，便知折家脫困有望，折御勳大感振奮，身心都輕鬆下來。

折子渝道：「大哥，我冒險潛入，一來是想探望探望你們，看看你們如今情形如何；二來就是想把這個大祕密親口告訴你，莫要因為受困於此，氣悶鬱結，生出一身病來，又或者以為脫困無望，觸怒了趙光義，惹來殺身之禍。如今河西戰事正酣，要等候良機，救你們脫困，還須一段時日，你們……一定要耐心等待。」

折御勳興奮難捺地道：「妳放心，既已有了盼頭，大哥會耐心地等下去！」

說完，他又擔心地道：「小妹，雖說現在朝廷對我們的看管已經不那麼嚴了，可是府中畢竟還駐有兵丁，妳千萬不要再來了，以免打草驚蛇。」

折子渝道：「大哥放心，要不是以前不清楚府中房舍建築的位置，駐兵的多少，你們各自住於何處，兵丁的監視是否嚴密，妹子早就夜行潛入了，今日能這般大模大樣地出現在你面前，看著容易，事先我可是做足了功夫的。此番離開後，如非特殊大事，我不會再來，你只需耐心等候時局變化便是。」

折御勳點點頭，仔細想想，卻又不放心地囑咐道：「妹子，離開之後，妳還是馬上回河西去吧，大哥可不希望妳也出點什麼意外。再說了，妳如今也老大不小了，再這麼蹉跎下去，萬一人老珠黃……咳咳，我是說，妳先嫁了他，救自己大舅子的事，他也會更上心不是？捨不著妹子套不著狼啊，說到孩子……你們的親事，哥怕是不能去喝喜酒了，不過我可以去喝孩子的滿月酒啊，對，是這麼個主意，妳先給我生個小外甥，宮裡的地位也才穩當……」

「滾！」

折子渝惱羞成怒，狠狠一腳跺在大哥的腳背上，折御勳悶哼一聲，停止了對小妹後宮生活的暢想聒噪。

＊　＊　＊

茫茫雪原，唯餘莽莽，宋軍和夏軍展開了激烈的廝殺。

射程達到六百步的床子弩，仰射城頭，巨箭破空，呼嘯聲幾乎刺裂耳膜。宋軍使用的拋石機雖然是中原傳統的拋石機械，需要大量人力操縱，但是宋軍有充足的人手，所以也能保證拋石機的持續操作，隨著黑壓壓一群炮手的奔跑，百十條繂索拉動，一塊巨大的石頭便在空中翻滾著，帶著一種無聲的沉重壓力砸向城頭，每一顆巨石落下，都砸得泥土飛揚，混挾著鮮血和骨肉的碎屑。

櫓盾、尖頭木驢之類的近戰攻城武器，在遠程打擊的掩護下持續接近，壕橋、摺疊壕橋、摺疊雲梯、攻城槌也在大量集結，配合發動猛烈的攻擊。宋軍已開始使用火藥武器，不過這時的火藥武器主要還是用於縱火和施放毒煙，火蒺藜、火烏鴉、毒煙團，弄得城頭一片烏煙瘴氣，不過現在是冬天，夏州城周圍又是平原，寒風呼嘯，這種原始化學武器對夏軍的干擾作用十分有限。

這是宋軍剛剛渾抵夏州城下的第一批攻城器械，宋軍隨即使用這些武器對夏州城展開了更為猛烈的攻勢，可是城中的防禦力量也隨之加強了，原本未曾動用的床弩和新型拋石車也拉上了城頭，與城外宋軍展開了猛烈的對射。

王繼恩披盔戴甲，親自站在前線督戰，命令各部輪番作戰，不予城中片刻歇息。自從他們付出巨大犧牲強行奪取鐵冶務要塞，兵臨夏州城下後，因為缺少必要的攻城武器，一直在重複著圍城和剪除外圍的準備工作，直到這批器械運至，他已經不想再等了，他熱切地盼望著早日攻破城池，親眼見證夏國都城陷城的那一刻，如果他能攻破夏州城，生擒夏國皇帝，那麼以他和官家那麼親密的關係，再加上如此不世戰功，一個公爵之位想必跑不了吧。

連營數十里，旌旗飄揚，刀槍閃亮，中軍大營，信使斥候來去匆匆，一派殺氣騰騰的模樣。潘美穩坐中軍，偎著火爐，翻閱著一份份軍情戰報，綜合了各方面的消息，卻漸漸產生了一種不安的感覺。

工欲善其事，必先利其器。不管是野戰還是攻堅城，對輜重補給的依賴都是很重的，而輜重糧秣的統籌調運更是戰爭的重中之重。而這方面，儘管他事先已給予了相當程度的重視，如今看來，事先對可能遭遇的困難，還是嚴重估計不足。

與以往作戰不同，宋軍攻打荊湖蜀漢唐諸國時，糧草輜重問題完全不需要主帥擔心，宋軍步兵所向無敵，水軍儘管不及步兵強大，但是要擔任補給運輸任務也毫無問題，實在不濟時，他們還可以就地取糧，以戰養戰，他們攻打以上諸國時，到處都是大城大阜，想要就近解決糧食問題非常容易。

可是這次不同，從橫山過來就是一片不毛之地，除了大雪還是大雪，這是宋國自建國以來，頭一次長途北征，深入大漠雪原，並且是冬季作戰。在這種特殊地形、特殊氣候下的作戰經驗十分匱乏，糧草補給線也是頭一次拉得這麼長。因為漫漫路途和冰天雪地造成的補給困難變得尤為明顯，如果夏軍能在外圍對其展開有效打擊的話，這條脆弱的生命線很容易就被掐斷，圍城的軍隊越多，因為供給線被切斷帶來的困難也越嚴重，其後果不堪設想。

同時宋軍的裝備也不適且這種惡劣環境作戰，這裡的夜晚太寒冷了，以棉花填塞禦寒的衣服在中原還沒有流行，現在屬於奢侈品，宋國士兵的鋪蓋、衣袍都是布料，不像西北民族大多採用可禦嚴寒的獸皮縫製，所以禦寒效果太差，許多士兵都生了一身凍瘡，生寒熱病的人群也日漸增多，非戰鬥減員的現象十分嚴重。

這些都是對戰局可以產生重大影響的不利因素，然而監軍王繼恩現在已經被奪取横山、長驅直入的一連串勝利弄得忘乎所以了，他一門心思盤算著打下夏州城、生擒楊浩，對這些可能產生的問題毫不在意，不過……現在意識到了，恐怕也沒有什麼作用。

如今是箭在弦上，不得不發，無論如何沒有不敗而退，主動從敵國都城下捲旗撤軍的道理，現在只能盡快想辦法補救了。「希望……夏國新立，人心不穩，如今其都城被圍，其外圍潰軍會變成一盤散沙，無法展開有效反擊吧，否則……後果不堪設想啊……」潘美憂心忡忡地想。

夏州城頭，楊浩迎風而立，靜靜地凝視著城下冰天雪地中的十里連營，半晌，他淡淡一笑，吩咐道：「可以開始了！」

穆羽等七名侍衛齊刷刷地站在他的身後，每人小臂上架著一隻顧盼生威的雄鷹，楊浩一聲令下，七名侍衛齊齊振臂，七頭蒼鷹振翅高翔，迅即鑽入濃重的鉛雲……

五百四三　劫糧

草原上的積雪因為運送糧草和巨型攻城器械，被車輪不斷地輾壓，與泥土混淆成了混漿，上面一層結沛後，勉強可以行人，但是高低不平且溼滑的路面走起來跌跌撞撞，極易摔倒。而裝滿糧食和軍械的車子，是這些泥漿地面無法承受的，車子一走，地面就重新變成了泥漿，十分難行。

不過宋軍也沒有辦法，西北地面他們並不熟悉，一路上又沒有什麼標誌性建築，如果胡亂改道，天知道會走到哪兒去。再說，那些表面已經晶化的雪地，未必就比這泥漿路好走。於是，他們只能硬著頭皮繼續沿著這條路前進。

他們行進的路線有跡可尋，對党項八氏的遊騎來說就容易捕捉他們的隊伍，眼前這支龐大的輜重運輸隊伍一路上已經和夏軍幾度交手了。夏軍看來是真的被宋軍打散了，經過這麼長的時間，游弋於草原上對宋軍運糧隊伍進行襲擊的人馬十分有限，很難組織大的襲擊和阻攔戰鬥。

不過他們人數雖少，卻充分發揮了遊騎兵的機動優勢，你不知道他們什麼時候會來，所以就得時刻保持高度戒備。他們攻擊一旦受阻立即就會遠遁，你的戰鬥力再強也趕不上他們逃跑的速度，所以對他們只能擊退，無法予以有效殺傷。夏軍倏忽往來，一觸即退，儘管始終是淺嘗輒止的戰鬥方式，卻使得運糧的宋軍隊伍疲憊不堪。

此刻，距夏州城只有幾十里路程了，按照慣例，夏軍遊騎不會在太靠近夏州城下宋軍主力的地方進行襲擊，宋軍隊伍不禁鬆了口氣。

軍旗獵獵，在凜冽的寒風中飄揚，皇甫香君掌中槍、胯下馬，端坐馬上十分精神。這位將軍，頭戴護耳鐵盔，身穿魚鱗甲，胸口八卦護心鏡，肩頭睚眥吞肩獸，下身八片戰裙，戰裙下露出一線雪白的內褲，這一路上雖然不止一次與夏軍遊騎作戰，道路又泥濘不堪，但他仍是一塵不染，威風颯然。

押運糧草的宋軍身背蹶張弩，手上紅櫻槍，俱是禁軍精銳，只不過他們哪怕是穿了七、八層布衣，也擋不住寒風呼嘯地往脖子裡灌，一個個凍得嘴唇發青，腳上一雙靴子沾了厚厚一層泥巴，變得好像有十來斤重，就算輕裝徒步而行，這麼遠的路程也早累得精疲力盡了，何況又是這樣的路況，若不是馬上就能趕到夏州城下，喝一口熱水，躺在帳篷裡暖暖身子，他們真是堅持不住了。

宋軍拄著槍桿，打起精神竭力趕路，爭取今晚趕到大營，不必再露宿曠野，不必再整夜警醒著以防偷襲，而此時，盤旋在天空中的蒼鷹可以看到，在他們前面左右方向，各有五千人的騎兵隊伍正像一對鐵鉗般夾向這條運糧的長龍。

左右各有一翼，每翼五千人，每一千人為一大隊，排列五層，層層推進。每一百人為一分隊，每十人為一小隊，迂迴包抄，十里之外，宋軍斥候急射響箭向中軍示警，警訊剛剛傳到軍中，夏軍正呼嘯而來，距其目標已僅止五里路程，一時蹄聲雷動，隨風而來，宋軍的運糧隊伍頓時騷動起來。

夏軍左右兩翼，各挺一桿狼頭大纛，左翼先鋒穿一身灰色的狼皮袍子，頭戴狗皮帽子，護耳口罩一應俱全，只露出一雙兇狠的眼睛，他的手也裹在一層毛皮中，只露出十根手指，把鋼刀緊緊握在掌中。這人正是野亂氏少族長小野可兒。

右翼先鋒是楊延浦，楊延浦披掛整齊，卻只是一身輕便的黑色皮製鎧甲，皮灰頂上紅纓突突亂顫，猶如一簇火焰，掌中一桿長槍，隨著越發逼近，他的槍已挾在肋下，槍尖前指，做好了衝鋒的準備。

「夏軍竟然還敢襲擾？」

皇甫香君又驚又怒，正欲令人上前迎敵，只見左右兩翼無數人馬滾滾而來，較此前一路上所遭遇的七、八次劫糧兵馬何止多了數倍，這才曉得此番敵人有些扎手，當即下令：「快，依托糧車，布三環套月陣。」

來不及了，夏軍馬速甚快，宋軍依托糧車，三環陣剛具雛形，夏軍已衝到近前，小野可兒跨下戰馬撒開四蹄飛奔如箭，手中的鋼刀高高舉起，在凜冽的寒風中閃耀著嗜血的寒光。另一側，楊延浦緊攥手中長槍，長槍前指，鐵蹄踏踏，猶如一陣旋風般捲過雪原，五十丈、四十丈、三十丈……

「繃繃繃繃……」一陣弓弦聲響，剛剛紮下陣腳的宋軍第一潑箭雨呼嘯而去，楊延浦一抖長槍，上護人下護馬，撥打亂箭，速度一刻不停，在他後面，士兵們或以兵器撥打，或已取出了馬盾，一蓬箭雨下去，倒也有些衝鋒的士兵中箭落馬，但是根本沒有影響整個部隊前進的步伐和速度，這一蓬倉卒凌亂的箭雨下去，就像一塊石頭拋進了洶湧澎湃的河水，只濺起一抹無關輕重的浪花。

另一側，小野可兒的人馬不像楊延浦的人馬都是制式武器，統一的訓練，反應就是五花八門，各顯其能了，有人鐙裡藏身，有人舉盾迎箭，有人揮舞兵器撥打，有人狂呼亂叫、悍不畏死地狂衝，還有人反應極快，早已取了弓來騎射反擊，兩路大軍主將衝鋒在前，無數英勇的武士呼嘯其後，在濺起的雪霧之中，好像天兵天將一般衝殺過來。

小野可兒和楊延浦充分發揮騎兵的機動能力，迅速集結，迂迴包抄，突擊穿插，切割作戰，漫說是皇甫香君在指揮一支疲軍，就算是潘美在此，所部又體力充沛，在這樣的劣勢下也唯有失敗，頂多只會讓對方多付出些犧牲罷了。

這一路上，夏軍假劫糧劫了七、八次，把宋軍拖得人困馬乏、精疲力盡，如今又在宋軍最為懈怠的時候突然出現，九淺一深，直搗黃龍，宋軍……終於高潮了，丟盔卸甲，任人宰割……

夏軍十人一小隊，彷彿一百枚鋒利的箭簇，在運糧的長龍隊伍中鑿穿而過，左右兩翼同時夾擊，就像是咬合的鋸齒，宋軍的防禦陣線全部告破，整個糧隊被切割成了一截截的零碎。第一波的衝鋒就如波分浪湧，殺得宋軍人仰馬翻，緊接著，第二波打擊接踵而來，夏軍千人為一排，左右兩有五列縱隊，五次咬合之後，宋軍成了被剁碎的肉餡。

最後一撥衝鋒的騎兵交錯而過的時候，第一撥衝殺過去的夏軍已撥馬回來，開始了下一輪的衝鋒，長槍大戟，鐵叉鋼刀，利刃碰撞，火花四濺，橫七豎八的車隊中已拋下了無數的屍體，面對著這種根本無法抵抗的打擊，宋軍放棄了糧車，開始向雪原上逃散，如此一來，更輕易成為對方的獵殺目標。

皇甫香君驚怒交加，舞動一桿長槍，恍若猛虎出閘一般左擋右殺，可是戰陣之上哪有萬人敵？一人之力實在微乎其微，夏軍十人一隊的密集衝鋒就像一波一波永無止歇的潮水般湧來，皇甫香君殺得汗流浹背，卻覺得敵人似乎越殺越多了。

他原本一塵不染的風采全然不見了，當他的汗水模糊了雙眼，雙臂痠軟得已抬不起槍時，忽然發現，廝殺已經停止了，在他的周圍是一圈端坐馬上，兇狠地盯視著他的夏軍勇士，其中一人用嘲笑的眼神看著他，只輕輕一舉刀，七條套馬索就齊齊飛上半空，向他頭頂罩來。

「真他娘的，好多糧食。哇哈哈哈……好多箭矢……」

小野可兒興沖沖地檢查著一輛輛大車，順手一刀刺開一袋糧食，白花花的大米流淌出來，順手接了一把，在陽光下，那一粒粒米就像珍珠一般晶瑩剔透。再掀開一輛車子上的油氈布，只見裡面是一匣匣的利箭，箭羽雪白，箭簇鋒寒。墊在下邊的卻又是一件件的冬衣……

「有錢啊，真他娘的有錢啊。」小野可兒口水直流，立即吩咐道：「快，快快，每個人都盡量往馬上裝，能拿多少拿多少，剩下的全都燒了，快一點！」

* * *

大雪瀰漫，天地一片迷茫，呼嘯的風雪撲打在臉上，刀子一般生痛，運糧的宋軍步卒頂著風雪艱難地跋涉著。他們知道運往夏州的輜重已經被夏軍劫掠多次了，他們知道圍困夏州的袍澤們現在面對的最強大的敵人，不是夏州城中的軍隊，也不是夏州城外不斷襲擾他們的部落軍，而是嚴寒的天氣和糧食的匱乏。

自從離開麟府，越過橫山，他們一路上就不斷地遭到夏國小股騎軍的追擊騷擾，不分晝夜，他們知道自己已經被夏軍盯上，當他們被拖得精疲力盡的時候，就會有一支強大的騎兵隊伍突然出現在他們的面前，可是……夏州他們必須得去，他們別無選擇。

大地微顫，後方響起隱隱的馬蹄聲，雖說這裡是平坦的雪原，可是迷茫的大雪阻礙了視線，百十米外便難辨人蹤，他們無法看清來了多少敵人，只能從大地的顫動中估量一個大致的數目。

他們已經很小心了，一路盡量節省體力，每日行軍的里程極其有限，行軍的時候隨時保持警戒，隨時準備進入戰鬥狀態，一聽聲音，不待吩咐，他們就開始圍成車壘，準備據壘抵抗。宋軍兵種以步卒為主，在這樣的草原上，同等兵力下他們在戰法戰術上本就吃虧，而且他們執行的任務是運送糧草，糧草就是他們最大的罩門，敵人可以攻可以守、可以進可以退、可以隨時來隨時走，他們攻不得走不得，只能守著糧草被動挨打，這樣的戰鬥勝算怎不寥寥？

追兵如鐵流漫捲，冷酷無情的騎兵們圍著各個車壘輪轉圍攻，衝擊、騎射，如同虎入羊群摧枯拉朽。晉寧路副都總管黃道樂眼見後陣有大股夏軍追來，沉聲喝道：「傳令，各部就地防禦，不得妄動，免為敵人所趁，龍敢情，你領本部人馬往援後陣……」

黃道樂一語未了，就聽一陣蒼涼的號角聲響起，前方白茫茫的大雪中突然又殺出一路人馬來，影影綽綽的隊伍還未衝到面前，無數利箭已破空而至，帶走了無數生命，緊接著，又是那如潮水般一層疊著一層，殺入陣來的夏州兵。隨即，兩側亦現敵蹤，狂衝疾馳，血肉橫飛，擋者披靡。

這樣的雪原，本就是騎兵的天下，以己所短，迎敵所長，疲困之師，又有糧草輜重這個大包袱，這場仗如何還有勝算。馬嘶人喊，流矢橫刀，不斷地有人倒斃沙場，卻無人顧及，只有衝、斬、劈、撞……什麼陣勢協同都無濟於事了，夏州兵狂衝而來，面對密集結陣的槍兵迅速提韁掠過，就在他們身前十餘步遠，劃著弧形衝向另一處結陣薄弱點。

匆忙結成的陣勢破綻百出，宋軍眼睜睜看著他們像一柄尖刀般從薄弱處切入己方陣營，根本來不及過去加強那裡的防禦，縱然來得及他們也無法過去，只要陣勢一動，這邊密集的陣形也會立即彎成不堪一擊，夏軍騎兵來去如飛，他們只憑兩條腿，在有輜重車輛需要照顧的情況下顧此失彼，進退維谷，只能被敵人牽著鼻子走。

一處告破，處處糜爛，陣形鬆散的宋軍被夏軍鐵騎斷地分割、壓縮、衝殺、再切割、壓縮……已是人仰馬翻一片混亂。黃道樂眼見在夏軍急如驟雨的強大攻勢面前，各部被切割開來的將士只能各自為戰，自己的將旗已失去效用，不由得面色如土，他知道，潰亡，只是時間問題了。

「他們的打法很簡單，但是很有效！」

夏州城下，中軍大營中，將領分坐兩旁，上首坐著面色陰霾的潘美和王繼恩。

潘美繼續總結道：「平原雪地作戰，我們步卒本就屈居劣勢，又兼有糧草輜重需要照料，只能被動挨打，而夏軍熟悉地形，來去迅速，他們的馬隊游弋在草原上，不斷對我運糧隊伍進行疲勞戰術，等到時機成熟，就迅速集結大批兵力，他們的集結速度非常快，在騷擾進攻中不但使得我軍精疲力盡，而且試探出了我軍虛實，集結時總能保持優勢兵力，行致命一擊，所以幾乎是不打則已，一擊必成。我們沒有好辦法應付他們這種戰術。」

王繼恩眉頭一皺，不快地道：「明知他們的計謀所在，都不能化解嗎？」

潘美冷冷地瞟了他一眼，說道：「監軍大人，所謂知己知彼，百戰百勝，並不適應所有局面的。戰場上，種種詭道層出不窮，的確都是克敵致勝的法寶。可是，有時候即便你清楚地知道對方是怎麼做的，也未必就能破解掉他的部署，尤其是……目前這種情形。」

王繼恩沉著臉道：「兵出橫山，追擊夏軍的時候，這個問題……難道諸位將軍就沒有想到過嗎？」

潘美大怒，他長吸一口氣，壓了壓火氣，這才說道：「我們從未有過在北方冬季草原上作戰的經驗，許多困難估計不足，對於這種環境下運輸糧草的難度雖然有所預料，但是實際困難遠比我們預料的更大。這還不是最大的問題，最大的問題是……現在已可以確定：夏軍並沒有敗，他們是主動放棄橫山，誘使我們突擊冒進，從而使軍需補給，成為我們最大的困難。」

潘美沉重地道：「如果夏軍真是在橫山一敗塗地，倉皇後退，那麼我們緊急追擊，在其穩住陣腳之前兵困夏州，隔絕內外，完全可以使其外圍亂兵群龍無首，無法組織有效反擊，更不可能讓他們像現在這樣有目的地針對我們的糧草下手。只要輜重無虞，我們就可以一直困住夏州，就算今冬不能攻克，也可以一直守下去，憑我宋國雄厚的實力，夏州早晚必克。但是現在，其實是我們被困在這兒了，而且……我們無法撐過這個冬天。」

他看了看沉默不語的眾將，說道：「我們最大的敵人，不是夏軍，而是天威和糧食。天氣越來越寒冷了，沒有足夠的冬衣送上來，凍傷生病的士卒會越來越多，我們十萬大軍，沒有多少人能憑著現在的衣服強撐過這個寒冷的冬天。沒有糧食送上來，我們不要說打仗，就算只是守在這軍營裡，也絕不會撐過三天。」

王繼恩倒也不是一點軍事也不懂，聽潘美說得這麼明白，他也開始恐慌起來，忍不住放下傲氣，緊張地問道：「潘將軍，那……那我們現在應該怎麼辦？」

潘美的目光從眾將臉上一一掃過，沉聲說道：「別無辦法，要想扭轉頹勢，我們只能退兵！」

王繼恩蹭地一下站了起來，不敢置信地道：「退兵？楊浩就在城中，已被我們牢牢困住，如今他們連一場像樣的仗都沒有和我們打過，我們主動退兵？」

潘美的臉頰抽搐了一下，淡淡地道：「監軍大人還沒看出來嗎？楊浩不是被我們困住的，他只是一個餌，吸引我們集結於夏州城下的餌，現在退兵，我們還能保全實力，以待捲土重來。如果等到那誘人的餌探出它雪亮的鉤子之時，我們……就成了他砧板上的肉，任人宰割了！」

王繼恩倒抽一口冷氣，緊緊盯了潘美良久，才陰惻惻地問道：「未奉詔諭，若是我等退兵的話，官家怪罪下來，誰人承擔？」

潘美挺起胸膛道：「本帥是三軍統帥，此事自然有我一力承擔。」

王繼恩暗自鬆了口氣，潘美沒再理他，他的目光變得深邃起來，半晌，才喃喃低語：「我只擔心，楊浩……肯不肯讓我們走呢？」

五百四四　崔大郎的苦惱

天寒地凍洛陽城，儘管是大宋繁庶的西京，但是在這寒冬天氣，街頭巷尾也是一片蕭條。

儘管室外滴水成冰，岳員外的花廳中卻是溫暖如春，流香四溢。八個白銅的火盆，燃著質地最好的獸炭，房中熱流湧動。岳員外叫岳盡華，有一處店鋪、一所宅院，都可以被人恭維一聲員外，但岳員外卻是真正的員外，洛陽城的豪商巨賈，洛陽三條最繁華的街道上，大半店鋪都是他的。

在洛陽城漫說尋常百姓、商賈富紳見了他要畢恭畢敬，就算是知府大人那兒，他也是說得上話的人物，這樣的人物本該是跺一腳九城亂顫的大人物，此刻就在自己的家中，他卻正恭恭敬敬地站在花廳一角，就算是在知府大人面前都沒這麼溫馴有禮，垂頭耷腦的好像正在受著他老爹的教訓。

可是那老爹看起來比他的歲數還小了許多，黑鐵塔一般的身子，粗壯結實，雖然穿著一身文士常服，卻沒有一點斯文儒雅之氣，若非他眸間閃動的光芒精明如電，很容易就會被人把他歸為一個只知道動用一雙缽般巨大鐵拳的莽夫。

這個莽夫正在大發雷霆，他坐在岳員外的家中後宅，大發雷霆的對象也不是岳員外，可岳員外卻像掃到了颱風尾似的，大氣都不敢喘。

坐在上首正在發火的這個男人，正是崔大郎。在他面前，正躬身立著三個女人，頭前一個玉立修長，穿著一件玄狐皮裘，柔順光鮮的裘衣閃耀著紫中透黑的毫光，裘衣外又罩一件灰鼠皮的披風，延頸秀項間圍著一截雪白的狐尾，足下一雙鹿皮小蠻靴，若有行家去看，便知道這一身名貴打扮，俱都出自名家。

裘衣女子眉如遠山，眸若秋水，秀媚靚麗，不可方物，再穿著這一身貴氣逼人的衣服，真如天上仙子，只是這仙子穿著裘衣，站在這溫暖如春甚至如同初夏的花廳中，眉際間已隱隱沁出汗來，所以顯得有些狼狽。她一進花廳，還未寬去外衣，就被盛怒的崔大郎給嚇住了，站在那兒一動也不敢動，時間一久，自然難耐房中溫度。

站在她後面的，是兩個梳著雙丫髻的侍女，都是明眸皓齒的美人胚子，各穿一件兔絨襖子，襯得她們粉光脂豔，美麗動人。

「這樣的事，竟然把我蒙在鼓裡，真是豈有此理，此番若非我突然停止採購絲綢、茶葉、瓷器、首飾，大量籌集糧食，打亂了他們的部署，還是一無所知呢。語姮，這件事，妳難辭其咎。」

那美人忙俯首道：「奴家知罪，鄭爺那邊的動靜，奴家一向過問不得，這些年來，潛顯兩宗又一向相處得益，所以……奴家未免大意了，請公子處罰。」

那美人說著，一提裘裾，便跪了下去，身後兩個俏麗的小婢見狀，忙也慌慌張張地跪了下去。

這美人叫石語姮，本是崔氏家族裡從小就特意挑選出來著意栽培的女子，小時候伴著崔大郎讀書、習武，學習經商，長大後便做了他的侍妾，崔大郎能逍遙自在地周遊天下，對這麼龐大的一股勢力只從發展方向上做些決定，身邊自然有一個分工明確、極具效率的執行班底，諸多細節都是由他們去完善貫徹的，他的幾個侍妾都是這個班底中很重要的人物。

崔大郎沉著臉色一揮手，說道：「籌集糧食的事，交給李家去做，從現在起，妳給我嚴密地監視鄭家的一舉一動，不管是人事調動還是錢款調撥，事無鉅細，統統都要及時稟報予我。」

石語姮連忙應了聲是，崔大郎沉思片刻，又道：「鄭家現在派往河西主持其事的是夏夏和唐然？」

崔大郎目光閃動有頃，漸漸露出一絲殺氣，冷笑道：「不以規矩，不成方圓，看來，我以往太縱容他們了。」

石語姮忙道：「公子要怎麼做，請吩咐下來，奴家馬上去安排。」

崔大郎睨了她一眼，吁了口氣道：「算了，這件事我還要好好想想。妳剛剛趕來，天寒地凍的行路不便，暫且留下吧，去換了衣裳，沐浴歇息一下。」

石美人聞言便知他已冷靜下來，又可留在他的身邊，心中不無歡喜，連忙答應一聲，似喜還嗔地瞟他一眼，嫵媚自生，姍姍起身，便帶著兩個小侍女退了下去。轉身之際，石語姮嘴角輕輕一翹，方才裝出來的膽怯模樣已換成了淺淺一絲笑意。

她與郎君久別重逢，剛一見面，卻先被他訓斥了一番，豈能沒有一點脾氣的？既然公子叫她留下……哼哼！這時受了氣，當著下人呢，得給自己男人面子。待得晚上床笫之間，少不得要先撒撒嬌使使性，總得讓他低聲下氣告個罪，扳回了這一局，才與他恩愛繾綣。

石語姮自幼侍候崔大郎，和他本是青梅竹馬兩小無猜，如今又是他的枕邊人，要說怕他，除非自己觸了他的逆鱗，否則……倒不會真的害怕。要不然假正經的孔老夫子怎麼會很頭痛地說女人是「近之則不遜，遠之則怨」的情感動物呢？這位大學問家顯然是學問有餘，ＥＱ不足，在男女情事方面有點擺不平，這才悻悻地發了句牢騷。

「公子……」

石美人一走，岳員外便湊了上來，崔大郎擺擺手，吩咐道：「你也下去吧，我想一個人靜一靜。」

「是！」岳員外如釋重負，在這位不常見到的掌門人面前，他的心裡總有種無形的沉重壓力，尤其他正發怒，不管是崔大公子還是方才石姑娘口中的那位鄭爺，都是「繼嗣堂」裡頂尖的人物，動動小指都能讓他灰飛煙滅的人物，能躲遠一點那是最好不過了。

眼見岳員外如履薄冰地退了出去，崔大郎吁了口氣，有些頭疼地坐了下來。楊浩突然稱帝，保密工夫事先又做得十足，連他也被搞得十分被動，不過自從楊浩一統河西，他就已經有了這種預感和心理準備，倒也不是特別匆忙，河西一統，與宋遼鼎足而立，本就是他當初鼓動楊浩回到河西時憧憬的局面，這兩年，他的投入雖然還沒有全部收回來，可是河西一統帶來的收益已是十分巨大了，他的投入是一次性的，得到的好處卻是源源不絕的，這筆生意自然是大獲成功的。

至於楊浩對他龐大的潛勢力有所忌憚，有些事情能避過他就避過他，他倒沒有放在心上。他是生意人，根本就不想掌握政治權力，也沒有那個能力，擁有龐大的財力未必就能自己來做那個一統天下的人，要不然古往今來也不會有那麼多富可敵國、眼光長遠的豪紳富賈，想要掌握權力或者想要得到權力的庇護以圖長治久安時，便散盡家財去資助一位當時未必就比他實力強大的、有潛力的英雄豪傑了。

大唐當年何等輝煌，強盛不過三代，說亡就亡了。自朱溫滅唐，自立稱帝，哪一位豪傑不是劍指天下，豪門世家無一可禦？然而，這些龐大的帝國，這些帝王將相，一個個像曇花一現般輝煌、泯落，從無例外。唱戲的角兒都是你方唱罷我登場，可那後臺裡邊打鼓拉弦的卻不會受到影響。

崔大郎有心要做的，就是那幕後擊鈸打鼓的樂師，浪花淘盡英雄，我不做那浪尖上的小舟，只做那把你推上巔峰的浪花。這也正是繼嗣堂歷數百年總結出來的生存經驗。

然而如果這小舟沒捧起來，舟傾船覆之時，風起雲湧的新一代權勢人物未必就肯接受你這朵浪花，那時怎麼辦？帝王將相、皇朝霸業總是輪番變幻的，同樣總是有投機正確的新世家大族以從龍之功取代前朝的世家大族，成為天下一等一的豪強世家，而繼嗣堂如何能保持不敗？

繼嗣堂想出的辦法是把整個龐大的勢力劃分為兩部分：潛宗和顯宗。顯宗負責審時度勢，追隨強者逐鹿天下，以赫赫功勳謀取利益。潛宗則偃旗息鼓，在顯示扶保一方豪傑的時候，處於絕對的沉寂狀態，一旦顯宗投資失敗，需要扶保另一方時，抑或是功成之後不能身退，受到了清洗，這個皇帝需要另一股勢力來取代一手把他扶上九五至尊寶座的繼嗣堂時，表面上和繼嗣堂全無關係的潛宗就會出現，潛宗變成了顯宗，顯宗變成了潛宗，在這個互換過程中，保證家族的存續和興旺。

崔大郎是繼嗣堂這一代的掌門人，是顯宗的帶頭人。他接掌權力的時候，繼嗣堂已在唐、宋和邊遠地區經過多年苦心經營，安插下了自己的勢力，天下亂局初定，繼嗣堂各大家族大多已經開始看好宋國，認為它能一統天下，但是五代亂世，不知多少雄才大略之主，最終也是功虧一簣，把所有的雞蛋放在一個籃子裡的事，繼嗣堂是不會做的。

更何況趙家是利用兵權，直接從前朝皇帝那裡接掌了權力，繼嗣堂當初可沒有在雄才大略的後周世宗柴榮在位時，把趙匡胤這個正做著殿前都點檢的將軍看成一條潛龍，所以並未從中謀得多少好處，這也正是唐家後來舉族遷往汴梁的原因，因為這裡還有大量賺錢的機會，繼嗣堂並沒有早早地把持這裡的一切。

這個時候，崔大郎發現了楊浩這支潛力股。西域商路本是繼嗣堂的一條重要商路，可是西北連年戰亂，儘管從祖輩起，繼嗣堂一代代當家人都不遺餘力地試圖打通西域商路，並且和大食商人塔利卜搭上線，聯手打造了一條祕密經商通道，可是這成本太高了。

再加上西域局勢比中原五代十國時期王侯將相紛紛登場的局面不遑稍讓，繼嗣堂重金賄通一個地方勢力，剛見成效，這股勢力又被其他人取代，他們還得從頭再來的事情屢見不鮮。而且這些少數民族政權搞破壞遠比搞建設更在行，就算是運用大量金錢，與他們攀上了關係，也很難從這個地方政權中獲取更多的好處。

最初，崔大郎扶持楊浩，只是希望能透過他來改善繼嗣堂在西北的處境，可是隨著他們掌握的有關楊浩潛勢力的越來越多的情報，以及對楊浩這個人的了解，他們漸漸發現，楊浩這個人、楊浩這個人的勢力，還大有潛力可挖，於是投入也越來越大，隨著楊浩的崛起，他們終於發現，這個人完全有能力一統西域，澈底解決困擾繼嗣堂百多年來的西域商路通暢問題。

楊浩一統西域，就能保證東西方貨物的暢通無阻，東方的絲綢、瓷器、茶葉……西方的珠寶、香料、琉璃……每一個往返，都是黃金萬兩。如果河西走廊不統一，根本無法想像可以讓大量的、易損壞、易被打劫的財物平平安安地運送往來。

河西地區豐富的鹽礦、鐵礦、硫磺礦、芒硝礦，牛馬羊畜、棉麻製品，乃至阿爾泰山的金礦、寶石礦、崑崙山以及和闐的玉礦，如果沒有一個統一的政權，商人想要開採、製作、運輸、販賣，更是不可想像。於是經過慎重縝密的分析，繼嗣堂開始不遺餘力地全力扶持他。

可是沒想到繼嗣堂巨大的投入剛剛開始產生效果，便到了楊浩與宋國政權角力的關鍵時刻，一旦楊浩失敗，歸附於楊浩麾下的河西各族勢力很可能立刻土崩瓦解，重新回到原來的無序混戰局面，這個時候繼嗣堂已經沒有回頭路，必須全力支持，不管楊浩稱王稱帝還是叫什麼河西隴右大元帥，總之要盡量保持河西地方政權統一性的關鍵時刻，繼嗣堂內部居然又起事端。

幾十年前，盧家試圖一舉幹掉其餘六姓，攫取繼嗣堂的最高權力；前幾年唐家拒不服從繼嗣堂的統一部署，悍然從河西遷往汴梁；而今，潛宗領袖鄭家也不甘寂寞，想要跳出來呼風喚雨了。

鄭家暗中調動各種資源開始為趙光美經營關中創造條件了，因為鄭家是潛宗一派，平時本就只管進行各種正常的經商買賣，顯宗沒理由干涉和監督，竟然毫無察覺，要不是崔大郎因為楊浩突然稱帝，被迫改變原有的採購計畫，大量籌措糧草，因為事態緊急，需要動用潛宗的儲備，他還發現不了鄭家的所作所為。

「他奶奶個熊！」

想到這裡，崔大郎不由罵了一句粗話：鄭家真是異想天開，竟想扶植趙光美！趙光美？崔大郎左看右看，上看下看，怎麼看也看不出趙光美有取代趙光義的條件和機會，鄭家那老不死的腦袋簡直是讓驢踢了！

不錯，我當初扶植楊浩的時候，他還只是東京汴梁的一個火情院長，趙光美如今是王爺，起點比楊浩高得多，坊間都在傳說趙氏天下兄終弟及，趙大把皇位傳了趙二，趙二將來還要傳給趙三，可是趙光義像是肯放棄的人嗎？他已經把太子都立下了！

而楊浩當初雖然只是開封府一個火情院長，可是蘆嶺州百姓是他從漢國帶出來的，他們只認得楊浩，不認得大宋朝廷；楊浩還有党項七氏祕密的服膺和臣服，有李光岑這個定難節度使的法定繼承人做義父，趙光美有什麼？

東施效顰！

這就是崔大郎得出的結論。

剛才氣頭上，崔大郎恨之已極，真想動用最嚴厲的手段制裁鄭家，可是此時冷靜下來，才發覺事情不是那麼簡單。首先，儘管他是繼嗣堂的當家人，可是對繼嗣堂中的一大世家，舉足輕重的一方勢力，同時也是可以與他分庭抗禮的潛宗領袖，不是輕易可以動得的。如果他真有這麼大的權力，當初也不會無奈地接受唐家遷往汴梁的事實了。

第二，鄭家的舉動並不算大，對趙光美的投入也還有限，潛宗本就有權力對他們認為有潛力的人進行扶持，哪怕是兩股勢力正打得如火如荼，顯宗正在全力支持其中一方，潛宗如果認為有必要，也可以和另一方先行進行接觸，總不能等到顯宗失敗退入幕後時，潛宗才跑出來急急抱佛腳，所以……鄭家的舉動在繼嗣堂不算是出格的行為。

這個擦邊球打得……

坐視不理？

不成，唐家自西北撤走後，繼嗣堂在西北的資源有限，這有限的資源必須全部用在楊浩身上。蜀地彎刀小六和鐵牛的十萬義軍需要資助，河西地區如火如荼的戰事更是燒錢，葉之璇在河西隴右巴蜀一線鋪設通訊線，隴右王如風、狄海景、巴薩、張俊等人招兵買馬，哪一處不用錢？不能再讓潛宗的鄭老頭像吸血似地把這有限的資源浪費在趙光美那個廢物身上。

崔大郎咬著牙齒冷冷地笑起來：西北，誘敵深入、斷敵糧道之計已初見成效，潘美進退兩難，看樣子楊浩是守得住了。這鄭老頭我動不得，那就來個釜底抽薪，絕不能讓鄭家壞了我的大事！

五百四五　潘楊會

楊浩的暖閣中同樣溫暖如春，楊浩和幾個重要的官員圍坐著一個大火盆，正在談笑風生。這些日子楊浩並不輕鬆，每日裡處理各種軍機要事，人清瘦了些，但是神情氣質卻更加凝練精神。

左右幾個主要官員神色也十分振奮，誘敵深入、斷敵糧道已初見成效，事態的發展已在掌控之中，眾人揪著的心自然放鬆了許多。

种放、蕭儼、徐鉉等幾人已經去了興州，蕭儼和徐鉉善於治理，並不善於開拓，在夏州起不了多大作用，而且他們是文臣，歲數又大了，萬一需要放棄夏州的時候，他們經不起折騰，所以早早地送去興州了，在那裡他們正好發揮所長。

至於种放，興州那邊雖說在敵後，但是諸部族中難保不會有生異心者，再者說從夏州遷至興州的豪門大族眾多，不能少了一個文武雙全的人主持大局，所以他也去了興州。有張浦坐鎮肅州，种放坐鎮興州，河西走廊可保無虞，楊浩便後顧無憂了。如今坐在楊浩左右的只有丁承宗、拓跋昊風、張崇巍等幾個近臣。

丁承宗微笑道：「楊延浦、楊延朗、小野可兒等將領，每每出兵襲擊宋軍糧隊皆有斬獲，能夠安全運抵夏州城下的糧草軍械已經越來越少了，什麼叫以戰養戰？這才叫以戰養戰，以往草原部落間的爭戰，就算打了勝仗，頂多撈到一些牛羊，哪有這麼多軍需供給可以擄獲？呵呵，小野可兒他們倒是嘗到了甜頭，出兵洗劫的次數越來越多了，雖然也有失手的時候，可是宋軍不敢追，想追也追不上，這樣想打就打，想走就走，可把宋軍憋屈得夠嗆。」

張崇巍道：「宋軍其實並沒有多少在草原上進行冬季作戰的經驗，經過這麼多次失敗，他們已經漸漸嘗握了些應付遊騎兵的手段，雖說不是非常奏效，不過已為劫掠增加了許多難度，楊將軍已命各部盡量打消擄掠物資的念頭，只以摧毀為目的。

「從橫山到這裡，有相當長的一段距離，再加上大雪寒冬，步卒行進更加困難，潘美沒有足夠的兵力運送糧草，又無法把這段廣袤的雪原完全掌握在手中，我們的騎兵來去自如，純以摧毀為目的的話，潘美如果不能大量增兵，就無法解決這個糧草運輸的難題。」

「他沒辦法大舉增兵的。」楊浩微微一笑：「對宋國來說，真正忌憚的不是我們，而是遼國。有北朝這個龐然大物虎視眈眈地盯在那兒，宋國絕不會不留後手，使盡全力來討伐西北。再說，他增兵越多，輜重補給的壓力越大，趙光義可不想把封樁庫積攢了十多年的錢財都耗費在西北。如今遼兵突然增兵大同府，雁門關那邊很緊張啊，小潘潘如今可是進退兩難嘍。」

「小潘潘？」眾人先是一愣，隨即才明白楊浩所指，不由得哄堂大笑。很快，這個諢號就不徑而走。

這時，有人悄然閃進大廳，在丁承宗耳邊輕輕說了幾句話，丁承宗臉色頓時微微一變，楊浩看到，問道：「發生了什麼事。」

丁承宗臉色凝重地道：「宋軍開始退兵了。」

楊浩一怔，失聲道：「這麼快？向汴梁討旨，一往一返，應該沒有這麼快吧？」

丁承宗道：「很顯然，撤兵並不是趙光義的旨意，而是……潘美自作主張。」

楊浩的眼神變得有些奇怪起來，過了半晌，他才輕輕嘆了口氣，帶著幾分欣賞與讚許地語氣道：「潘美，不愧是一代名將！」

拓跋昊風緊張地道：「聖上，楊將軍本想待他糧草耗盡，不得不退時，才盡起伏兵全力反擊，殺他個潰不成軍。如今潘美軍中尚有餘糧，軍心未慌，若從容後退，再使其後方兵馬接應的話，恐怕便不易得手了。畢竟，藉其冒進之機斷其糧草容易，若他全軍後撤，想要追擊也好，阻攔那罷，那就是實打實的對戰，憑楊將軍手中的兵力，再加上潘美用兵的本領，咱們未必便占得了便宜。」

「如果再加上我夏州兵馬呢？」沉思半晌，楊浩緩緩抬起頭來，眼中精芒暴射。

丁承宗吃了一驚，反對道：「夏州守軍不能動，夏州是我國都城，聖上也在這裡，豈能……」

楊浩一言不發，起身便往沙盤旁走，眾將會意，立即起身趕過來，丁承宗也推動木輪車到了他身邊，楊浩待眾人趕到身旁，伸手一指沙盤上的夏州城，再緩緩東移，忽爾頓住，說道：「叫楊繼業全力出擊，我夏州按兵不動，宋軍後撤兩日路程之後，傾我夏州兵馬，與楊將軍合力一擊，以優勢兵力，務求重創敵軍！記住，我說的是宋軍步卒後退兩日的路程。」

張崇巍一下子反應過來，大叫道：「啊！我明白了，這個險值得一冒！」

楊浩輕輕地笑了，說道：「哪還有什麼險啊？朕擺明了就是在欺負人嘛，小潘潘這回更要鬱悶了。」

* * *

「嗚——嗚嗚……」號角長鳴，伴隨著雄渾悠長的號角聲，皚皚雪原盡頭，無數的小黑點從四面八方密集而來，逐漸匯集成一線，然後猶如一股怒潮，惡狠狠地翻湧著，鋪天蓋地而來。天空中，兩隻蒼鷹尖唳一聲，斂翼撲向宋軍，堪堪飛過大旗頂端，長翼一振，又復沖霄而起。

潘美勒馬住韁，戟指喝道：「左右布數陣，本陣布偃月陣，迎敵！」

旗鼓號令立即傳下，三軍立即行動起來，他們是訓練有素的主力軍團，又沒有糧車輜重這些累贅需要照料，布陣速度著實更快，那鐵騎尚未衝至近前，長槍大盾已布下數重，後面弓弩手業已就位，箭矢斜指長空，只候將校命令。潘美提著手中刀，冷冷凝視著遠方撲來的夏軍，怒火在眉宇間騰騰燃起。

潘美還是果斷退兵了，他在軍中威望甚高，各路將領都認同他的判斷，王繼恩雖然不捨得前功盡棄，卻也擔心如果真如潘美所料，全軍就得交代在這兒，到時候自己也跑不了，既然潘美要一力承擔，他便不再堅持，不過他也留了個心眼，自始至終不曾說出一句贊同的話。

潘美親自壓陣，在隊伍的最後方，眼見得遠處人馬如潮，蹄聲如雷，他絲毫不懼，反而怒火滿腔。在他親自押陣之下，三軍寂然無聲，只是迅速而密集地按照將領吩咐排列陣勢。前方，一支數千人的騎兵隊伍呼嘯而來，明明眼見前方偃月狀的大陣中無數弓弩斜指，槍戟森然，卻夷然不懼，事實上在這樣的衝鋒陣勢下，他們也站不住腳步，誰要停下，先就要被自己人撞個人仰馬翻、踏成爛泥，向前，唯有向前，死中求生！

近了，更近了，千餘人的先鋒隊伍漸漸形成一個楔形箭頭陣，筆直地向偃月陣心的潘美立處殺來。

潘美冷笑，三百步，兩百步，一百步，眼看敵騎馬上就要進入弓弩的有效殺傷範圍，潘美一聲令下：「放箭！」

「嗡」的一聲，聽得人心都發怵發麻了，本來是呼嘯破風的尖利聲音，可是因為千百枝箭一齊騰空，便形成了令空氣震顫的嗡鳴聲，彷彿一團烏雲般，利箭迎空射去，箭速加上馬速，恰可在箭矢最有效的射殺距離內重創敵騎。

不料，幾乎與潘美下令的同時，夏軍狂奔如雷的騎士竟然齊刷刷地提韁轉向，潘美的後陣布的是偃月陣，形如半月，他們堪堪擦著一側月尖，劃著弧形繞向左翼撲去。他們是騎兵，豈有不發揮所長，偏與敵人硬碰硬的道理。

但是潘美早已防到了他們可能利用馬速聲東擊西的戰術，宋軍左右兩翼布的是複陣，密集的陣形可攻可守，鐵騎洪流衝向左翼，迎來的同樣是密集的箭矢和槍戟，夏軍一路疾馳，人人側舉圓盾護住要害，第一撥箭雨雖也射倒了許多人馬，但是因為他們是從敵軍後陣擦其尾翼而來，並不是正面衝來，所以與宋軍挨得極近，正常情況下宋軍在短兵相接前至少可以射出三撥箭雨，這時已被減少成一撥，使得夏軍的傷亡減至最低。

前方數千騎根本就是引發敵箭的幌子，他們衝過去之後，緊跟其後的騎兵稍稍撥馬，便與宋軍短兵交接了，仍然是片刻不停地向前衝，手中的刀槍只憑快馬疾馳的一個拖字訣，就劃破了許多宋軍將士的咽喉、胸膛。宋軍不甘示弱，長槍短戟交替刺出，上刺人下刺馬，一旦有夏兵中槍落馬，阻得後面的兄弟衝勢一頓，便都做了宋軍刀下之鬼。

想打仗不死人是不可能的，但是這種擦翼而過的打法避免了正面衝撞，卻將傷亡降至了最低，萬餘人的馬隊馳過之後，藉著強大的衝勁，宋軍密集的陣形已被衝亂，後邊洪流般不斷的大軍開始直接突入敵營，舞動鋼刀居高臨下進行斬殺。

宋軍大旗又變，大軍立即由複陣變為疏陣，密集的隊伍立即撤向中間空地，整個密集的大陣疏散成十人左右的一個個小陣，盾牌手、短刀手、長槍手相互配合，殲殺夏軍騎士。在這樣的陣形下，已突入敵軍的夏軍已失去速度優勢，反會變成任由步卒宰殺的對象。只要運用得宜，沒有完勝不敗的兵種，任何兵種都是可以發揮自身優勢，重創強敵的。

夏軍顯然也非庸手，三長三短的號角聲起，剛剛陷入宋軍陣營尚未深入的騎兵突然撥馬後退，融入了密集的洪流，綿綿不斷殺至的夏軍繼續快馬貼著宋軍陣勢，開始用大斧長刀像削皮剔骨一般，一層層地削去宋軍的外層皮肉。宋軍馬上陣勢再變，重又集結成密集隊形，長兵器刺人身，短兵器斬馬腿，雙方殘肢斷臂，血浪滔天。

這是楊繼業的主力和潘美的主力第一次的正式交鋒，無所謂誰強誰弱，端看你臨戰的技巧、心態、意識、裝備，和手下兵將的素質，沒有人全靠硬打硬拚，除非你數倍於敵，且全不在乎己方的傷亡，楊字大旗下和潘字大旗下，兩員以守和攻聞名於世的名將，此刻堪堪換了個角色，善守的在攻，善攻的在守，似乎……他們攻或守的本領都不弱於他們為他們創下一世英名的另一方面專長。

名將本就如是，攻守兼備，能守能攻，楊繼業以善守而聞名於世，只是因為他以前所保的君王國力太弱，無法給他攻的機會；潘美以攻名揚天下，不是他不善守，而是他以前所遇的對手，再加上他所在陣營的強大實力，不需要他去守。

這一場大戰，廝殺半日，直至風起雪飄方止，雙方死傷枕藉，不計其數，楊繼業一聲令下，大軍迅速撤去，潘美則迅速整軍，急急東行。

不提戰馬在戰鬥中的作用，就算它僅僅只能起到代步作用，在這莽莽雪原上，一方只能用雙腿趕路，一方可以積蓄體力，直到迎戰時爆發，這是多大的差距。宋軍糧草將盡，軍衣不暖，若不盡快上路回到橫山以東，僅是這北國凜冽的風雪就能把他們的戰力消磨殆盡，讓十萬大軍毀於一旦，所以明知對方未生死對決是存著消耗他們體力的打算，他也不能不硬著頭皮趕路。

有時候，即便你明知道對方是怎麼做的，有什麼目的，你也無從化解，鐵索橫大江，這就是陽謀的威力。陰謀自有陰謀的作用，用得好時勝過十萬大軍的作用，兩行密疏傾天下，一夜陰謀達至尊。但是再高明的陰謀都有一個罩門，這罩門就是那個陰字，陰謀是不能被人看穿的，否則你這陷阱就一文不值。

楊浩準備用來對付趙光義和蕭綽兩大政治領袖的辦法就是陰謀，所以他輕易不敢示人，為了保證絕對的安全，就連他身邊最可靠的人也不知道他的打算，因為它一洩露了，便一文不值。

而陽謀則不同，它是借勢而動，推動一切必然的發展而達到自己的目的。它把一切都放在你的面前，毫不藏匿，本身沒有多麼複雜的策劃，但是它的去勢是不可逆轉的。你明知是計，還是不得不往裡鑽。

正如潘楊這場大戰交兵正酣的時候，夏州的追兵業已傾巢而出一樣，夏州現在已成了一座空城，就剩下楊浩一個光桿皇帝守城，只消派出五千兵就能輕易奪取城池，生擒楊浩。潘美坐擁十萬大軍，兩天前都攻不下夏州，現在五千兵就能輕取夏州了，但是他就算知道了也無計可施，他這裡兵馬一動，楊浩的斥候就能掌握，派人回去就是送羊入虎口。全軍回去就正中楊浩下懷，把他足以支撐著逃回麟府的糧草也全部消耗掉，步卒兩天的路程，就算玩了命地往回趕，又怎能快得過楊浩的騎兵？

你明知道也破解不了，無破綻可尋，無懈可擊，這就是陽謀。

* * *

大軍漫漫，一路上楊繼業陰魂不散，兩軍且戰且走，大小戰事也不知經歷了多少，直到今日，攻擊才突然停止。再往前去就是黑蛇嶺了，黑蛇嶺迤邐如蛇，翻過這道嶺，再有幾十里路就能進入橫山，一旦進入橫山，善於馬戰的夏軍就難以發揮他們的優勢，宋軍就澈底安全了。

車中，潘美沉沉思索著。他並非以為到了這裡就安全了，夏軍不會就這麼輕易放棄打擊他們的機會，如果這十萬大軍受到重創，短期內以宋國雄厚的家底，一時也無法再對河西用兵了，夏軍必然不惜一切，在他們逃出橫山以前盡可能地打擊他們，削弱他們，直至剷除他們，可以預見，黑蛇嶺做為可以發揮一定阻擊地勢作用的唯一所在地，突然消聲匿跡的夏國軍隊定然是趕到前面去準備決戰了。

鐵索橫江，勢不可擋，又不能不擋，潘美並不在乎，他一生戎馬，不要說被他消滅的軍隊，就算是亡在他手中的王國、生擒的皇帝都不止一個，這一生已經輝煌過了，復有何憾？但是他雖敗了，非戰之罪，夏國也並非不可戰勝的，他正在苦思對付夏國的良策。

「夏軍悍勇，民風使然，然其武勇，非不可敵也。唯河西形勢，地廣人荒，夏人善馬戰，我軍若分兵深入，糧輜不支，進則賊避其鋒，退則敵躡其後，勞師費糧，終難勝也。若長驅直入，摘其首腦，敵以雄城，堅壁清野，非旬日可克，而敵斷我糧道，疲我軍伍，未知何謀可以捍禦。

「故臣以為，謀夏國宜緩而不宜急，若有十備，當可謀之。一、占據麟府，養備馬匹，教習騎射，以為奇兵；二、羈縻橫山屬羌，恩威並撫，以為藩籬；三、結交涼甘吐蕃、回紇，又聯隴右吐蕃北出蕭關，以胡制胡，併力破賊；四、度地形險易遠近、砦柵多少、軍士勇怯，而增減屯兵，逐步推進，蠶食其地；五、詔諸路互相應援，統一調度，如臂使指；六、並邊小砦，毋積芻糧，賊攻急，則棄小砦入保大砦，以完兵力；七、夏國路途久遠，城池少而草原廣，兵眾則輜重，兵少則輜輕，故伐夏國之兵宜精而不宜眾，當裁併冗兵，集結精銳以舒饋運……」

潘美字斟句酌，沉吟良久才寫下一條，一封請罪奏表及平夏諫議思忖良久才寫完，凝神又看一遍，喚進書記，吩咐道：「分抄十份，令驛兵分路送回汴梁，急奏官家。」

此時，王繼恩也窩在車子裡，正在絞盡腦汁地想著奏表：潘美怯敵畏戰、潘美臨陣退兵、潘美獨斷專行……想了半晌，看看寫下來的才只七條罪名，王繼恩不禁輕輕搖了搖頭，怎麼也得湊足十大罪狀，那才有些力量。他揉了揉隱隱作痛的額頭，咬著筆桿又思索起來。

「報！大將軍，夏軍陳兵黑蛇嶺。」趕到潘美車前稟報的探子聲音中微微帶起了怵懼之意。

「知道了！」潘美淡淡地說了一聲，兩個親兵立即上前，先替他穿好戰袍，又為他披上戰甲，中箭的左臂被甲冑一覆，又變成了一個鐵甲衣寒、威武鏗鏘的大將軍，彷彿出鞘的寶劍一般，鋒寒奪目。

走出車子，翻身上馬，此時冬日殘陽如血般殷紅，那森寒的鐵甲上竟也染上了一層血色。

落日照大旗，馬鳴風蕭蕭。

潘美一磕馬鐙，戰馬輕馳起來，趕向隊伍前列，後邊幾十名護衛緊緊相隨，三軍肅立，注視著他們的主將。這位將軍打荊湖，平蜀漢，帶領他們所向披靡，戰無不勝，這一次，他能帶領他們安然退回宋國去嗎？七萬餘眾，默默地佇立在那兒，目光隨著他們的大將軍遠去，遠去……

一眼看清前方的敵軍，潘美也不由倒抽一口冷氣。他早預料到夏軍在此必有一戰，可是萬萬沒有想到他們擺出來的陣勢竟是如此雄壯。夏軍背依山崗紮營，從山腳到山頂，一座矮山已被密密匝匝的夏軍覆蓋了，遠遠地依稀可見山頭上楊字帥旗在冷冷的朔風中飄揚。

東西兩面，無數的騎兵剛剛陳列好陣形，看得出來他們是剛剛趕到，大概是怕打草驚蛇吧，他們一直隱遁在什麼地方，以他們的馬力，只派幾個遊騎斥候監視著宋軍主力的動向，想要及時趕來自然易如反掌。這兩側的兵馬穿著五花八門，看得出來是党項八氏的部族兵，不止裝備混亂，騎士們的年紀也是老少皆有。

不過誰都看得出來，哪怕是花白鬍子的老漢，穿著狗皮襖子的少年，一旦打起仗來，照樣都是威猛難敵的對手，河西人口不過中原之十一，但是真要傾國用兵，其兵力不在中原之下，就因為他們是全民皆兵，自幼的騎射，幾乎不需要專門的訓練。

而中原那些握慣了鋤頭的農夫，沒個兩三年的訓練豈能算是一個合格的戰士？儘管這樣的部族兵是一群烏合之眾，比不得經過行伍訓練的士兵，但是混亂的大決戰時，這個不利因素的影響力微乎其微。

今日，當有一番苦戰！

晚霞漸暗，威力全無的太陽正一寸寸沉落天邊，宋軍和夏軍遙遙對峙著，沒有任何一方撤退，也沒有任何一方衝殺。風吹著他的鬍鬚，潘美揚起頭來，看著映在山頭帥旗上的最後一縷陽光：「今日的太陽落下，明日，我是否還能看到它呢？」

「轟隆隆……」一陣急驟的馬蹄聲起，張崇巍和拓跋昊風帶領夏州守城的大軍也趕到了，四面合圍，九萬對七萬。王繼恩臉在馬上，臉色蒼白如紙，不由自主地攥緊了藏在袖間的彈劾奏章。

「大夏皇帝有旨：小潘潘若肯棄械投降，官賜上將軍，封護國侯！」

山坡一面，楊繼業身後帥旗下，近百個大嗓門的士兵突然齊聲大吼，聲音在整個原野上飄散開來，四面合圍的夏軍頓時轟然大笑。

潘美，河北大名人，太祖趙匡胤陳橋兵變，黃袍加身，曉諭天下的聖旨，就是由他宣讀的。陝西袁彥心懷異志，太祖命潘美監軍，潘美單騎入長安，脣槍舌箭，說服袁彥順天應命，俯首入朝。此後，征荊湖、滅李重進、汪端；伐南漢，以十萬大軍一舉蕩平二十萬漢軍；獨當一面，所向無敵，文武雙全的潘大將軍幾時受過這樣的奚落？

潘美白皙的面皮一下子變成了茄子色，手中的刀柄幾乎被他攥斷，戰神之火在他頭頂熊熊燃燒起來……

夏軍嘲弄似的吶喊聲還在繼續，宋軍也被激怒了，只要這時潘美把刀鋒向前一指，全軍就會蜂擁上前，哪怕全軍都交代在這兒，也要衝上山去，把那些奚落自家主帥的「大喇叭」撕個粉碎，但是暴怒中的潘美卻突然一提馬轠，在眾目睽睽之下返回了中軍。

楊繼業站在山頭，眼見潘美並不受激，不禁也是心中暗讚，頓起惺惺相惜之意。這一路追擊，幾番交戰，他對潘美用兵也是十分欽佩，此時在十餘萬大軍面前如此嘲弄，潘美神智仍然清醒，並未上當妄動，這樣的對手，由不得他不敬。

楊浩數度公開表現出對潘美的讚賞，丁承宗見他有愛才之意，曾問他如果能包圍宋軍，可否盡力生擒潘美，以納為己用，卻被楊浩一口否決了。

潘美全家都在汴梁，就算被生擒了，也絕不可能投降。潘美是宋軍主帥，是全軍的靈魂，所有將士拱衛的核心，萬馬軍中想生擒其主帥，更是不可能的任務，如果真的昏了頭，下這麼一個命令，使得自己的部將束手縛腳，不得舒展，弄不好就做了曹操第二，活活放走了趙子龍。

再者，就算真的生擒了潘美也沒有用，一個潘美扭轉不了大局，接下來，他鬥智鬥勇的對象是身揣好人卡的趙二叔，和絕對把社稷江山看得重過一己情感的女強人蕭炎炎，到時候向宋乞降議和，這潘美無論如何都得交還回去，與其如此，不如抓住機會，盡最大能力，削弱敵人的力量。

所以，楊浩傾巢出動；所以，楊浩給楊繼業的命令是：盡其所能，重創宋軍。

潘美策馬馳回中軍，馬上下達了第一個命令：「布方圓陣！」

麾下眾將摩拳擦掌正待強攻黑蛇嶺，一聽這道命令登時傻了眼，方圓陣？方圓陣幾乎是完全放棄了進攻的陣法，大將位於陣中心，兵力層層布防，長槍、弓箭在外，機動兵力在內，這是與優勢敵軍交戰時使用的陣法，隊形密集，防禦力強，不過同時也是一種挨打陣法，大帥不下令強行突破敵陣，反而要採取絕對的守勢？難道我們還有援軍嗎？

儘管百思不得其解，眾將還是馬上執行了潘美的命令，楊繼業站在山頭看得分明，不同也是一奇：方圓陣？就算潘美被嚇破了膽，也沒理由布方圓陣啊，他這是……

眼角光線忽然一暗，楊繼業眸光一凝，盯在那面帥旗上，映在帥旗上的陽光已經完全消失了，太陽堪堪沉落山頭，楊繼業幡然大悟：「我還道宋軍精疲力盡，方才緩行至今方到黑蛇嶺下，難道……竟是潘美有意為之？他明知黑蛇嶺前必有一戰，故意不早不晚趕在這個時間到達，就是要等待天黑！要想突圍，還有比黑夜更有利的機會嗎？」

「大敗之餘，退戰之中，竟連這也算計在心，此人，真是我平生所遇第一勁敵！」

楊繼業深吸一口氣，霍然舉起了手中令旗。

五百四六　你渾水我摸魚

一夜鏖戰，死屍盈野。

潘美拿捏著時間，堪堪在日暮時分趕到黑蛇嶺，早一分便提前陷入重圍，多付出無數犧牲，晚一分則無法充分利用旗鼓號令於嶺下集結，已是將時機算得再準確不過。但是楊繼業雖僅名聞於西北，遠不及他戰功赫赫，名揚天下，論起調兵遣將的本領來卻絲毫不弱於他。

在日落西山時刻，如果倚仗優勢兵力和有利的地形全力進攻，一俟天色漆黑，敵我難辨，他的兵力優勢、地形優勢將全部失去效用，必為潘美所趁。所以此刻雖然占據了絕對上風，楊繼業卻下令四面合圍，只以弓弩等遠程武器進行攻擊，陣勢團團紮住，不肯上當混戰。他此刻占據著絕對優勢，就算捱到明日天光大亮也無所謂，何必急於一時。

若論及遠程武器的犀利，雖說弓弩在宋軍中的配備比例極高，但是遠不及楊浩所屬配備的一品弓，一品弓強勁的殺傷力，在雙方陣營密集的對射中發揮了極大的作用，宋軍的傷亡率遠遠高於夏軍。及至天色完全黑了下來，潘美終於按捺不住，下令突圍。

夜色的作用還是發揮了作用，雙方一旦短兵交接，弓弩便失去了作用，士兵怕誤傷戰友，豈能胡亂發射，而雙方一旦進入混亂，除非正在生死雙搏的雙方，其他士兵衝到近前，也要先頓上一頓，看清敵我這才揮刀劈砍，這樣一來宋軍自然可以鑽個空子。

面對如此局面，楊繼業便也無計可施了，潘美失了地利，卻充分利用了天時，好在宋軍不管怎麼渾水摸魚，其主攻方向必是黑蛇嶺無疑，楊繼業早在黑蛇嶺上布下重重防線，防線內的士兵絕不許妄動，堵在山下的士兵只管背對山嶺向前衝鋒，所以但凡衝上山來的士卒必是宋卒無疑，只管摸黑放箭，刀槍齊上。一俟被其靠近，陷入肉搏，短兵交接的夏軍也是只向前不向後，能夠突出來的宋軍迎來的又是一道嚴陣以待的防線。

在如此打法下，宋軍每進一步，都要付出重大犧牲，一座不算甚高甚險的黑蛇嶺，幾乎一步一具屍體，鮮血染紅了整座山嶺。

及至天色微明，宋軍終於用人命衝開了黑蛇嶺，殺向橫山去了，夏軍則留一部分人馬打掃戰場，清剿殘餘，救助傷殘戰友，又分兵追趕，此時宋軍得以逃出生天的已僅僅兩萬人上下，人馬只管前奔，混亂之中帥找不到將、將找不到兵，號旗鼓鈸全部丟失，完全是各自為戰了。

突擊，擺脫，攔截，再突擊，再擺脫，再追擊……五步殺一人，一步一流血，所有人都瘋狂了一般，只是本能地向前衝去，最前面的宋軍已衝到了橫山腳下，最後面的宋軍猶在黑蛇嶺下竭力突圍，在黑蛇嶺到橫山腳下十數里皚皚雪地上，已被死屍和鮮血鋪出了一條道路。

宋軍慨然向前，同仇敵愾，每個人都血貫瞳仁，傷痕累累中發揮出了前所未有的強大戰力，給試圖攔截包抄的夏軍以極大殺傷。潘美這三軍主帥也親自上陣了，掌中一口長刀所過之處波分浪裂，人仰馬翻，哀嚎慘叫之聲令人聞之心悸。

宋軍且戰且走，除了緊緊守在潘美左右的親兵侍衛之外，誰也不知道主帥在此，眼見大軍拖成一條稀稀鬆鬆的隊伍亂哄哄地衝入橫山，潘美有心整頓一下隊伍，以免為敵所趁，奈何一夜衝殺之中帥旗鼓號全都丟了，他就是扯破了喉嚨，也沒幾個人聽得到他的號令。

後面夏軍緊追不捨，到處都是一片「活捉小潘潘，賞千金，封萬戶侯」的叫喊聲，把個潘美氣得七竅生煙，卻是有心殺賊，無力回天。王繼恩也被他的親兵護擁著，隨著這亂軍向前衝殺，王繼恩通曉些武藝，在太監之中也算是一條響噹噹的好漢，陰柔之氣不算十分嚴重。

在此生死關頭，更是陽剛之氣大作，提著一口刀子，踉踉蹌蹌隨著大軍向前衝殺，雖然自始至終，在士兵們的護衛下，他並未和夏軍交過手，那刀口還是不沾一滴鮮血，卻也累出一身透汗，狼狽不堪。

最先衝到橫山腳下的幾百名宋軍亂哄哄地上山了，叢林中雪地下突然鑽出許多衣衫凌亂的「宋軍」，他們悄無聲息的，往身上潑了些雞鴨狗血，悄然前進，很快混進了宋軍隊伍之中，像這樣悄然加入的宋軍不止一撥，隨著宋軍的步伐，他們也腳步踉蹌，一副疲憊不堪、氣喘如牛的模樣。

橫山宋軍營寨，如臨大敵，嚴陣以待，一俟有人靠近，堡塞上的宋軍已即吱呀呀拉開了弓弦。

「打開寨門，快，夏軍追上來了！」

「我日你親娘，你拿箭對著誰？老子廝殺一夜，人都快癱了，開門，開門！」

「我是禁軍侍衛步軍都虞候岳無聲，守將是哪個小婢養的，給老子開門！」

「潘大將軍和王監軍都在後面，再不開門，有個好歹，哪個灰孫子替大人償命？」

城頭守將嚴陣以待的戒備，把廝殺了一夜、好不容易趕到自己營下，結果迎接他們的不是戰友的撫慰和援助，反而是森冷的刀槍，一下子把這些百戰餘生的戰士激怒了，叫罵聲不絕於耳。楊延浦、楊延朗、小野可兒帶著化妝成宋軍的「夏軍」混在這亂哄哄的隊伍中，跳著腳地罵，比誰叫罵的都起勁。

這樣的情景在每一處叫營的堡塞前都上演著，堡寨上的守將吃不住勁了，堡寨下面可不是一個兩個、三百五百個的袍澤，那是漫山遍野數以千計的傷兵，若不開城，一個個驗明身分後才把他們用筐吊上來，候得夏軍追至，把他們眼睜睜剁在城下，自己有幾個腦袋夠官家砍的？

再說人家死了，那是為國捐軀，自己就算被砍了腦袋，那也是遺臭萬年啊。更何況潘美和王繼恩這兩位大人也在城外，閉門不納？誰也承擔不起這樣的責任。守將無暇多想，在叫罵聲中倉皇開了寨門，亂兵一哄而入，扮成宋軍的夏軍一入堡寨，呼號一聲便立即動手，展開了一場混亂。

這一下各處宋軍堡塞立即也陷入一團混亂，夏軍渾水摸魚闖進堡寨的戰士不是很多，每隊不過數百人，一則是因為人數多了，恐被宋軍發覺有異，二來他們都是宋軍打扮，又不能攜帶明顯標誌，彼此不熟悉面孔的一旦闖進城去，很可能會來個自相殘殺，所以每一隊人都是原本一營的戰友或者同一部落的勇士。

而宋軍則不然，逃回的宋軍，守衛堡塞的宋軍，假扮宋軍的夏軍，三方大多各不相識，夏軍發一聲喊，便開始動手殺人，混戰一起，那些宋軍提著刀，只看見兩個戰友捉對廝殺，哪還分得清敵人？不等他分清敵我，又有那沉不住氣的舉起槍向他刺來，沒奈何只得舉刀相迎，於是乎真宋軍之間，真假宋軍之間，便打成了一鍋粥。

潘美和王繼恩也先後趕到了宋軍駐守的橫山堡寨，此時各處堡塞一團混亂，敵我難辨，追兵躡足而至，堡塞的作用全然消失，夏軍緊跟著宋軍擁入堡寨，宋軍眼見已不可守，只得再度敗退，夏軍再分一路兵亂哄哄地自後追趕，其餘人等迅速清剿堡寨裡未及撤走的殘敵，加固要塞，插上夏軍大旗，宋軍數月之功，毀於一旦。

楊繼業、張崇巍將領登上葫蘆寨，葫蘆寨失守兩月有餘，如今再度回到了夏軍手中，堡塞中到處都是橫七豎八的屍體和呻吟掙扎的傷兵，山野叢林間夏軍猶自追捕著宋軍。

張崇巍翹首遠望，對楊繼業道：「將軍，我們倉卒追來，將士們業已疲憊不堪，馬匹輜重又來不及運至。再者說，混入敵軍的將士有限，由此前去，麟府兩州烽燧堡寨不計其數，大可放過前軍，截我旗幟鮮明之隊伍，已難再有渾水摸魚之奇效，咱們此時就算一鼓作氣，也拿不下麟府，宜固守橫山再做打算呀。」

「呵呵，張將軍所言有理。」楊繼業微微一笑道：「不過，再追一追也無妨，宋軍落花流水而去，總得給他一個反撲回來的機會才是。要不然，趙官家顏面何存？」

張崇巍大惑不解，夏已立國，和宋早成水火之勢，還給趙老二留什麼顏面？

不過楊繼業一語說罷，便不想再說，張崇巍只好把這個悶葫蘆憋在了心裡。不出張崇巍所料，麟府守軍早已得了消息，正嚴陣以待。由橫山下去，俱是借助天險修建的一處處堡寨烽燧，和橫山不同，這些堡寨都借助地勢，依托險要修建在一處處必經要道上。

偶有幾處堡寨救人心切，被夏軍混進城去，但是宋軍將領也都是久經戰陣，並非平庸之輩，消息透過堡寨烽燧間的管道迅速傳遞開去，再往後去，各處堡寨便閉門堅守，不放宋軍入城，只將他們放過，後面但有穿著夏軍服飾，打著夏軍旗號的隊伍，便以弓弩一陣招呼，如此一來，切斷了夏軍內應與外援的關係，內應就算跟著混過去也攪不起什麼風浪，進攻只得就此而止。

潘美穩住了陣腳，馬上便集結兵力進行反撲，依托各處堡塞相互呼應，已被夏軍占領的幾處堡寨彼此間都是切斷了聯繫的，很難據而堅守，夏軍被迫後退，放棄了剛剛占領的這幾處要塞撤回橫山，雙方分別以橫山和麟府為據點，再度進入僵持狀態。

一切，又回到了兩個月前。

五百四七　焦頭爛額的趙二叔

汾州驛站，遠遠三騎飛馳而來，到得驛館前飛身下馬，寒冬天氣，那馬卻遍體大汗，四條雄健有力的馬腿突突亂顫。馬上的騎士縱身下馬，先是一個踉蹌，被驛站的人急急扶住。

驛館的人訓練有素，當下便有人捧了溫鹽水來，又有人幫助他們解下肩上的褡褳，返回房中急急裝上肉乾、饅頭一類易攜帶的食物，又有人牽走戰馬，另牽了三匹鞍轡齊全的新馬來，三個背插小旗、斜背信筒的軍使接過瓢來咕咚咕咚痛飲一番，這時驛館的人已七手八腳把褡褳繫在他們肩上，三人把瓢往驛使懷中一扔，轉身接過馬韁，縱身上馬，奮力一鞭，又復狂馳而去。

「怎麼這麼急？莫非夏州城已經打下來了？」一個驛兵望著三個信使絕塵而去的背影疑惑地說道。

「啪」地一下，他的後腦杓挨了一個老驛丞一巴掌，驛兵哎喲一聲，摸著後腦杓道：「周大叔，你打我做什麼？」

「誰讓你小子不長腦子？」老驛丞罵了一句，嘟囔道：「如果真打下了夏州城，這樣的大勝仗，就算他們再累，一路上也要大聲報捷了，能這麼縮頭縮腦的？依著我說呀，怕是吃了敗仗了……」

「能嗎？」那驛兵有些不相信地道：「朝廷十萬大軍吶，就憑河西那個什麼什麼夏國，能打得敗咱們潘大將軍？」

「瓦罐難離井口破，大將難免陣上亡啊。」老驛丞喃喃地道：「我周侗當了一輩子的驛兵，這雙老眼還沒花呢，瞅這情形，咱們不止吃了敗仗，恐怕還是……大敗仗呢。」

* * *

「啪！」

一個圓似月魂墜，輕如雲魄起的上品刑窯茶盞被趙光義摔得粉碎，震怒的聲音在整個大殿上咆哮：「十萬禁軍，十萬禁軍啊！朕裝備精良、訓練有素的十萬大軍，就這麼葬送在他潘仲詢的手裡！回到府州的殘兵敗將不過兩萬餘，我大宋從未吃過這樣的敗仗，我大宋的將領從未遭遇過這樣的敗績！慘敗！這是慘敗！誰允許他擅自退兵的？擅作主張，損兵折將，罪該萬死！」

眾文武俯首躬腰，噤若寒蟬，無人敢言。

趙光義怒氣沖沖一拍御案，伸手指向曹彬，喝道：「曹國華，你是樞密承旨，你說，潘美該當何罪？」

皇帝問到頭上，曹彬便不能不言了，他捧笏出班，沉聲說道：「聖上，潘美的奏陳軍報已到，臣仔細看過，潘美雖敗，非因擅作主張退兵之故。實因我軍冒進，戰線延長，自橫山而至夏州數百里荒原無我一處堡壘要塞，莽莽雪原，敵騎縱橫往返，來去自如，斷我糧道，劫我輜重，前方十萬大軍已不克久持，潘美當機立斷，果斷退兵，實是不得已而為之！」

他只說了一半，趙光義臉上便是一紅，冒進？宋軍為何會冒進？他曾一連三天，連下三道聖旨催促潘美急進，曹彬這麼說，難道潘美損兵折將反成了他的責任？

趙光義惱羞成怒地道：「狡辯，純屬狡辯，朕只問你，潘美未奉詔諭，擅自退兵，以致中敵埋伏，損兵折將，該當何罪！」

曹彬鼻翼上沁出細密的汗珠上，說道：「治軍當嚴，賞罰分明，潘美打了敗仗，理應予以嚴懲。」

趙光義神色剛剛一緩，曹彬話鋒一轉，便又說道：「但臣以為，賞罰分明，亦須有度。賞無尺度，便會滋生驕逸，放任乖戾；罰若無理，也必流於粗暴，失於偏頗，有失賞罰之初衷，誠不可取，總要賞罰明辨，賞罰合理，才能令人心服口服，亦可警尤他人。」

趙光義臉色一冷，森然道：「曹國華，你這是在教訓朕嗎？」

「臣不敢！」曹彬腰桿又彎了彎，聲音語氣更加恭敬，但仍執拗地道：「臣仔細看過軍報，捫心自問，換了臣是潘美，當時情形，唯一選擇，也只有壯士解腕，馬上退兵。哪怕明知退路上設有陷阱。」

趙光義冷笑：「就這麼退兵？把十萬大軍送進虎口，逃出區區兩萬人，這也叫壯士解腕，笑話！天大的笑話！這是把整個身子都扔給了人家，只逃出一條手來！」

曹彬身子又欠了欠，幾乎快成九十度角了：「聖上，臣以為，斷的不是全身，仍是一隻手。」

盧多遜、張洎、薛居正、呂餘慶、羅克敵、党進等人都替曹彬捏了一把冷汗，趙光義聽了卻是氣極而笑，他倒沒有馬上大發雷霆，反而緩緩坐回龍椅，寒聲道：「八萬人只算一隻手，兩萬人倒算是全身而退了？好，你且說說，讓朕聽個明白。」

「是！」曹彬緩緩直起腰來，一直這麼哈著他也吃力：「聖上，潘將軍十萬大軍聚於夏州城下，困住楊浩，而其軍營距橫山綿延數百里，皆是莽莽雪原，那是夏國騎兵的戰場。如果潘將軍沒有當機立斷，立即退兵，那麼就需要後方不斷地起運糧草輜重，以供應前軍所需。

「如此一來，糧草軍械、甲仗軍服就只能一批批地不斷落入夏軍手中，夏軍借我宋國財物，以戰養戰，不斷壯大，此消彼長，我宋國縱有百年積蓄，也經不起這麼不斷地消耗。而前軍得不到補充，凍餓乏力，漫天風雪就足以將這十萬大軍活活困死在夏州城下，到那時便連這兩萬人也不得生還了。

「又或者，潘將軍可以將前敵情形速報予聖上，朝廷命麟府守軍予以接應，又或者再遣軍隊，確保其從容退卻，然而，往返京師曠日持久，再調大軍勞師遠征，非旬月可及，待得大軍趕到，已是春暖雪消時節，軍中餘糧豈能支撐如此久遠？

「若動用麟府兩州守軍赴援，亦不可取。麟府兩州守軍有限，以有限之兵力據堅城而守，可拒十倍之敵，敵無可趁之機，若使其棄城出城，杯水車薪，於潘將軍並無多大助益。麟府守軍一出，敵騎縱橫，北出濁輪川，南出彌陀洞，一日之內便可快馬趕至麟府，輕易奪取城池。到那時，後路已絕，百里雪原任由敵騎肆虐，不但潘美十萬大軍盡喪於河西，麟府兩州也將再度淪落敵手。

「這還只是臣就河西形勢而言，尚未考慮遼國舉動。遼國突然移駐大同四萬鐵騎，距我雁門，朝發夕至，虎視眈眈，居心叵測，如果我朝中再出大軍羈縻於河西不得脫身，又或者麟府兩州盡喪，雁門關側翼暴露於夏軍面前，遼國會有何舉動，殊未可料，但是可以預料的是，他們不動則已，一旦出動，我宋國將陷入全面被動，因河西一隅之戰，而舉國陷入泥沼之中。聖上，這是楊浩設的一盤死局，不死不休啊。」

趙光義怒火萬丈，最痛恨處正是潘美不曾求旨便擅作主張，如果他真把十萬大軍都安然帶回來也罷了，結果卻損兵折將慘敗而歸，要是事先稟與他知道，這邊從容安排，調兵遣將，怎麼也不至於慘敗若斯，聽了曹彬這番分析，他也不禁驚出一身冷汗。

不過看清曹彬臉色，他心中幡然一動，忽又意識到另一個問題：「曹彬如此賣力地為潘美說話，純是出於一片公心嗎？哼哼，他們之間，好像並沒有這麼和睦吧？這些前朝老臣，不管私交如何，現在是抱成一團啦……」

難怪趙光義這麼想，潘美有從龍之功，先帝在時，就是心腹重臣，曹彬是趙匡胤坐了天下之後從後周軍中接收過來的，並未參與陳橋兵變，而且曹彬的從母（姨），是後周太祖的貴妃，有這麼兩層關係，雖說他文武全才，品德高潔，但是最初並未受到趙匡胤重用。

及至後來，趙匡胤已坐穩了江山，漸漸重用曹彬，曹彬也始終沒有融入趙匡胤的功臣集團，軍中派系的形成十分複雜，可不是並肩打一仗，一齊喝頓酒，就算是同一派系的，因此儘管曹彬職位越來越高，後來居上甚至坐到了潘美頭上去，但是趙匡胤一朝有從龍之功的那些驕兵悍將只是敬他，並不服他。

曹彬對此也是心知肚明，因此和先帝朝的功臣集團只是君子之交，現在可好，党進那個莽夫還沒跳出來表示不滿，曹彬已竭盡全力為潘美開脫了，這些老將軍分明是對自己大肆任用新人，排擠前朝老臣起了戒心。

一念及此，趙光義頓時忐忑起來，相當於河西敗局，他更看重的是朝中勢力的動向，宋國家大業大，十萬大軍的損失，給他一年工夫就能恢復元氣，可要是朝中掌握兵權的老將們生了異心，一旦出事就是一場內亂，內亂不僅禍及當時，事後的清理排查可能還要綿延幾年，最傷元氣，而且五代以來當皇帝的大多不是死於外人之手，十之八九都是被自己手下的大將幹掉，取而代之的，這不過就是頭些年發生的事情，趙光義怎不忌憚。

盧多遜一見趙光義聽了曹彬這番話並沒有發怒，反而沉思起來，臉上陰晴不定的不知在想些什麼，他最擅揣摩上意，仔細想了想，自覺把握住了官家的脈搏，便出班奏道：「聖上，曹大人所言，也有一定的道理。潘將軍是我朝名將，昔日十萬大兵橫掃閩南三十萬漢軍，擒其君主，亦是戰功赫赫。

「此番兵敗於河西，潘將軍用兵固有錯誤，不過我朝從未有過北地冬季作戰之先例，以致經驗不足，受天災所累才是主因。河西之戰可算是我朝北伐西征之草演，總結其中教訓，來日再發天兵，伐北遼征西夏，必然無往而不利。不過潘美打了敗仗，這罰還是要罰的，臣以為可將潘美貶官三級軍前聽用，令其戴罪……」

「哈哈哈哈……」趙光義哈哈大笑，搖頭道：「朕聽國華一言，方才恍然大悟，潘美何罪之有啊？都是朕誤聽王繼恩讒言，險些罪及功臣啊。聞過則喜的胸襟氣度，朕還是有的，潘仲詢不該罰啊，當賞！」

盧多遜一馬屁拍到了馬蹄子上，正不知該怎麼轉圜回來，一個小太監躡手躡腳地走上御階，將一件東西遞給站班侍立的內侍都知顧若離，又對他耳語幾句，顧若離吃了一驚，失聲叫道：「你說什麼？」

他這一聲喊的大了點，趙光義雖是笑著說話，其實心中恨極，只是警覺到前朝老臣們目前已前所未有地團結，喜怒不敢形於色，忽聽顧若離驚叫一語，隱忍的怒火不由盡皆發洩在了他的頭上，趙光義把御案一拍，劈面罵道：「你這大膽的狗閹才，金殿之上，也是你這等人可以高聲喧譁的！」

顧若離大驚，連忙跪倒階上，戰戰兢兢地道：「奴婢驟聞西川急報，以致失聲高語，驚擾聖上，喧譁殿堂，有罪，有罪。」

「嗯？西川急報，何事？」

顧若離連忙雙手高高舉起一封奏報，御案旁邊執拂塵的小內侍連忙接過，轉呈於趙光義手中，趙光義展開一看，不由勃然大怒：「……匪眾破邛崍關，長驅直入，兵發成都。臣等苦戰難敵，為保根本，被迫退出成都，北撤漢州。

「成都陷落，西川震動，匪眾盡得成都府庫給養，聲勢大振，又抄沒豪商富戶、縉紳官吏之家財，散於百姓，以致官紳人心恐悚，投死無地。依附逆匪者如雪滾團，一呼百應，今其兵力，恐有八十萬矣。逆匪皆刺字於頰，曰『應運雄軍』，眾志一心，悍不畏死。

「匪勢熾盛，縱禍西川，今日取某州，明日陷某縣，向風則靡，何啻席捲之易。臣之手中，只餘懷安一軍，自保不足，剿匪無力，伏請陛下，再發天兵。西川安撫使萬松嶺、成都知州周維庸昧死百拜！」

可憐這西川安撫使萬大人、成都知州周大人也是實在沒辦法，把敵人說的太弱了，那他們丟了成都就罪該萬死，只好把義軍無限誇大，其實他們戰無可戰也是沒有辦法，朝廷對西川的苛捐雜稅一直太重，這幾年不是旱就是澇，收成又少，義軍造反有龐大的群眾基礎，不管打哪兒，總有活不下去的人為內應。

而且宋軍當初打下蜀國之後，到處搶掠，斬殺俘兵，名聲太臭了，這且不說，因為巴蜀地區地勢險要，為防造反，宋國打下蜀國後，把各州各郡的城牆和護城河絕大部分都夷為平地了，西川共二十九個州郡，只留下益州（成都）、梓州、眉州、遂州四座城池，還把城防措施拆得七零八落，一座城池連城牆都沒有，試問如何拒敵？

成都陷落之初，這一文一武兩個地方長官還想瞞著，因為以往義軍不管打下哪兒，搶掠一番馬上就走，再逃回山裡去，所以他們巴望著義軍搶了就走，到時候再回到成都，就說是自己揮軍反擊，成都失而復得，報到官家這兒也好聽些。

誰曉得義軍首領董羽聽了王小波的建議，大開糧倉賑濟災民，招兵買馬到處攻掠，一時間聲威大振。以前他們是搶了就走，老百姓只是覺得為他們出了一口惡氣，這一回開倉賑糧之舉大獲民心，舉家投靠者不計其數，雖說目前沒有八十萬之眾，其實三、四十萬總是有的，只不過這都是舉家投奔的，真要論起來，能打仗的沒多少。

萬松嶺和周維庸可不管那麼多，不但把這些人都算成了士兵，而且還翻了一倍，令人急急報上京來。

趙光義聽了怒從心頭起，惡向膽邊生，伸手抓起一方「紫花夜半吐虹霓」的端溪古硯，狠狠摜到了金磚御階之上：「萬松嶺、周維庸，棄城而逃，避匪如畏虎，罪該萬死！」

*　　*　　*

趙二叔在金殿上砸鍋摔碗的時候，楊浩已駕臨橫山，巡閱三軍。

在楊繼業和張崇巍的陪同下，楊浩沿橫山一線巡閱各處堡寨，又會見橫山諸羌部落首領，對他們沒有附庸宋軍的立場表示讚揚和嘉獎，一番封官許願，賞賜財帛總是免不了的。

幾天之後，楊浩才來到橫山防線的最北端豐臺谷，這裡是夏、遼和府州交界之地，府州如今在宋軍掌握之中，遠遠三箭地外就可看見宋軍依山而建的堡塞。夏軍這邊也是倚山建寨，戒備森嚴。

站在山寨中眺目北望，一片雪原，就是遼國的疆域，一條河流自雪原蜿蜒而入夏境，這條河就是濁輪河，直抵夏國境內的濁輪川。此時河水已經結冰，成了一條巨大的冰龍。

楊繼業指點道：「聖上，那邊本是折家的豐臺寨要塞，如今駐紮有宋軍三營兵力，咱們這邊部署的兵力大體相當，守將就是犬子延訓，往北去，是遼國的疆域，這片土地比較豐沃，春夏之交，遼人會有部落來此放牧，不過此時天寒地凍，那邊是沒有人的。」

楊浩點了點頭，說道：「宋國吃了這個大虧，絕對不會就此偃旗息鼓的，哪怕是做做樣子，必然也得揮軍再來，不過這場仗打到現在，再要繼續舞槍弄棒的話，他們打不起，咱們更打不起，真要不顧一切，可就便宜了契丹人。大家坐下來打嘴仗恐怕是唯一的選擇了，你是武將，只管為朕守好橫山，這耍嘴皮子吐口水的事，朕自己來。」

楊繼業聽得笑了起來，就在這時，立在高處望樓上的士兵忽然舉起牛角嗚嗚地吹了起來，訓練有素的士兵立即從營房中跑了出來，披甲執仗趕赴工事，楊繼業面皮一緊，急忙道：「護聖下退往後寨！」

張崇巍緊張地拖起楊浩就走，卻被楊浩按住了他的手，楊浩瞇起雙眼往宋營看去，宋營那邊毫無出兵的動靜，倒是這邊號角一響，那邊的士兵也紛紛趕往前哨工事，準備禦敵。

這時望樓上的士兵又用旗子向下面打出旗語，楊繼業一看，不禁訝然道：「敵眾自北方來？」

楊浩佇立望去，片刻工夫，就見北方雪原上潮水般的大軍蜂擁而來，片刻工夫就到了這片三角地帶，一時間山谷中旌旗招展，人喊馬嘶，當中一桿大旗，上面以契丹文和漢文寫著兩行大字：「北院大王耶律休哥！」

楊浩的下巴忽然有點發痠，當年耶律休哥一對缽大的鐵拳往他身上招呼的感覺，似乎又回來了。

五百四八　蟄伏

遼人到了谷前空曠之處，策馬縱橫，一陣喧譁，頗有先聲奪人之效，緊跟著後邊大隊人馬趕到，就在宋夏兩國軍隊面前大剌剌地紮起了營寨。張崇巍仔細看了片刻，回首對楊浩道：「聖上，這支人馬打的雖是遼國北院大王的旗號，不過看其營盤，並無北院大王的規制，似乎只是一支先頭部隊。」

楊繼業蹙眉道：「北人來此做啥？若是圖謀宋國，屯兵大同威懾雁門才是道理啊。」

楊浩目光微微閃爍了一下，露出笑意道：「看這支人馬至少在五千人上下，遼人派了這麼多人馬屯紮於此，總不會是來看風景的吧？呵呵，由他去吧，咱們只管按兵不動，以不變應萬變。」

「是！」

楊浩返身便走，走出幾步，回頭又道：「宋人不管有意還是無心，總要與咱們再打幾仗的，其中的分寸，你要拿捏得住。」

楊繼業做為橫山前線總指揮，是少數幾個知道楊浩要先立國，再遜位乞降，蓄力生息，直至再度稱帝的完整國策的人，自然明白楊浩這番話的意思，連忙答應一聲。

楊浩懶懶地瞟了眼雪原上星羅棋布正在迅速紮起的一處處氈帳，笑道：「走吧，來的既不是耶律休哥，朕也懶得露面，咱們回去。」

「聖上。」楊延訓匆匆追上來：「聖上，我宋夏兩國大營成犄角之勢，臣看遼人紮營之處，不偏不倚，未必便對咱們心存善意，若是遼人挑釁或者發難，臣該如何應對？」

楊延訓並不了解上層的最高意圖，他是豐臺谷守將，眼見遼人紮營之處占據了這處三峰對峙的第三個山角，其塹壕拒馬等物的擺設位置，不止針對著宋人，根本就是把夏軍也當成了假想敵，頓覺遼人來者不善，而此前楊浩未稱帝時不但曾經與遼人一同攻打過銀州，此番立國之後第一個遣使建交的就是遼國，所以對各種不測之反應，該如何掌握，他覺得有必要先了解一下。

楊浩頗為欣賞地看了他一眼，能想到這個問題，能提出這個問題，這個人才是一個合格的將領。戰爭是政治的延續，一個只會打仗、只能打仗的人，充其量是一把鋒利的刀、一把趁手的刀，唯有肯動腦筋，肯思考戰爭服務之目的的人，才能成為一個合格的帥才。

難得啊，這個當初他勤王伐漢時破壞橋梁，險些死在他前鋒手下的小將，小小年紀就有這樣的眼光和縝密的心思，楊家兒郎隨便拉出一個人果然都是獨當一面的人才，真不知道老楊整日裡備戰練兵，整夜裡忙著造人，哪還有那麼多的時間教出這麼傑出的子孫來？估計這功勞十有八九都是那位「折老太君」的，等兒子再大些，不如讓這位楊夫人幫著管教管教，不是說易子而教嘛，從小養在深宮裡，翅膀硬不起來。

楊浩一邊想著，一邊拍了拍楊延訓的肩膀，微笑道：「記著，這座山是你的營寨，山下那條濁浪川以西，俱是我夏國領土，來犯者不管是遼人還是宋人，一視同仁！若是他們尋釁滋事，也毋須忍讓，以眼還眼，以牙還牙！」

這話聽著提氣，楊延訓雖然文武雙全，但是畢竟年輕氣盛，一聽這話大為歡喜，連忙立正應道：「臣，遵旨。」

楊繼業有些不安地道：「聖上，臣在漢國時深知遼人習氣，遼人一向驕橫，縱然奉詔赴援漢國，也是頤指氣使，不可一世，如果他們偶有尋釁滋事之舉，卻未必就是有心惹是生非，犬子年輕氣盛，聖上給他這道旨意，萬一真與遼人交惡……」

楊浩睨了他一眼，問道：「怎樣？」

楊繼業猶豫了一下，低聲道：「如今雖將宋人趕回橫山以東，但是以宋國之強橫實力，卻不算傷了元氣，欲遏宋人貪婪之心，聖上還須借助遼人之勢，正所謂尺蠖之屈，以求信也；龍蛇之蟄，以存身也。此時實不宜與遼人多生事端。」

楊浩微微一笑，信步走去，漫聲道：「借勢嘛，有明借暗借，陰借陽借，直借曲借，強借軟借……有些人是屬驢子的，牽著不走，打著倒退，非常人就得用非常法，對耶律休驢嘛，不用太客氣。」

楊繼業站在那兒苦笑不已，楊延訓皺著眉頭很認真地想了想，然後對楊繼業道：「爹，聖上在說什麼？」

楊繼業嘆道：「莫測高深，爹也不懂。」

楊延訓訕笑道：「那爹笑什麼，兒還以為爹聽明白了。」

楊繼業微窘：「爹之所以發笑，是因為發現聖上最近忽然添了個毛病。」

「什麼毛病？」

「給人起綽號……」

＊　＊　＊

成都失陷，趙光義可不能等閒視之了，然而派何人去西川平叛，這主將人選卻煞費心思，最可意的自然是他一手提擢起來的羅克敵，不過自從他感覺到潘美、党進、曹彬等這些前朝老臣似有結黨之勢後，哪裡還敢把羅克敵派出去。

何繼筠、李繼勳、趙贊、王全斌……這都是名將，可惜，這兩年這些老將跟賽跑似的，一個個都去了西天。党進？這老貨倒是能打，不過……潘美現在領兵在外，再給党進一支大軍把他也打發出去？關中緊捱著巴蜀，老三趙光美如今正在長安府呢，萬一這些老臣們……不行，絕對不行！

趙光義思來想去，覺得崔彥進也不錯，可這主意剛想出來，還沒等拿到金殿上議一議，就先被宋琪、程羽等一干心腹給否決了，想當年兵進西川的首功之臣就是王全斌和崔彥進，這兩個人不但能打，而且可算上最熟悉蜀國山川態勢的人。

然而巴蜀百姓之所以如此仇視宋人，屢屢造反，最直接的原因並不是因為巴蜀賦稅過高，要知道那些苛捐雜稅早在還是蜀國的時候就是這麼多，宋國占領巴蜀後只是故意裝糊塗，沒有把宋國其他地方並不存在的這些苛捐雜稅給取消罷了，蜀人之所以再三造反，其根本就在王全斌身上。

王全斌入蜀後燒殺搶掠，又坑殺降俘逾千過萬，從此和蜀人結下了深仇大恨，這才是蜀人屢屢造反的直接反應，如今王全斌死了，崔彥進可是他當年的副將，如果把崔彥進派去西川，那不是變相地把蜀人往造反的童羽身邊推嗎？

趙光義一想也是道理，最後只好選了大將郝崇信為主帥，王政忠為先鋒，又命程羽為監軍，領禁軍五萬，並持節節制西川各路地方兵馬，一刻不停殺奔西川去了。

西川戰事驟急，可不只是兩面用兵那麼簡單，遼國在宋夏戰事正酣的時候突然增兵大同，到底意圖何在，趙光義一時還有點搞不清楚，橫山之戰恐怕得擱置下來了，然而宋國剛剛在夏國手上吃了一個大敗仗，若是就此偃旗息鼓，如何向天下交代？更不免要讓四鄰諸國看輕了，就算硬著頭皮也是要打一打的。

曹彬在朝堂上的態度引起了趙光義的警覺，陣前換將本是大忌，何況如今潘美領兵在外，大權在握。趙光義打消了原來的念頭，下旨嚴厲斥責了王繼恩一番，罷其監軍之職，仍返河北任觀察使，另遣宋琪任監軍，他本想調郭進赴麟府，奈何雁門關軍情緊急，只得派出老將定國節度使宋偓趕赴麟府，只象徵性地帶了一萬五千人馬，其實是要他節制西北六路邊軍，以分潘美之勢。

在這樣的情況下，西北戰局如何進展已可想而知，不管如何，至少麟府兩州已經落入趙光義的囊中，總算是頗有斬獲，要不是在黑蛇嶺丟了六萬大軍，遭致一場慘敗，迄今為止，這場戰爭還是非常風光的。

北人兇悍，遠較南人難敵，當年太祖皇帝親征北漢，北漢數萬兵馬，幾座破城，都能讓他無功而返，趙光義自問此番對西北用兵，還是功大於過的，如今所慮，只是如何體面地結束這場戰爭罷了，若論國家實力，他不信區區一個新立貧瘠之地的夏國，能耗得過他的大宋。

* * *

崇孝庵的香火很旺盛。

崇孝庵本就是一座極有名氣的寺廟，再加上地處西郊，不是汴梁中心繁華所在，所以殿宇龐大，占地很廣，雖說這裡是尼姑庵，僧眾人數不及大相國寺那種極負盛名的男性出家人所在，但是汴梁有百萬人口，基數龐大，因此這最出名的尼姑庵裡僧俗弟子也就不少了。

這裡本有持戒修行的女尼和俗家弟子一百五十多人，自從永慶公主在此出家修行，朝廷下了大力氣修繕翻蓋，重修廟宇，再塑金身，這裡的香火就更加旺盛了，來此剃度修行的女尼也日漸增多，如今人數已有二百八十多人了。

此刻，正有一位崇孝庵的大施主又來進香了。

庵外爆竹聲聲，新年的氣氛仍然十分濃郁，庵中，庵主定如大師，也就是永慶公主親自接見了前來進香的這對老夫婦。這對老夫婦是高員外和高夫人，夫妻倆都是佛門信徒，不管走到哪兒，老夫妻手中一串紫檀念珠總是少不了的，平素裡修橋鋪路，賑濟鄉里，是出了名的善人。

高員外夫婦倆本來是大相國寺的護法施主，自打公主到了崇孝庵，那可是金枝玉葉啊，這層身分可比把佛祖塑得金光閃閃更具號召力，從此老夫婦就把這崇孝庵當作了平素禮佛參拜的佛門聖地，每一回來，老夫婦出手就是一千貫的香油錢，出手如此豪綽的信眾自然是佛門弟子最為青睞的人物，就算永慶是公主身分，如今成了崇孝庵主，高員外夫婦對本庵貢獻如此巨大，那也是要十分禮遇的。

此刻，定如小師太就在住持禪房裡，親自接見款待這對老夫婦。永慶身邊只有一個原來在宮中時就侍候她起食飲居的宮女林兒，此刻也被打發了出去。永慶剛到崇孝庵的時候，趙光義還讓皇城司暗中注意崇孝庵的動靜，但是真正的原因皇城司自然不會知道，他們只道是官家關心皇姪女的安全，對這個命令不敢不上心。

然而他們只能派些人在崇孝庵四下活動，注意庵內來往香客的動靜，無法更進一步準確掌握永慶的一舉一動。兩三年下來，崇孝庵從無什麼特別的事情發生，永慶本就是一個女兒家，趙光義對她忌憚有限，便也放鬆了管制，現在皇城司已很少派人來崇孝庵附近站卯了。

永慶一身緇衣，秋水湛湛，頗有些佛門得道高人的氣派，高員外夫婦是一對慈眉善目的老人，氣度雍容，和顏悅色，也是一對長年吃素的在家居士，這樣的人相逢於佛門，說的理應是經義教理才是，不過如果有人現在聽到他們三人的談話，卻一定會大吃一驚。

「高員外，我現在願意接受你的援手。」

白髮蒼蒼的高員外喜形於色：「公主同意了？那就好，那就好，草民馬上……」

「且慢，我還要你答應為我做一件事。」

高員外的神色一下子冷靜下來，公主要他幫忙去做的事，又豈是容易辦到的？高員外未敢一口答應，只是問道：「不知公主所託何事？」

永慶緩緩地道：「我弟德芳已年滿十六歲，我要你發動你們的力量，造出聲勢，迫官家封王。」

高員外詫異地道：「封王？公主既已答允了草民的安排，又何必在意今上所封的一個王爵？這個……」

「本宮所圖，你不必管。這是我唯一的條件，只要你們辦到了，我就按你說的去做。」

高員外與夫人對視了一眼，一根根地拈著鬍鬚沉吟起來，永慶亮晶晶的雙眸微微向他一瞟，端起茶來緩緩喝了一口，氣定神閒，從容不迫。

高員外臉上陰晴不定，半晌方重重一點頭道：「好，草民答應了。不過……是否封王，決定於今上，草民不敢保證……」

永慶雙眼微微一瞇，淡淡地笑道：「你放心，那個人一生最大的志願就是做李世民第二，不但在文治武功上以李世民為目標，而且希望自己也能像李世民一樣彰功揚過，讓後人只記得他的好，不記得他的過。如果你們真如你自己所說，擁有如此龐大的力量，那麼只要你們發動仕紳公卿，造出聲勢來，他就算心裡頭再不願意，這個名聲他也是要顧的。」

「好！」高員外白眉一聳，說道：「我們盡力而為，但願一切盡如公主所料。」

起身送了高員外夫婦出去，永慶站在廊下，雙手合十望著高員外夫婦離去的方向，半晌，眼簾微垂，看向院中正在掃雪的一個女人，她穿著一件灰色的袍子，可僧帽下後頸處隱隱露出的一綹秀髮，顯示著她的身分：這是一個皈依三寶，但尚未持戒的俗家弟子。

永慶靜靜地凝視她一陣，開口喚道：「丁玉，把貧尼禪房的茶水撤了。」

那正埋頭掃雪的清秀女子聞聲抬頭，向她微微一笑，輕輕放下掃帚，便步履輕盈地踏雪走來……

五百四九　都在算計

那個叫丁玉的俗家弟子進了庵堂，永慶隨之而入，順手掩上了房門。

丁玉似也知道她喚自己進來並不是要讓她收拾茶水的，一進房，便轉身望向她，面上帶著淺淺的微笑：「殿下可是已同意了在下的計畫嗎？」

永慶微微頷首：「不錯！」

丁玉欣然道：「好，那我馬上去為殿下安排。」

「且慢！」永慶喚住她道：「不止我和皇弟要走，我的母后也要一起離開。」

丁玉吃了一驚，說道：「皇后娘娘？這恐怕……深宮大內，要把皇后娘娘帶出來，恐怕不是那麼容易的。」

永慶道：「如果我的母后到了這崇孝庵呢？」

丁玉沉吟道：「那樣的話，自然比宮中要容易一些，可是……儘管皇后娘娘如今不是統率六宮、母儀天下的當今皇后，一旦出宮，必然也是鑾駕隆重，而我們就算能把娘娘劫出來，甚至出了汴梁城，此去河西，山高路遠，想要在官兵手中脫身也是大為不易。如果施計悄然帶了公主和德芳皇子走，只要搶出一兩天的時間來，成功的希望就大多了。」

說到這裡，丁玉對永慶認真地道：「我主雖已自立稱帝，實是迫於無奈，其實他一直沒有忘記先帝的恩典，沒有忘記娘娘和公主對他的呵護關愛，我主安排我們潛伏於京師，就是要不惜一切代價把公主和德芳皇子救出去，以報先帝娘娘和殿下的關心厚愛。

「當今聖上心胸狹隘，猜忌心重，前朝皇子柴氏、蜀國廢帝孟氏、南唐廢帝李氏，乃至先帝和公主的皇兄德昭，個個死得蹊蹺，說起來背後似乎都有當今聖上令人生疑的舉動，如今二皇子漸漸長大，恐怕當今聖上的猜忌之心又起，早晚還是要對他下手的，要救一個皇子離開已是難如登天，如果再要娘娘同行那簡直是不可能的呢。為安全計，還是請公主打消這個主意吧，當今聖上愛惜羽毛，容不得人說三道四，不會悍然不利於一個對他無甚威脅的宋皇后的……」

永慶打斷了她的話，斷然道：「如果母后不能離開，永慶和皇弟德芳也不會走的！如果丁姑娘辦不成這件事，那麼妳我之間也沒有什麼好談的了，妳可以離開了。」

「公主……」永慶轉身就走，丁玉連忙喚住她，低頭思忖片刻，輕輕一頓足道：「公主真是難煞人了，也罷，我答應妳就是，只是這一來路上便少不得一番腥風血雨了，原來擬定的計畫都要全盤推翻，事關重大，公主還要容我等仔細思量一番，詳細做番準備才是。」

永慶轉過身來，緩和了顏色道：「那是自然，我想在不引起今上猜疑的情況下把娘娘和皇弟齊聚於崇孝庵，也需先做許多準備，你們自管去商議，想個萬全之策才好。」

丁玉苦笑道：「萬全之策嗎？唉，在下盡力而為便是了。」說完向永慶拱了拱手，便匆匆走了出去。

丁玉，是新近剛剛皈依三寶、尚未持戒的一個俗家弟子，據說她是一個孀居的婦人，本在東十字大街上開了一家酒坊營生度日，誰知道被禁軍中一個太尉垂涎於她的姿色，常來騷擾，未幾，那太尉家中又找上門來打鬧，她一個尋常婦道人家，如何能與那官宦人家對抗，只得匆匆結束了生意，走投無路之下，才來出家修行。

這只是她對外公開的說法，至於真實身分如何，便不足為外人道了，至少永慶公主就知道她絕不是一個尋常的民婦，而是河西楊浩派來京城潛伏的人，只是她這層身分，永慶是絕對不會對人透露的。

看著丁玉出去，永慶輕輕嘆了口氣，緩緩走到內間，內室香案上，供奉的觀音大士像下面，便是大宋太祖皇帝趙匡胤的靈位，永慶拈起香來，在燭火上點燃，輕輕搧滅香火，把香插在香爐中，默默於靈前合十行禮。

後面，悄然走進了侍候她起食飲居的心腹女尼林兒，林兒站在她身後，也向觀音像和太祖靈位合十行禮，禮畢起身，這才對永慶悄聲道：「公主，您……答應他們了嗎？」

永慶慢慢轉過身來，語調有些低沉地道：「我已經看透了，父皇駕崩之後，我們一家人，就只得任人擺布了。當今官家厚待我們，只是做給天下人看的，其實，不過是利用我們達到他欺瞞天下的作用罷了。高員外也好，這個丁玉也罷，他們背後的勢力，也都是為了各自的利益在利用我們。哼，他們能利用我們，我為什麼不能利用他們？」

林兒訝然道：「利用他們？」

永慶冷冷一笑，一雙粉拳慢慢地攥了起來，有些激動地道：「不錯，今上在位漸漸久了，我們一家人的作用也就漸漸少了。我兄弟德芳已經長大了，長大成人了，也就成了當今聖上的眼中釘，我擔心……他早晚會被那奸人所害。我這個做姐姐的，總該為他好好打算打算，在這些自以為可以操縱我一家人命運的人眼中，我永慶，始終都是那個少不更事的小公主，可是……我也會長大的，不是嗎？」

崇孝庵最後一處院落的一間偏殿，一個女尼正在井邊打著水，井臺上灑的水都結了冰，一不小心就會摔個大跟頭，要是運氣不好，一跤跌進井裡，又沒有人看到的話，那就連命都沒了，品秩比較高的出家人是不會親自來做這種力氣活的。

這個女尼剛來不久，而且是個啞巴，她來庵中掛單，卻連話也不會說，只能比比畫畫，本來知客僧是要把她趕走的，還是住持定如師太看她可憐，大發善心，把她留了下來。這處偏殿住的都是寒冬季節裡衣食無著、流落街頭的老嫗丐婦一類的人物，主持師太收容了她們，指定她們住在這處偏殿，不得隨意走動，庵中派了幾個小尼來照料她們，這個啞巴女尼也是其中之一。

一桶水提上來，摘下掛鉤，雙手提著水桶正要小心地走下石階，那啞巴女尼忽然站住了，在她身後不知何時已靜靜地站了一個女尼，正是這裡的庵主定如大師，大宋太祖皇帝趙匡胤的親生女兒永慶公主。

四下沒有旁人，永慶凝視著這個啞巴女尼，忽然問道：「你的傷……已經好了嗎？」

啞巴女尼輕輕點了點頭，嚴冬季節，雙手暴露在凜冽的寒風中，一會兒工夫就會凍得通紅，尤其是沾了水的時候，可是她的手有點例外。

永慶的眼神落在她的手上，她的手和她清秀的容顏頗不相配，那雙手比起普通女人的手足足大了兩號，皮膚有些粗糙，但是那雙手的膚色一點都沒有變，沾過水的地方正在冒著騰騰的熱氣，好像那雙手就是一對填滿了燃燒正熾的炭火的懷爐。

永慶滿意地點了點頭，輕聲又道：「那麼，你就在這裡耐心地待著吧，事情已經有些眉目了。」

那個啞巴女尼一雙天生的桃花眼立即變得神光湛湛，凌厲得竟然讓人有些不敢逼視：「什麼時候，什麼地點？」

啞巴女尼竟然能開口說話了，只是她刻意壓低的聲音有些粗糙沙啞，有些像是男人的聲音。

永慶道：「也許一個月，也許半年，我現在還說不準具體的時間，地點嘛，就在這崇孝庵！」

啞巴女尼目光閃爍了一下，瞳孔縮小如針尖，她輕輕地點了點頭，沒有再說話，只是雙手去提水桶，好像費了很大的力氣，怯弱不勝地從井臺上一步步向下挪去……

＊　＊　＊

潘美向官家遞上奏表的時候，就預料自己會受到嚴懲，已打好包裹準備發配嶺南終老此生了，不想官家的聖旨下來，倒把王繼恩訓斥了個狗血噴頭，免了他的監軍之職，打發回河北專心為雁門關的郭進和麟府屯駐的大軍籌措糧草去了。

對他這個損兵折將大敗而歸的三軍統帥，不但未予責罰，反而充分肯定了他果斷退兵的正確性，嘉勉之餘，令他穩住陣腳，重整旗鼓，打上幾個大勝仗，還夏軍以顏色。對於官家如此反應，潘美大感意外，不久才得知曹彬為他仗義執言的舉動，潘美感激於心，有心打上幾個漂亮仗，一雪黑蛇嶺之仇。同時對官家的寬宏和曹樞密也算有個交代。

新來的監軍宋琪也是官家的心腹，對王繼恩，潘美多少還帶著幾分輕蔑，畢竟是內宦出身嘛，而宋琪可是堂堂正正的兩榜進士，而且是官家還在潛邸的時候就予以重用的人物，潘美也不敢怠慢了他。幸好此人雖不懂軍事，卻從不對軍事胡亂插嘴，調兵遣將方面的事完全放手由潘美去做。

而新來的定國節度使宋偓也是一員身經百戰的老將，用兵雖不及他潘美，卻也不是易與之輩，雖說此人軍階地位不弱於他，有些不好指揮，不過宋偓此來，主要是節制寧化軍、晉寧軍等六路邊軍，有他統一轄制六路邊軍，總好過六路邊軍各自為政。

在這樣的情況下，潘美倒也取得了些戰績，被夏將沐絲、邊一狼、韓堅、李從龍等人占據的橫山東線幾處堡塞一一被他奪了回來，不過繼續向前進入橫山之後，戰事就不再那麼順利了。當初宋夏兩軍對峙時，夏軍在橫山上利用各處險要地勢，修建了大量的堡壘烽隧，後夏軍敗退，宋軍鎮守橫山時再度進行了堅固整修，而今夏軍用計奪回了橫山，對這些堅固的堡寨烽隧三度進行了翻修，這些地方已堅若磐石。

再加上進入冬季後漫山大雪行動不便，想要發起攻擊更不容易，宋軍再三發起猛攻，可是痛失八萬大軍之後，麟府兩州的機動兵力已十分有限，儘管潘美親自率軍不斷發動大型戰役，成效仍是極微，其腳步仍是止於橫山腳下，有鑑於此，潘美會合監軍宋琪、副帥宋偓仔細商議一番之後，決定暫時停止大型攻勢以候良機。

眼下趙光義因為前朝老臣們的私下結盟暗生忌憚，西川越演越烈的亂民叛亂也嚴重扯了他的後腿，對橫山戰事，趙光義從心底裡感覺頭痛，頗有些打也不是不打也不是的感覺。可是楊浩本是宋臣卻悍然自立，這已觸及了大宋朝廷的底線，是趙光義無論如何也不能容忍的行為。

哪怕他現在無力繼續西進，這敲敲打打的行為也是必須要做的，能不能打是一回事，有沒有這個態度是另一回事。宋琪做為趙光義的心腹，對他這個心態十分了解，可是眼下滴水成冰的寒冬時節，實在不宜繼續發動攻勢，所以他也贊同暫停進攻。

在把與潘美、宋偓商議後的詳細分析密報於朝廷的同時，宋琪又以一枝妙筆，向朝廷上了一份公開的奏報，其中極其誇張地描述了一番宋軍如何反敗為勝，奪取橫山東線幾座堡寨，把夏軍趕回橫山的戰績，算是為官家此番用兵西北的失敗進行了一番粉飾。

朝廷把宋琪的奏表印到邸報上傳抄天下，使得盡人皆知。不過另一方面，楊繼業多次發動反擊，倚仗地利予宋軍以痛擊的戰報，卻被朝廷方面選擇性忽視了，在朝廷這種有選擇地輿論引導下，黑蛇嶺大敗造成的負面影響漸漸消失了，在平民百姓看來，朝廷仍有餘力打過橫山去，只不過因為天寒地凍，所以暫時休兵，不止是平民百姓，就是許多中低階地方官員也是這種樂觀態度。

與此同時，遼國出兵直抵宋夏兩國營前的舉動，也使得宋國朝廷十分敏感，趙光義親自召見了遼國使節斥問遼國在宋夏交兵之際出兵西北之意圖，遼國使節早已得到了上京的吩咐，馬上對此做出了答覆：宋夏兩國交兵，做為其近鄰，遼國有權為保障其國土和國民安全，派兵駐守於邊境，密切關注交戰雙方之進展。

這不痛不癢的回答如何能令人滿意？兩國使臣為此打了幾回嘴仗，只是彼此各有忌憚，所以都還克制，沒有上升到更嚴重的外事糾紛程度。這種情況下，宋夏兩國在軍事上暫時保持著對峙，宋遼兩國在外事上暫時保持著僵持，河西的嚴峻形勢因而進入了一個微妙的平衡期。

然而這個微妙的平衡，很快就被打破了。如果不是在三國交界的豐臺口發生了一樁意外，那麼趙光義此時會以駝鳥心態，暫時無視河西僵持的戰局，靜下心來先解決掉西川越鬧越兇的亂民問題，同時在內部繼續大力提拔年輕將領和中間派將領，用比較平和的手段一步步削弱前朝老臣對軍隊的控制，而這件意外的發生，卻使得趙光義面前出現一片曙光，把他的視線再度拉回了西北。

事情的起因很簡單，豐臺谷三山對峙，中間是一個山谷，又有一道河流穿谷而過，把山谷一分為二，這條大河，河西是夏國，河東是遼國和宋國，宋遼則以宋國占據的那座山峰做為兩國的分界線。三國間這種邊境的劃分，只是沿襲了當年定難節度使轄地、府州折氏轄地與遼國轄地三方的默設界限，那時兩國間大多以這些標誌明顯的山川河流等自然物體做為標誌，沒有什麼界碑界線。

遼國士兵駐紮下來之後無所事事，每日都在寨外巡狩打獵，有一次他們追趕一頭黃羊，越過結了冰的濁輪河，進入了夏國領土，類似這種偶爾越界的情形十分尋常，出於更深層次的考慮，很少會有人視此為冒犯，那些遼軍捉到黃羊也就準備返回營寨了，不料夏國的巡弋士兵居然鄭重其事地繳了他們的械，沒收了那隻黃羊，然後把他們遞解出境，趕回了河東。

這一來可捅了馬蜂窩，遼國人哪吃過這樣的大虧？以他們驕悍的性情，要不是因為自家這支隊伍與夏國皇帝一同攻打過銀州，彼此間算是有分香火之情，他們早就沒事找事，欺到夏人頭上去了，如今可好，夏軍竟敢主動挑釁？

遼軍守將賴多福帶著人跑到夏軍營寨下叫罵一番，楊延訓雖把黃羊和繳來的武器還給了他，卻正告遼人不得欺入夏境。賴多福不是個肯吃虧的傢伙，當時討回了東西掉頭就走，但是當天下午夏軍士兵到濁輪河上刨冰取水時，他卻帶著百十個親兵衝上來一陣拳打腳踢，說這濁輪河源頭在遼國境內，河西才是夏土，這條河以東連著這條河，都是遼國領土。那些夏國士兵被打得鼻青臉腫，最後還被他們捆回去，在這寒冬天氣裡剝光了綁在營盤柵欄上鞭笞示眾。

當初楊延訓曾親口問過楊浩，如果遼人挑釁該如何處置，當時楊浩告訴他八個大字：以眼還眼，以牙還牙。那時楊浩還以為楊延訓年紀雖小，卻心思縝密，孰不知倒不是楊延訓如何思慮長遠，實在是他本是漢國將領，而漢國每次與宋國交戰，都會向遼國那位父皇帝乞援，遼人每次派了兵來，都欺男霸女，無惡不作，除了沒有殺人，其禍害實較宋兵為甚。

做為漢國將領，楊延訓對此有切膚之痛，是以一見遼人趕到，而且在宋夏之間，遼人出兵似乎還是站在自己一邊的，這才向楊浩探問自己面對遼人時該有的態度。得了楊浩的回答後，他心裡就有了底氣，如今自己的人被人家綁去剝光了鞭笞用刑，他身為主將，若就這麼忍氣吞聲、息事寧人，如何還能帶兵？當下就帶了兵去搶人，人雖然搶回來了，可雙方發生了一起小規模的械鬥，各自死了幾個人，這一下事情就鬧大了。

賴多福把夏軍如何蠻橫無理、挑釁滋事的經過派了心腹迅速稟報駐紮於大同府的北院大王耶律休哥，請大王決斷，楊延訓也立即把前因後果詳細寫下，命人速速傳報於聖上楊浩。宋軍豐臺守將岳陽本來正怕遼夏合兵對自己不利，一見雙方起了衝突不禁大喜，他雖不便派兵摻和其事，不過讓人站在營寨上高聲吆喝幾聲，給遼夏雙方的士兵搧風、點點火也不過就是動動嘴的事，在他們有意識的挑撥下，雙方衝突越來越激烈，岳陽十分得意，便把此事報給了潘美和監軍宋琪。

宋琪不會用兵，但是精於吏治，精於吏治的人對人情事故何等明瞭？他馬上從中發現了問題：遼夏之間如果能因為這些事情造成這麼大的衝突，便不僅僅是下層士兵間的糾紛了，從這件事可以看出，遼夏雙方絕對沒有暗中結盟，遼軍對宋軍沒有善意，對夏軍怕也同樣沒有多少善意，同樣地，夏軍對遼軍的到來似乎也並不歡迎，否則就算再多死幾個人，從大局著想，雙方的將領也會保持克制，不會縱容部下發生械鬥，宋琪察覺了這一點，馬上把這件事向趙光義做了稟報。

大同的耶律休哥一直在密切關注著宋夏雙方的戰局進展，他離開上京的時候，蕭太后曾面授機宜，要他見機行事，盡量保持河西的平衡局勢，如果宋夏雙方能以橫山為界，宋吃不掉夏，夏也趕不走宋，那便是最好的結局。

耶律休哥文武全才，並不只是一個英勇善戰的將領，蕭太后的囑咐他馬上便心領神會。宋國占據了麟府，進逼一步，隨時對夏國構成威脅，夏國才會向遼國俯首，借助遼國的勢力制衡宋國，這樣遼國就能對夏國漸漸施加影響，直至把這個夏國控制起來，就像當初的漢國劉氏政權一樣，成為遼國牽制宋國的一枚棋子。

而扶持夏國，使其在橫山一線站穩腳跟，就能吸引宋軍長期與之作戰，宋國將在河西部署越來越多的軍隊，每年消耗的糧米軍餉無數，憑一個夏國就算拖不垮宋國，也必拖得宋國兵疲國困，到那時，莫說宋國無力北征幽燕，長期下去，必然要仰遼國臉色行事。此所謂驅狼鬥虎，兩敗俱傷之計也。

誰料宋軍急於速戰，大軍冒進，結果因為戰線延長，又適逢寒冬，被夏軍堅壁清野，斷其糧道，打得宋軍大敗而歸，征西大軍元氣大傷，這段時間裡楊繼業依托橫山，反而不斷向麟府兩州宋軍發動反攻，宋軍兵員不足，又不占地利人和，以致敗多勝少，耶律休哥對此瞭如指掌。

本著誰強就踩他一腳，誰弱就拉他一把，讓他們始終鬥個旗鼓相當的主意，耶律休哥正欲製造些事端，向夏國施加壓力，賴多福這個消息一送，那真是打瞌睡就有人送枕頭，耶律休哥登時大喜，馬上就讓那親兵給賴多福捎去了一句話：「夏人交出傷我子弟兇手者便罷，否則，奪其營寨，逐其守軍！」

趙光義收到宋琪的情報，不禁龍顏大悅，憑心而論，八萬大軍的損失，對他這個天下最闊的大財主來說賠得起，別的地方不說，雁門關現在就屯紮著重兵呢，只是遼人增兵大同，來意不善，他不敢擅自調動罷了，如果遼人和夏人起了爭鬥，那麼……一念及此，趙光義馬上給宋琪下了一道密旨，叫他親赴豐臺，想方設法擴大遼夏兩軍之爭，以牟其利。

趙光義的八百里探馬疾馳出京的時候，身在夏州的楊浩把穆羽喚到身邊正暗授機宜：「小羽，此去豐臺，務必小心從事，既要挑起與遼人正式的戰爭，還得控制住戰火蔓延的程度，一切都要按我方才交代的去做，不可感情……」

楊浩剛剛說到這兒，拓跋昊風怒氣沖沖闖了進來，叫道：「聖上，大事不好，豐臺山遼軍守將賴多福悍然發兵攻我營寨，豐臺營失守，楊延訓已退守二臺山。」

拓跋昊風只道這番話一說，楊浩必然又驚又怒，不料聽了他的話，楊浩和穆羽臉上都顯出一副很古怪的神情來，兩個人互相看看，便有了以下一段古怪的對話：

「聖上，臣……還用去嗎？」

「……去吧，讓楊繼業增一路兵，幫楊延訓把豐臺寨奪回來。」

「是，那臣去了！」

楊浩嗯了一聲，喃喃自語道：「休哥哥真乃知己呀……」

《步步生蓮》卷二十三鏡花搖芰日完

GOBOOKS & SITAK GROUP ©